難為侯門妻

1

文創風 129

不要掃雪 著

目錄

序言

不要掃雪

未曾動筆寫此書前，曾聽過不少朋友追憶情感往事，十中有九無不是帶著幾許悔意，更有甚者直言當初年少輕狂，面對感情過於癡傻，犯下了一些終生無法再彌補的錯誤，傷了人亦傷了自己。

一位朋友很認真的感嘆，要是能回到過去，絕對不會浪費九年的時光在一個渣男身上，要是能重來一回，必定要好好選擇。

於是乎，某雪心中有了這樣的念頭，寫一個這種幡然醒悟的文文。

畢竟年少輕狂時，誰沒因愛而迷失過，誰沒有死鑽牛角尖過，誰沒有犯過或多或少的錯誤呢？於某雪而言，還是比較幸運的只留有一些些遺憾，可於有些人來說，也許就是一生的苦痛。

現實生活永遠無法重來，但是小說卻給我們提供了一切的可能，於是乎，這個故事因此慢慢開始編寫。

某雪書中的女主玉華比現實中朋友的遭遇更為悲慘，但同樣她亦更為幸運，因為她不但在死前已經幡然醒悟看透一切，而且某雪還給予了她重生的機會，讓她可以修正自身錯誤，避開不明智的選擇，重新開始新的人生。

嚴格意義上來說，本文並非復仇文，女主之死雖然與前世的渣夫、渣女有著密不可分、甚至於直接的導火關係，但追本溯源卻也與自身性格及行事作風有關。套用現在網上流行的一句名言：不做死就不會死，所以前世的悲慘實則也是因為自身的偏執而一步步造成。

因此某雪讓女主重生之後，並沒有著重於一味的報復之類，而是修身養性，改變自己去糾正前世的錯誤，阻止前世的悲劇發生，守護真正值得守護的人。這是一條逆襲之路，是一條守護之路，同時也是一條女主完完全全的奮鬥之路，是她一步步通過努力獲得幸福的新生之路。

沒有苦大仇深，沒有血腥陰暗，沒有虐心虐肺，有的只是恩怨分明的快意、守護家人的堅定、積極向上的努力以及追求幸福的美好。

某雪不喜歡悲劇美，只希望所有的人不論經歷過什麼，最後都能夠重新尋回那條真正屬於自己的幸福之路。而這，才是本書最後所想要表達的東西！

至於經過浴火重生後的女主這一世到底會有什麼樣的感情歸宿，誰才將成為她的真命天子，這一點曾經有讀者糾結過、也爭論過。而某雪想說的是，遇見不分先後，出現不論遲早，適合的永遠才是最合適的。

正確的時間、正確的地點、遇上的那個正確的人，不用太驚心動魄，不必太癡情纏綿，只要兩情相悅，相守一生便足矣……

最後，某雪願所有的朋友都能夠快樂的生活，在正確的時候遇到那個合適的人，幸福一生！

第一章

小窗外，雨一直下個不停，落到芭蕉葉上，那叮叮咚咚如同打在心尖上似的，泛起一陣莫名的傷感。

雖已經入春，可寒氣依舊逼人，夏玉華定定地站在窗前，望著外面那片被雨絲籠罩住的天地。她只穿了一身寬大的裡衣，單薄的身子卻絲毫感受不到寒意似的，沒有任何的反應。

屋子裡極其簡陋，除了幾樣必備的用品外，半樣裝飾的物件也沒有，就連床上的被子也很單薄。一切都與這原本寬敞大器的房間極不協調，空蕩蕩的透著一股淒涼的味道。

「小姐，進去坐吧，窗前太冷了。」唯一的丫鬟鳳兒心疼地提醒自家主子，這幾年小姐的身子眼看是一天不如一天，病了的話連個湯藥也難得周全，可禁不起風寒的折騰了。

可夏玉華卻沒有理會，仍舊站在那裡。身後不時傳來另外一名女子惡毒的嘲諷與辱罵，如果是以前，她早就衝上前去將陸無雙的嘴巴給撕個稀巴爛，可現在，她卻像沒有聽到一般，懶得搭理。

突然，「砰」的一聲，一個茶杯應聲而碎，如同承載著砸碎它的人的憤怒一般，瓷片與茶水瞬間濺起，快速往四周擴散開來。

「夏玉華，妳還真是沈得住氣，我這樣罵妳，竟然半點反應也沒有，這還是不是當初那個不可一世的夏大小姐呀？」罵了這麼久，見夏玉華竟毫無反應，甚至連回頭看她一眼都沒有，陸無雙一時間氣到不行，只好砸東西發洩。

「難得妳今日不演戲了，讓妳多說幾句又何妨。」夏玉華終於轉過了身，異常平靜的看著那個曾經被自己當成好姊妹的人。

幾年下來，她早就不再是以前那個被官拜大將軍王的父親捧在手心，刁蠻霸道、任性妄為的夏玉華，殘酷的現實幾乎磨平了她最後一絲稜角，亦讓她明白以前的自己是多麼的幼稚可笑。

夏玉華的平靜深深的刺激著陸無雙心底深處的那一抹憤怒，她噌的一下站了起來，直接衝到夏玉華身旁，一把將人拉了過來，邊搖晃邊大吼道：「妳還不死心嗎？以為還有機會得到他的原諒？作夢吧妳，他將妳扔到這鬼地方，對妳不聞不問便說明了一切！要不是顧忌著皇室的顏面，早就一紙休書將妳掃地出門了！妳這個陰魂不散的賤人，為什麼噁爛成這樣還要占著正室的位置？」

正室？難道所有人都以為她在意的真是這麼個名分嗎？夏玉華心中突然覺得分外諷刺，她不怒反笑，嘴角淡淡的弧線勾勒出說不出來的嘲諷。「我已經死心了，對他、對妳，還有我自己。」

「妳以為我會相信嗎？好好想想妳做的那些蠢事吧！十三歲起妳就死纏爛打的纏著他，哪怕明知他討厭妳還要不擇手段的嫁給他。妳以為這樣他就會愛妳了嗎？妳以為他是那種可以隨意任人擺布的人嗎？」

陸無雙一把甩開夏玉華，指著她的鼻尖怒吼道：「他是端親王最喜歡的兒子，是皇上最器重的皇家子嗣，是整個京城名門貴女心中仰慕的完美公子。像妳這樣一無是處、死不要臉的女人，有什麼資格配得上他？到這會兒才說死心了，妳裝給誰看、裝給誰看！」

「妳說得對，是我太自不量力，一意孤行去強求一些本不屬於自己的東西。」

提到這些，夏玉華心中不由得一陣刺痛，她深吸了一口氣，定定地看向眼前那個憤怒不已的女人，好笑地說道：「我曾以為我的愛是多麼熱烈而勇敢，卻原來不過是連卑微的資格都不曾擁有。我不顧一切的愛他，可到頭來換得的只是他加倍的怨恨與厭惡。」

她顯得有些哽咽，眼角蒙上了一層微微的水氣。「為了這分固執而可笑的愛，我付出了最慘痛的代價。現在，我真的後悔了，如果當初不這般任性妄為，如果當初聽了父親的勸告，如果當初不那般自私，或許現在的一切都將變得不同。」

她不想回憶太多，可是記憶卻一點一滴不斷的湧現，嫁給他後，他甚至連正眼也沒有看過她幾次，無情與冷漠比任何利器都更容易殺死人心。

沒有夫君的寵愛，即使擁有正室的虛名，亦抵不過這大宅院裡頭勢利的人心。而父親的突然離世更是讓她受盡世態炎涼、嘗遍人間冷暖，哪怕是個最低微的奴才也敢在她面前吐口水，最膽小的下人亦敢對她不屑一顧。

她曾經憤怒、傷心、絕望，而現在只剩下麻木。

「說得真好聽呀！」陸無雙不可思議地嘲笑了起來，她最討厭看到夏玉華現在這副模樣，像看透了一切似的，連悲喜都無關緊要，似乎一切都不能夠再左右她的心境。

她寧可看到這個賤人吵鬧、打罵，那樣的話她心理才會平衡、才會高興，可如今這個賤人竟然完完全全的變了，實在是讓她相當惱羞成怒。「死心有什麼用，妳這個害人精，應該去死才對！」

「這世間已經沒有可以讓我牽掛的東西，死有什麼難呢？」夏玉華微嘆一聲，轉而是少見的釋然，如同想到了什麼，目光中竟還露出了多年來不曾有過的欣慰。「可我答應過爹爹會好好活著，所以不論多艱難，我都會好好的活下去。這麼多年來我沒聽從過他的話，他最後的遺言總還是要去遵從的。」

她的神情恬靜，如同看到了父親一般，整個人頓時顯得越發的平和。

「是嗎？說得跟脫胎換骨了似的，看來這幾年的閉門思過可沒有白費呀！」陸無雙按捺著心中的厭惡，突然奸笑了起來，一副挑釁的表情衝著她說：「對了，有兩件事妳可能還不知道吧？今日我權當做一回好人，告訴妳也無妨。

「關於前幾年我肚子裡沒了的那個孩子妳也不必在意了，其實我壓根兒就沒懷上孩子，不過是故意給妳找點事做罷了。」

「我知道。」夏玉華異常平靜地說著，如同在聽一個與己無關的故事。

「知道？妳才不知道！」陸無雙大笑了起來，片刻之後才又繼續說道：「夫君後來也知道妳是無辜的，不過卻只是稍微說了我幾句便不了了之，根本就沒提過半句要放妳出去的話，他其實早就想擺脫妳這個討厭的賤人了，皇上賜婚不能休妳又如何？那就將妳關上一輩子，只要看不到妳不就行了？哈哈，他討厭妳到了這樣的地步，知道我是在幫他解決麻煩又怎麼會怪我呢？嘖嘖，被心愛的人如此厭惡，真不知道妳活著還有什麼意思！」

聽到這些，夏玉華微微苦笑一下，點了點頭，一副頗有同感的樣子道：「原來真是這樣，否則他那般聰明怎麼可能被妳糊弄？終究只是不想再看到我罷了。」

夏玉華的反應讓陸無雙頓時有種說不出來的無力感，她沒想到說了這些話竟然還打擊不到這個賤人，難道這個賤人真的已經放下一切了嗎？

不，不可以！陸無雙銀牙緊咬，臉上更是無比的狠戾，這樣的夏玉華讓她覺得異常可怕，而她也絕不容許這樣的夏玉華再走出這間禁閉的屋子！

「還有一件事妳可聽好了！」她逼近身，強迫夏玉華與她目光對視，而後極其張狂地一字一句的說道：「妳可知道妳的父親，也就是咱們威武不凡的大將軍王夏冬慶，為何會突然指揮失誤釀成大禍，以致抑鬱而終嗎？那是因為他跟妳一樣自以為是，仗著自己的軍功便不將所有人放在眼裡，甚至連皇上都敢威脅。妳說，這樣的大將軍王，皇上還敢用嗎？」

說到這裡，陸無雙得意地笑了起來，而她接下來要說的話將更是一舉戳中夏玉華的痛處，讓這賤人活活氣死。

可就在陸無雙準備再出聲之際，卻見夏玉華長長的嘆了一口氣，滿臉悔意地說道：「我知道，是因為我不知天高地厚，一意孤行，父親為了幫我達成所願，以邊境戰事要脅著讓皇上賜婚。原本他就功高震主而受到猜忌，如此一來更是為皇上所不容。」

這一切她早就知道了，當癡戀褪去，理智回歸的那一刻起，許多事情她便看得一清二楚了。

「對、對、對！」陸無雙不可思議的望著夏玉華，從沒發現這個女人竟然是如此的聰明，這樣的夏玉華更是讓她受不了！

「都是因為妳，所有的事都是妳一手造成的！妳毀了夫君的前途，害死了妳的父親，讓我這麼多年來都只能屈居妾位！妳這個害人精，害了多少人，像妳這樣的人還不去死，留在這世上有什麼用！去死吧妳，去死吧……」

陸無雙氣到不行，她邊吼邊失控地將夏玉華猛的一把往後推去，夏玉華的身子原本就孱弱，又在毫無防備下，整個人瞬間往後一仰，只聽得「砰」的一聲，她的後腦勺徑直撞到了身後的柱子，一時間鮮血直流，強烈的疼痛讓她閉上了眼睛，她沒有力氣再開口說半句話，可奇怪的是，此時腦袋卻異常的清醒。

「小姐！」就在她倒下之際，鳳兒連忙衝了過來，來到她身旁，邊哭邊費力地抱著她大聲哭喊道：「小姐妳怎麼樣了？快睜開眼，妳別嚇鳳兒呀！」

鳳兒望著自己被主子的鮮血染紅的手，心中悲慟無比，這些年來小姐已經夠可憐了，就算以前真有什麼錯，這些年所受的苦也夠償還了，為何還要如此殘忍的對待她呀！

小姐只不過是不懂事、任性而已，卻從來沒有存心害任何人，為什麼所有的人都要將過錯全往她身上推呢？

「哭什麼哭？她死了更好，活著只是害人害己！」陸無雙起先還嚇了一跳，可很快的心中卻有種說不出來的興奮，這樣也好，這個女人早就該死！

鳳兒抬起頭來，忍住心中的憤怒，使勁朝著陸無雙叩頭道：「二夫人，求求您救救小姐吧，念在妳們姊妹一場的分上，找個大夫來救救小姐吧。」

「救她？我可沒那麼蠢，都死皮賴臉這麼多年了，死了倒乾淨！」陸無雙冷笑一聲，邊說著邊一腳踹向躺在地上猶生死不明的夏玉華，而後便轉身頭也不回的走了。

夏玉華覺得自己的意識正一點一滴的消失，耳畔鳳兒悲慟的哭泣也漸漸遠去。她知道自己終於要離開這個再無任何留戀的世界，也終於可以與疼愛她的父親再次相見。

此刻她的心中竟沒有一絲的恐懼，而是異常的踏實、平靜。在最後一絲意識消失之際，她無聲地告訴身旁的鳳兒，如果一切可以重來，她一定不會再那般自私、那般執迷不悟，她會選擇完全不同的人生，更會好好珍惜身旁那些愛她的人。

第二章

再次睜開眼時，夏玉華完全不敢相信自己的眼睛。她猛的從床上坐了起來，不可思議地看著身旁的一切。

粉色紗幔裝飾的檀木雕花大床，華美精緻的雙閣玉屏風、及人高的特製晶亮琉璃鏡……還有滿室飄著淡淡蘭花的幽香，這一切的一切熟悉得讓她瞬間心如刀割。

這裡不是別的地方，而是她出嫁前住了整整十六年的閨房，這裡的每樣東西都是父親親自替她挑選而來，每一樣都盈滿了父親對她濃濃的關愛。還來不及想清楚到底是怎麼一回事，一道熟悉而愉悅的聲音突然從外室傳來，由遠及近，清晰地在她耳畔響起。

「小姐，妳睡醒了？奴婢現在就服侍妳梳洗換衣，老爺已經在大廳等妳了，說是再不快些，待會兒可趕不上端親王府的馬車。到時候要是見不到世子，妳可別怪老爺沒張羅哦。」

鳳兒邊說邊將手中的盆子放下，準備先扶著似乎睡得還有些迷迷糊糊的夏玉華下床來換衣裳。

誰知她的手還沒來得及伸過去，卻見自家小姐竟突然站了起來，一把伸手抓住了自己的手。

「鳳兒，妳剛才說什麼？妳是說我爹……我爹他老人家還沒有死？」聽到鳳兒的話，夏玉華實在不敢相信自己的耳朵，她如同被雷電擊中了一般，一時間心都快蹦了出來。

「呸、呸、呸！」鳳兒一聽，連忙對著一旁連呸了三下，而後這才擔心地朝夏玉華說道：「小姐，妳沒事吧？大清早的，怎麼說起胡話來了，老爺一直都好好的，妳怎麼能這般咒他呢！」

「好好的？我爹好好的？」夏玉華喃喃地重複了兩次，而後突然想到了什麼似的，抬手朝著自己的臉頰狠狠地掐去。

「小姐快住手，妳這是做什麼呀？」鳳兒見狀，自是嚇得不輕，連忙伸手拉住夏玉華。「不會是中邪了吧？來人，快來……」

「鳳兒，妳等等！」夏玉華連忙制止鳳兒叫人，她剛才清楚的感覺到了臉頰被掐的疼痛，這說明了一切都不是夢，更不是幻覺。

不理會鳳兒擔心的追問，她在屋子裡轉了一圈又一圈，似乎想藉更多的物件來證明什麼，而後她終於站到那座及人高的琉璃鏡前仔細照了起來。

鏡中人的確是自己沒錯，只不過那張臉白皙紅潤，沒有半點的病態，頭上更沒任何傷疤。她不敢置信的伸手摸上了自己粉嫩的臉頰，那種年少青春洋溢出來的氣息真實得無法形容，縱使再多的脂粉亦無法比擬。

一時間，她眼中的淚止不住的落了下來，她怎麼也沒想到老天爺對她這般仁慈，原本以為一切都太遲了，無法重來，可現在卻真的給了她一個重新改過的機會。

那種悲喜交加、難以述說的滋味實在讓她無法自制，她又是哭又是笑，看著鏡中如同新生的自己激動得無以復加。

「小姐妳今日到底怎麼啦，可別嚇鳳兒呀！是不是哪裡不舒服？要不，鳳兒現在就去請老爺過來？」一旁的鳳兒被又哭又笑的主子嚇壞了，看這樣子，不會是被鬼怪附身了吧？

「不、不，我沒事，我真的沒事！」夏玉華一把抱住鳳兒，拍著她小小的肩膀說道：「就是作了一個噩夢而已。鳳兒，讓我抱抱妳，什麼都別問，什麼都別說，就讓我好好抱著妳，一會兒就好了！」

原來是作噩夢了，鳳兒終於長長的鬆了口氣。雖早已受驚過度，但自然也不會違背主子的意願，老老實實的站在那裡，任由夏玉華抱著，不時還安撫性的拍著夏玉華的後背。

好一會兒，夏玉華才漸漸平復了下來，雖然心中仍激動不已，卻已經能夠控制住此刻的情緒。

「鳳兒，今日是不是三月三？待會兒我們是不是要去東興寺燒香？」擦乾淚，她極力保持鎮定，不想再讓鳳兒瞧出她的異樣。

鳳兒見主子終於恢復正常，連忙使勁地點點頭道：「對呀！小姐，今日端親王府的人會去，世子也會去哦，妳要是再不快點梳洗，可就真的跟不上他們了。」

夏玉華不由得握住了自己的拳頭，往事在腦海中一幕幕的重演：三月三日去東興寺燒香，她清楚地記得這一天，鄭世安當著諸多王侯權貴的面嘲諷她，而她卻依然自以為是、死纏爛打地說無論如何也要嫁給他！

原來，她回到了六年前，回到了十五歲，回到了父親還沒有死、還沒有訂親，一切悲劇都還沒有展開之際。

她心中再次百味雜陳，好一會兒，這才露出一抹異常堅定的微笑，夏玉華呀夏玉華，從今天起，妳要好好珍惜身旁那些愛妳的人，好好守護想要守護的以及值得妳愛的人，好好地活出一個全新的人生！

「鳳兒，替我更衣梳洗。」她不願再想太多，朝著鳳兒一臉期待地說道：「我要馬上去見爹爹！」

鳳兒顯然弄不明白自家主子到底是作了什麼可怕而古怪的夢，不過小姐向來任性，什麼事都是想到一齣是一齣的，因此見這會兒急著說要去見老爺，倒也沒有再像之前那般擔心，應了一聲後，便利索的替她梳洗起來。

收拾妥當之後，夏玉華直奔大廳而去，府裡的一切都熟悉無比，彷彿她從來就不曾離開過一般。一路上，不時有路過的僕人朝她行禮問安，她也無暇顧及，提著裙襬一口氣便直接跑到了前廳。

「爹爹、爹爹！」她顧不上喘息、顧不上任何的東西，愣了片刻之後便再次抬步，直接撲進了夏冬慶的懷中，又是哭又是笑的緊緊抱著父親，激動得無法形容。

「傻孩子，今日這是怎麼啦？」夏冬慶被寶貝女兒的舉動給嚇了一大跳，邊緊張的詢問著，邊趕緊拍著女兒的後背安撫著。

「好了好了，咱們玉兒總算是沒事了，快些坐下休息一會兒，瞧這都哭成什麼樣了，爹爹看著都難受。」

夏冬慶心疼不已，邊說邊將夏玉華拉到一旁的椅子上坐好，而後接過婢女遞來的帕子，親自替女兒擦乾臉上的眼淚。「傻丫頭，到底出了什麼事？別著急，慢慢說給爹爹聽，爹爹一定幫妳解決，絕對不會讓咱們玉兒受委屈的，好不好呀？」

「不，什麼事都沒有，什麼委屈也沒有，玉兒只是看到爹爹太高興了而已。」夏玉華使勁地搖了搖頭，此時此刻能夠再見到父親，她還有什麼不滿足的呢？

「真是個傻丫頭！」夏冬慶見狀，寵溺地笑了起來，只當這寶貝女兒又在撒嬌而已。「爹爹這不是天天在家嗎，怎麼弄得跟好幾年沒見面了一般？」

夏玉華一聽，連忙收拾了情緒，不再那般激動失常，她不想讓父親太過擔心。許多事情自己心中明白就行了，從現在起，她便要重新開始新的人生，而爹爹與夏家她也會好好守護。

「是女兒不好，昨晚作了個噩夢，才會恍過神來，倒是讓爹爹擔心了。」她看著父親，微笑著說道：「好爹爹，咱們快去用早膳吧，玉兒餓死了。」

不知怎麼回事，今日的玉兒讓夏冬慶有種怪怪的感覺，雖然剛才又哭又笑還是像個小孩子一般，可總覺得這丫頭一夜之間長大了似的，特別是臉上的笑，看似還跟以前一般活潑，卻讓他有種難以理解的滄桑感。

「好好好，咱們趕緊用早膳，一會兒還得去東興寺，遲了的話可就趕不上端親王府的馬車了，到時沒追上鄭世安那小子，妳又要不高興了。」聽女兒說餓了，他不再多想，只當玉兒可能真被昨晚作的夢給嚇壞了，邊說邊朝一旁的婢女揮了揮手，示意布上早膳。

而夏玉華則不由得愣住了，突然聽到鄭世安的名字，她的心如同被人狠狠踩了一下似的泛疼，重生前的種種境遇頓時閃過腦海，一陣說不出來的酸楚瞬間在心間擴散開來。

見夏玉華神情突變，夏冬慶自是擔心不已，正欲出聲詢問，卻見夏玉華突然出聲道：「爹爹，咱們今日不去東興寺了。」

「不去了？為什麼？」夏冬慶幾乎不敢相信自己的耳朵，剛才那話真是他的寶貝女兒所說的嗎？

玉兒向來任性，許多事也都是想到一齣是一齣，今日一個主意，明日說不定又是另一個主意，這都是有可能，可唯獨有一樣卻是十頭牛也拉不回，那就是她時時掛在嘴裡的安哥哥，只要與鄭世安那小子有關的，說什麼她都不會放下。

這去東興寺可是玉兒盼了好久的約，當時還是她死活硬是讓他拉下老臉，去跟端親王討了個面子，約好了三月三日兩家人一起去燒香。當然玉兒為的可不是燒什麼香，最主要的還是想藉機親近她的安哥哥。

這好不容易讓端親王應了下來，並且說好了鄭世安也會去的，可這會兒的工夫，自家丫頭怎麼可能突然說不去了呢？他寧可相信自己聽錯了，也無法相信自己的女兒會放棄這樣的機會。

看到夏冬慶如此驚訝，夏玉華自然明白父親心中的疑惑，她裝作不在意地笑了笑，繼續說道：「沒什麼，就是突然不想去了，燒香有什麼好玩的呢，路途又遠又累的，還不如待在家裡頭舒服。」

「可是鄭世安那小子也會去的，妳不是要……」

「他是他，我是我，沒理由他去我就一定得跟著去吧？」

夏玉華打斷了夏冬慶的話，微微嘆了口氣道：「爹爹，以前是玉兒不懂事，成天只會任性妄為、胡攪蠻纏，不僅讓爹爹操煩了心、丟盡了顏面，而且還惹下不少麻煩，平白讓人厭惡、害人害己。爹爹您放心，以後……」

她頓了頓，深吸了口氣，斬釘截鐵地說道：「以後，玉兒再也不會那樣了！」

這會兒，夏冬慶更是震驚得無法形容，除了不相信自己的耳朵之外，連眼睛看到的都無法相信了。

眼前這個一臉正色、冷靜而沈穩地說著這番話的少女果真是他的女兒嗎？

「玉兒，妳、妳是不是哪裡不舒服？」愣了好一會兒，夏冬慶總算找到了自己的聲音，他伸手摸了摸夏玉華的額頭道：「要是哪裡不舒服的話，爹爹現在就讓人去請大夫過來。」

「爹爹，我沒事，也沒有說胡話。我清醒得很，知道自己在說些什麼。您也沒聽錯，玉兒真的知道以前做錯了許多，不想一錯再錯！」夏玉華拉下夏冬慶的手反握著，一臉認真地說道：「玉兒不想再執迷不悟，不想再任性妄為，玉兒只想從此後好好的與爹爹一起過日子，好好的守著咱們這個家，好好的過新的生活。」

「孩子，妳……妳怎麼突然像變了個人似的！」夏冬慶顯然仍震驚萬分。

一直以來，因為夏玉華的娘親走得早，所以夏冬慶是又當爹又當娘，總怕這孩子缺少了愛，最後卻實實在在給寵過了頭。

打從兩年前這丫頭見了鄭世安那小子以後，便一門心思想要嫁給人家。好說歹說，怎麼勸就是不聽，哪怕人家根本就不喜歡她，為此不知惹出了多少事來。

「爹爹，我真的沒事。只不過昨晚那個噩夢讓我突然想明白了許多東西，腦子開竅了而已。」夏玉華自然能夠體會到父親此時的心情，她微微一笑，安慰著說道：「雖然明白得晚了一點，不過總算還來得及，不是嗎？」

「是、是！來得及，自然來得及！」夏冬慶頓時聲音都有些哽咽了，他相當激動，若不是向來心性堅定，這會兒只怕早已是老淚縱橫。「咱們玉兒真的長大了，懂事了，爹爹真高興！我想，妳娘親在天之靈也可以含笑了！」

「好了爹爹，您別太激動，當心身子，大悲大喜可都是不利於身體的。」夏玉華起身扶著夏冬慶。「早膳已備好了，咱們用膳吧！」

「好、好，都聽咱們玉兒的，用膳、用膳！」夏冬慶不住地點頭，任由夏玉華扶著他到一旁的飯桌前坐下。

夏玉華親手盛了一碗小米粥送到夏冬慶面前，拿起筷子正準備再替父親挾菜，突然像是又想到了什麼，手中的筷子也停住了。

她看了夏冬慶一眼，而後又朝著站在一旁服侍的鳳兒說道：「鳳兒，妳去把梅姨和少爺請過來吧，這麼早，他們肯定還沒用膳，我看今日這早膳也夠四個人用，請他們過來一家人一起吃吧。」

鳳兒一聽，先是愣了一下，而後反應過來，看了一眼也愣住了的老爺，這才連聲稱是，快步退了下去。

「玉兒，妳不是一向都不喜歡……」夏冬慶的聲音很輕，顯然是有所顧忌。玉華口中的梅姨，是姨娘阮梅，生了個兒子名叫成孝，玉華一向不喜歡他們母子，即便是同父異母的弟弟，也不願父親當著她的面提起，更別說讓她跟他們一起吃飯了。

這句話頓時讓夏玉華心裡一酸，一直以來，她都覺得梅姨是個壞女人，外表的溫柔善良都是裝出來騙人的，可直到最後父親死了、夏家落魄後，她才真正明白誰好誰壞。

她還記得最後一次梅姨帶著成孝去看她，見她日子過得竟那般淒涼，當時便哭得傷心不已，直說若是冬慶在世，定然不會讓自己的女兒受這樣的委屈。臨走時，原本生活就已經捉襟見肘的梅姨，竟然還硬塞給她一小袋碎銀子，說是再怎麼樣，多兩個錢傍身總會好一些。

「爹爹，玉兒以前不懂事，總是讓您為難。成孝畢竟是我的親弟弟，梅姨這麼多年來也不容易，日後咱們一家子好好過日子吧，玉兒不會再蠻不講理了。」前世，她是瞎了眼，是非黑白就是看不明白，可這一世，她看清楚了一切，自然不會再去辜負那些真正對她好的人。

夏冬慶一時間說不出話來，眼中卻已閃動著淚光。這會兒，他是真的相信，寶貝女兒的的確確與以前不同了。

阮氏與現年七歲的成孝很快便過來了，成孝畢竟還只是個孩子，除了很好奇地偷偷打量著玉華之外，神情倒也沒什麼特別。相對於孩子，阮氏則顯得相當激動，直到聽見夏玉華喚她，似乎都還有些不敢相信眼前的一切。

「梅姨，您別光喝粥呀。」夏玉華見狀，挾起一條春捲放到梅姨的碗中。「這個味道不錯，您也嚐嚐。」

「好，好！」阮氏更是激動，連手都有些微微的抖動，不知所措的看了夏冬慶一眼，見他溫和含笑的朝自己點了點頭，這才有了些真實感，趕緊低頭挾起那條春捲一口便塞進了嘴，眼中卻是閃過點點淚光。

「成孝也多吃點，吃多些才能長得更高、更壯哦！」夏玉華自是看到了梅姨眼中的淚光，她心中也是一陣動容，怕一下子讓梅姨太過不習慣，所以便轉移視線與坐在旁邊的弟弟說起話來。

夏成孝自然沒有母親這般拘束，小孩子最是容易放得開，見姊姊對自己友善，話也慢慢多了起來。

當大家都吃得差不多之際，卻見侍從自外頭走進來稟報。

「老爺，端親王府的鄭世子來了，說是端親王府的人已經準備好出發去東興寺了，端親王讓世子過來問問老爺怎麼還沒過去。」

第三章

聽說鄭世安竟然親自過來了，夏冬慶頓時有些為難，雖然玉兒一改初衷實在是天大的好事，可是東興寺一行畢竟是他好說歹說拉著端親王去的，如今突然不去了，豈不是讓人家以為自己是存心耍人嗎？

夏玉華見狀，自然明白了父親在想些什麼，暗自思索了一下，倒是覺得沒必要因為鄭世安而令父親為難，畢竟就算今日不見，日後也總免不了要打照面。

於是她主動提議帶上梅姨與成孝，一家人一起去東興寺，就當是陪她去給菩薩上香，多謝菩薩及時的點醒了她。

夏冬慶心中又是一陣欣慰，連聲說道是得親自去向菩薩上香還願，他的心情從沒如今日一般高興。

而此時鄭世安顯然早就已經等得不耐煩，坐在花廳，手中不住的轉動著茶杯蓋，滿臉不快。如果不是礙於父親的命令，他是根本不會主動踏入夏家半步。

一想到那張討厭的面孔很快便要出現在他面前，然後是纏著他沒完沒了的，鄭世安不知有多麼的厭惡，幸好父親已經答應他，日後再也不會應承夏家這般無聊的邀約，因此這次就當作是行善積德吧。

只不過這一次，事情卻很出乎意外，當鄭世安終於見到了夏冬慶領著家人一併出來時，那個向來一見到他便會不顧一切朝著他撲過來的夏玉華，今日卻並沒有做出如同以往的舉動。她雖然不時地看著自己，但神情平靜，目光更是如同陌生人般保持著應有的距離與疏離。

這樣的夏玉華，鄭世安還是頭一次見到，一時間反倒有些不習慣起來，心中暗自猜測今日夏玉華是不是病了，或者又在耍著什麼心眼，以至於連夏冬慶跟他說話都沒聽到。

夏玉華靜靜的站在一旁，神情無悲無喜。其實，還沒進花廳前，看到鄭世安的身影時，她內心的確激動無比，心慌意亂之餘險些撞上了走在前頭的梅姨。

不過連她自己也沒料到的是，就在對上鄭世安目光的那一瞬間，她整個人卻出奇的平靜了下來。鄭世安目光之中流露出來的厭惡與憎恨頓時讓她清醒過來，原來自始至終，他都沒有改變過分毫，他一直都是那樣的厭惡她，從初識到她死去，從沒變過。

其實這樣的眼神，在被軟禁的那些年裡，她已然變得不再在意，而當初對他那種瘋狂的情愛亦早已不知何時被這樣的眼神一點一滴地消蝕乾淨，不復存在。她知道，她早已經對他死心，早已不再愛他，而以往的那些傷痛與悲悽只不過是偏執的不甘罷了。

如今再看到這樣厭惡與憎恨她的眼神，她突然覺得十分可笑。當年的自己真的膚淺到了極致，竟然會那般瘋狂的愛上一個僅僅只是因為不喜歡她的死纏爛打，便如此厭惡一個不懂事的少女的男人。

想到他明知自己被人陷害，還將她不聞不問的軟禁在那處破院子裡許多年，一直到死都沒有再來看過她一眼，她更是對他的絕情與冷漠感到不齒，即使真的是自己有錯在先，可這樣的男人，卻絲毫不值得她那般死心塌地的愛戀。

鄭世安無意間側目一瞥，看到夏玉華的神情，頓時有種說不出來的滋味，他真有些懷疑自己的眼睛是不是有問題，剛才他竟然從夏玉華的目光中看到了冷漠與鄙夷。

「既然如此，我便先回去轉達將軍的意思。」他朝夏冬慶拱了拱手，因夏冬慶表示為了節省時間便不再去端親王府一併出發，直接到東興寺會合，那麼他自然得快些騎馬回去覆信，免得耽誤了時間。

轉身走了兩步，鄭世安卻突然停下腳步，回過頭不怎麼耐煩地朝一旁一直沒有出聲的夏玉華問道：「妳要跟我騎馬先行，還是……」

話還沒說完，卻聽夏玉華平靜而果斷的回答道：「有勞世子，我自是跟家人一併坐車。」

聽到夏玉華的回答，鄭世安臉色頓時黑了下來，顯然沒料到這丫頭竟然跟吃錯了藥似的，話都沒聽完便直接回絕。他還從沒如此丟臉過，只怪他自己今日腦袋糊塗了，沒事竟鬼使神差的問她要不要跟自己一起先行，實在是見鬼了！

「隨便妳！」他語氣不善的扔下一句，隨後頭也不回的走了，看那樣子顯然是生氣了。

一時間，夏冬慶自是看得有些一頭霧水，原先只道玉兒這丫頭突然轉了性，卻沒想到端親王家這小子竟也有些不太正常。往日裡瞧見玉華跟躲瘟神似的，今日竟破天荒的在女兒跟前碰了個軟釘子後惱火地離開。

「走吧爹爹，馬車已經在外頭等了好久了。」見狀，夏玉華稍微提醒了一句，神情平靜，如同剛才什麼事也沒發生，什麼人也沒見過一般。

東興寺就在城郊，並不算遠，因此沒多久便到了，到達的時候，端親王府的車列已經先到了，留了個奴才在那裡等著給夏府的人傳話，其他人都已經先行入寺燒香去了。

今日來上香的人並不算多，但因為是皇家寺院，因此來的人非尊即貴，身分都不低，光看外頭那一排排顯赫的馬車便瞧得明白。

進去沒一會兒，夏玉華忽然聽到後頭有人叫她的名字，停下來回頭一看，卻見一名十五、六歲的少女正滿面嬌笑地朝自己走來。不是別人，正是上一世那個恨透了自己的陸無雙。

「玉華，妳怎麼啦，怎麼這樣瞧著我？」陸無雙在夏玉華面前停了下來，有些奇怪今日這臭丫頭的反應，若是換成平時，只要一看到她，早就興奮地跑過來拉著她又說又笑的了。

夏玉華心神一怔，一種無法言喻的滋味在心中蔓延，暗自深吸了好幾口氣，這才沒讓自己失去冷靜。

「以前不曾細看過，原來無雙姊姊竟生得如此美，怪不得那麼多世家公子都對妳愛慕有加。」一瞬間她已是出奇的平靜，嘴角竟然還帶著淡淡的微笑。

她不再是以前的夏玉華，不是喜怒全都掛在臉上的小孩子，如果連這一點她都無法做到，那麼這一世的重生只會毫無意義。

聽到夏玉華的誇讚，陸無雙嬌柔一笑，伸手拉著夏玉華道：「就妳嘴甜，成天說這些好聽的哄我開心。今日還真是巧，沒想到出來上香也能碰到妳，走，咱們一起去後院玩玩，那裡的桃花全開了，可漂亮呢！」

陸無雙是左丞相之女，雖說不是嫡出，不過卻因為陸家就這麼個女兒，姿色才藝又十分出挑，因此陸相對這個女兒極其疼愛，自小便由嫡母親自養著，在家中的地位也算得上是掌上明珠了。

夏玉華不動聲色的將自己的手從陸無雙手裡掙脫，裝作理了理額頭的髮絲。「我才剛來，還沒進去上香呢，無雙姊姊自己先去玩吧。」

「上什麼香呀，妳就裝吧，平日來這裡哪見過妳燒香的。」陸無雙朝前邊瞧了瞧，而後小聲地對夏玉華說道：「妳爹爹今日怎麼把那母子倆也帶來了？妳還是跟我去玩吧，省得看著他們鬧心。」

「是我讓他們跟著來的，不過是一起上個香也沒什麼鬧心的。」夏玉華不想再與陸無雙多待，徑直說道：「他們頭一次來，爹爹又沒工夫照應他們，我得過去了。」

說著，她轉身便準備離開，陸無雙見狀，頓時有些反應不過來，呆呆地愣在原地，如同不認識一般盯著夏玉華的背影，內心有說不出來的奇怪。

片刻之後她才反應過來，連忙追上去說道：「玉華，剛才我看到鄭世安了，他應該已經上完香了，這會兒應該去後院桃花林那邊了，妳就不想去找他玩嗎？」

「姊姊想去就去吧，時候不早了，我真的得去上香了。」

夏玉華沒有停下，轉而徑直朝一旁等候的梅姨笑了笑，而後又朝夏成孝招了招手。「成孝等急了吧，姊姊這就帶你去上香。」

「真是奇了怪了，今日這夏大小姐怎麼跟變了個人似的？」望著漸漸走遠的夏玉華等人，陸無雙身旁的丫鬟很是不解地朝自家小姐說道：「平時都不曾見她提過那對母子，今日竟然還有說有笑的，真是不可思議。」

陸無雙亦是滿臉疑惑，雖然剛才夏玉華依舊姊姊、姊姊的叫她，可那語氣卻生疏得很，如同應酬一般，更離奇的是，當她提到鄭世安在桃花林時，夏玉華竟然跟沒聽到似的，一點反應也沒有。若是換成以前，早就連蹦帶跳的拉著她去找鄭世安了，哪有可能這樣不在意。

「八成又在玩什麼心眼吧，這大小姐的性格向來如此，想起一齣是一齣的，誰知道今日又要出什麼花招來了。」陸無雙不屑地哼了一聲。「算了，別理她了，等著看吧，一會兒她準會跑去纏世子的，這種人裝不了多久的。」

正殿裡頭的香客不多，夏玉華一家人進去之後也無須多等候，便輪到了他們。等夏冬慶和阮氏拜完之後，夏玉華這才異常虔誠的叩拜、上香，並且添了不少的香油錢。

一般達官貴人上完香後，還會在寺裡用上一頓齋飯，這會兒離用齋還早，所以除了年紀大些的會去茶室喝茶休息等候之外，其他年輕人一般都會邀伴去寺內各處走走玩玩。

東興寺裡頭的風景不錯，特別是後院的桃花林，如今這個季節開得格外的燦爛。因此許多年輕的官家子弟都是衝著賞花而來。

夏玉華不想去茶室那邊，因為那裡會碰到好些認識的長輩，特別是端親王等人也在，因此跟父親說了一聲，便帶著鳳兒去寺裡頭其他地方轉轉。

桃花林那邊她自然也不想去，不僅僅是因為知道鄭世安與陸無雙會去，更主要的是這會兒那裡人特別多，而她現在卻早已經不喜歡那種太過熱鬧的地方。

「鳳兒，妳自個兒去玩吧，我想一個人走走。」沒有讓鳳兒跟著，她慢慢往寺裡頭清靜的地方走去。

不知不覺間，她走到了一處小院門前，從外面看不出這小院到底是做什麼用的，不過卻有種說不出來的吸引力，無聲的牽引著夏玉華往裡頭走。

清幽的院子裡除了最常見的花木以外，並沒有任何特別之處，可這裡頭的祥和卻比先前一路走來的任何地方都讓人覺得更加舒服。

側目之間，她看到有人正盤坐在院角的樟樹底下不知道在忙些什麼。輕輕往前又走近了幾步，發現竟是一位十分年輕的僧人，正用心的雕刻著手中一枚半大不小的漂亮石頭，看得出來已快要雕刻完畢了，而僧人旁邊的地上還擺放了不少尚未雕刻過的石頭。

「不去後院的桃花林遊玩，卻到這麼清冷的小院裡來，倒是許久不曾碰到這樣的女施主了。」那僧人並沒抬頭，但卻對這院子裡的一切瞭若指掌，夏玉華的到來似乎並沒有讓他有任何的改變，依舊十分用心的雕刻著手中的東西。

「信女魯莽，未曾得到允許便擅自入內，還請小師父見諒。」夏玉華心知佛門之地最講清靜，許多地方沒有允許都不准隨意出入，這裡雖然並沒有標明不准入內，但卻也並不是遊玩觀賞的範圍，因此自是連聲道歉。

聽了夏玉華的話，那僧人這才暫時停下手上的活兒，抬眼看了過來，笑著說道：「小師父？貧僧不小了，若是沒記錯的話，如今已是八十有五了。」

這一下，夏玉華頓時驚訝無比，眼前的僧人明明不過二十出頭的樣子，可他竟然說自己有八十多了，這實在是讓人無法置信。

正欲出聲，卻聽那僧人繼續笑著說道：「施主又何須置疑，真真假假、虛虛實實又豈是眼睛所看到的這般簡單。貧僧並非外表看起來的二十幾歲，而施主也非旁人眼中的十五歲，冥冥之中無法解釋清楚的事情實在是太多，又何必太過於執著？」

這話一出，夏玉華更是震驚得無法形容，這僧人的意思分明便是在暗指她重生一事，這實在是太讓人覺得可怕，一個素未謀面的僧人竟然一語便能道破她的秘密。

見夏玉華臉色蒼白，一副被嚇到了的樣子，僧人依舊面帶笑容，從容而道：「施主不必驚慌，貧僧與施主有師徒之緣，卻亦只有這一面之緣。望施主日後多行善念，造福蒼生，也不枉這一世的新生。」

僧人的話如同清心咒一般，頓時讓夏玉華整個人靜下心來，不再驚慌擔憂，不再忐忑不安。只是一面之緣尚且明白，這師徒之緣又從何說起？

「大師慧眼明鏡，信女願聽勸告，日後定當多行善事。」夏玉華雙手合十，舉於胸前，虔誠問道：「只是信女愚笨，不明白大師所說的師徒之緣到底是何意思，還請大師明示。」

僧人從身旁那一堆大小形狀不一的石頭裡頭挑出一塊最小的、差不多只有半個巴掌大的普通小石塊，遞給夏玉華道：「這個妳好好保管，日後自然便會明白一切。」

夏玉華雖一頭霧水，可是卻半點也沒有懷疑，十分恭敬地雙手接了過來。「多謝師父！」

「不要跟任何人提及此事，亦不要再來這裡找我，回去吧！」

說罷，僧人便不再言語，徑直拿起刻刀繼續雕刻著手中即將完成的石頭，而他每多刻一刀，那塊石頭便越發的變得閃亮，夏玉華眨了眨眼，發現他手中的石頭似乎正在慢慢蛻變，漸漸顯露出玉石才有的光芒。

她不由得看了一眼手中不起眼的石頭，也不再多說，將石頭小心地收入懷中，而後朝那僧人鄭重地行了一禮，這才退下離開。

往回走途中，見到鳳兒朝著自己這邊快速走來。「小姐，原來妳在這裡，差不多到用齋的時候了，老爺讓奴婢找妳過去，咱們快走吧。」

夏玉華點了點頭，並沒說什麼，如同什麼事也沒發生一般，帶著鳳兒往齋堂的方向而去。

拐出長廊後，卻聽到有人喚她的名字，那聲音一連叫了兩、三回，夏玉華不由停了下來回頭一看，卻見陸無雙正朝她這邊走來，身旁還有好幾位王孫公子，而鄭世安亦在其中，顯得那般的突出。

第四章

夏玉華頓時默然，眼前這樣的陣仗相當熟悉，熟悉得讓她有些麻木。即使再多的貴公子圍繞在鄭世安身旁，但第一眼望去最引人注目的永遠都是他；所不同的是，以往那個離他最近、纏得他最緊的人絕對是她自己。

她不得不承認，比起自己，陸無雙站在鄭世安身旁要相配得多，一個是世家公子，一個是名門閨秀，光看表相著實是郎才女貌，格外養眼。看到這一幕，她突然明白陸無雙為何會那般恨她，因為在陸無雙看來，她這個原本連情敵資格都夠不上的人卻偏偏奪去了陸無雙自認應該得到的一切。

「玉華，妳在想什麼呀，叫了妳好幾聲才聽到。」陸無雙笑咪咪的朝夏玉華說著，不過卻並沒有再往她那邊走，只是邊說著邊招手示意她過去。

原本夏玉華並不想理會陸無雙，再加上還有好些人在場，因此只是微微朝她點了點頭，而後便準備自行離開。

陸無雙見狀，連忙又道：「玉華等等，妳這麼急著做什麼去？沒看到世子還有其他公子也在這裡嗎？」

夏玉華只得收住了腳步，淡淡地說道：「我出來好一會兒了，怕家人等得急，得先走了。」

說完，不再理會那些一臉目瞪口呆的男男女女，徑直轉身離去。

「咦，這是夏家大小姐嗎？今兒個還真是太陽打西邊出來了，一向最喜歡往世子身上黏的夏大小姐怎麼轉性了？」

「就是啊，不會是中邪了吧，要麼一準就是腦子燒壞了。」

「轉什麼性？依我看還是那個鬼樣，一點規矩也沒有，扭頭就走？真以為有個大將軍王的父親就了不起了嗎，瞧那橫樣，根本就沒有將任何人放在眼中！」

身後不時傳來那些人肆無忌憚的嘲諷與斥罵的聲音，夏玉華絲毫不在意，這樣的冷嘲熱諷，上一世她聽得太多，別人說什麼她早已不在意，更不會再為這些而做出任何不理智、不值得的事情來。

「好啦、好啦，你們就別再說了。」待夏玉華完全走遠後，陸無雙這才一臉委屈地說道：「玉華不是你們說的這樣，先前我見她時還好好的，興許是有什麼心事吧，否則的話她是不可能不理我的。」

聽了這話，一名白衣公子笑著說道：「無雙妳就別難過了，那大小姐今日可是連咱們的世子都沒多瞧一眼，不搭理妳又算得了什麼？也就是妳掏心掏肺的將這種人當成朋友，她呀，壓根兒就沒將妳放在心上過。」

見狀，陸無雙朝一旁一直沒說話、板著一張臉的鄭世安看去，頗為小心地說道：「也許玉華是知道世子不喜歡她那般黏人的方式，所以今日特意換了種別的……」

她故意沒有將話說完，可這話即便不說完眾人卻已全然明白，連聲起鬨地笑了開來，只道夏玉華還真是用心良苦，連欲擒故縱的招都使了出來，估摸著要是再不管用，怕是直接要逼婚了。

鄭世安心裡頭原本還真是彆扭得緊，今日一早在夏家，夏玉華的反常讓他頗為沒面子，而剛才又見她連看都沒怎麼多看他一眼，更是心裡頭窩著一股無名之火。

如今聽了這話，倒是不由得暢快了不少，他頓時覺得這些人說得極為合理，以那臭丫頭的性子怎麼可能突然變得這麼老實，指不定又是在耍什麼花樣。看來這次肯定又聽了什麼高人指點，否則就憑這臭丫頭是絕對想不出這種上得了檯面的招數來。

但願那臭丫頭裝久一點，最好一輩子都這麼裝著別來煩他，那他可真得時時來這裡虔誠的燒高香了。

「笑笑笑，笑夠了沒有？總提她做什麼，你們還嫌那臭丫頭不夠煩嗎！」他陰著臉突然扔了這麼一句出來，而後徑直甩袖離開，不再理會身後那一群狐朋狗友。

雖然他並不喜歡夏玉華，甚至無比的討厭，可並不代表可以隨意讓其他人拿那個臭丫頭來開他玩笑。

見狀，眾人頓時才發現似乎有些過頭了，本來是要嘲弄夏玉華，卻差點忘記了鄭世安向來最是討厭那女人，剛剛那些話多少也波及到鄭世安身上，他因此不悅也是情理之中。

「好了好了，都趕緊走吧，估摸著齋飯都準備好了！」陸無雙連忙小聲的朝眾人說著，一副都別再生事的模樣，而後率先快步朝鄭世安追了上去。

用完齋飯後，眾人紛紛各自啟程回家，夏玉華只是禮貌性的跟隨夏冬慶去給端親王夫婦打了聲招乎，道別後便上車了。

她沒有再見到鄭世安，亦沒有看到陸無雙，想來這兩人此刻肯定是在一起的，不過這些都與她無關，如此一來反倒是連表面的客套都可以省了，何樂而不為。

前世，陸無雙便是怨恨自己壞了她的好事，所以才總是千方百計的針對自己；這一世，夏玉華倒還真想看看，沒有自己的爭奪，陸無雙就一定能夠得到想要的一切嗎？

回家後，將鳳兒打發出去了。夏玉華這才從懷中香囊取出先前那位僧人送給她的石頭，仔細打量著。

看了好久，她卻依舊沒有看出半點端倪，從外觀來看就是塊普通得不能再普通的石頭，根本沒有任何特別之處。不過既然那位僧人說讓她好好保管，肯定是有什麼玄機。

將石頭收了起來，她開始沈思著。算算時間，離自己、父親與夏家的命運出現決定性的轉折還有差不多一年的時間，在這一年裡，她所要做的事情實在是太多。

良久，她終於長長的吁了口氣，嘴角掛上了一絲淡淡的笑容。好吧，上一世，自己的錯要改，別人的錯也要討回，如此，她才能夠真正的改寫命運。

一連幾天，夏玉華都安安靜靜的待在家中，並沒有如以往一般成天往外鑽，夏冬慶雖然不知道她在忙些什麼，可總算是徹底相信自己女兒已經完全轉性的事實。又試探性的跟她提了一下將阮氏扶正的事，最後夏玉華竟說擇日不如撞日，當下便讓他將這事給確定了下來。

如此一來，阮氏便正式成了夏家的女主人，而成孝也成了名正言順的嫡長子，對此夏冬慶雖然並沒有大肆操辦，可消息卻還是很快傳了出去，成為權貴們茶餘飯後的話題。

當然，各種說辭並不一致，但對於夏玉華來說卻絲毫不在意。

她這些天忙著在自己住的屋裡另闢了間小書房，讓人蒐羅了一大堆的書，成天寫寫畫畫的忙得很，就連鳳兒也弄不清她到底在做些什麼。好在，夏冬慶並不會去約束，對他來說，現在夏玉華怎麼看、怎麼做都是長進。

今日一早，夏玉華去給夏冬慶與阮氏請安，一進去便正好聽到兩人正在商量著什麼。見夏玉華來了，連忙停止交談，笑著要她過去坐下。

「爹爹與梅姨是不是商量著要給玉兒再請先生教習一事？」夏玉華進來的時候似乎聽到了父親提及「先生」的字眼。

說來，上一世的她還真是一無長處，琴棋書畫樣樣不精，所有的精力都放到鄭世安身上去了，根本就沒有心思學任何東西。

倒是後來幾年被禁閉在那處小院子，為了不讓自己瘋掉，她才想著要找些事情打發日子。找遍了整個院子，最後只找到了幾本醫書，還是鳳兒不知從哪個角落裡找來的，但實在鬧得快發瘋，卻也只好一字一字的開始看起。

沒想到，幾年下來，那幾本醫書竟然被她給看了個倒背如流，以致到後來，自己與鳳兒病了竟也能夠簡單的列出方子，只不過一藥難求罷了。

「為父見妳如今性情大好，耐心也比以前強得多，正想著是不是該重新給妳找先生教習一下，女兒家應懂的東西總歸還是要學一些的。」

夏冬慶邊說邊看著女兒，見其神情並沒有什麼異樣，又繼續說道：「剛才正跟妳梅姨商量來著，妳梅姨的意思是讓我先問問妳，想學點什麼，或找何人教習之類的，她怕我一下子把妳給逼得太緊了，說還是以妳自己的意思為主。」

聽到這些，夏玉華不由得朝一旁的阮氏感激地笑了笑。阮氏見狀，反倒有些不好意思地笑著回應，不過比起第一次受到夏玉華以禮相待來說，顯然已經安心了不少。

「既然爹爹與梅姨說到這個，玉華便藉這個機會將心中的想法說出來。」夏玉華見狀也不多繞圈，徑直道：「爹爹，我想學醫。」

這話一出，頓時如同一向風平浪靜的池子裡突然被扔入一塊巨大的石頭般激起了不小的浪花。

「玉兒，妳怎麼突然想起學醫來了？」夏冬慶下意識的問道。

夏玉華平靜而答：「玉兒知道女兒家自然是學些琴棋書畫或者女紅之類的比較好，只不過，一來玉兒對這些的確沒有太大的興趣，二來這些天偶然間看了一本醫書，也不知怎麼的便有些入了迷。玉兒想，學些醫術總歸也是好的，畢竟是人都會有個三病兩痛的，自己懂得醫術，心中有底，卻也是好的。」

「可是，妳年紀都這般大了，又沒有任何的根底，學醫可不比其他，不是鬧著玩的事。」夏冬慶馬上接過話道：「再說，那些東西又枯燥又無趣，為父是怕妳吃不了那種苦。」

「爹爹只管放心，這一回，玉兒定會好好去學，還請爹爹相信玉兒一次吧。」夏玉華一臉認真地說著，眼中是無比的堅定與自信。

這些天，她想得很清楚，也知道日後自己所學的醫術能夠對改變父親及自身的命運產生十分重要的作用，所以她才會下定決心好好去學。枯燥算什麼，吃苦算什麼，相較於她心中所想要的東西，這一切都微不足道。

見狀，夏冬慶卻是遲疑了起來，看夏玉華這樣子也不像是在開玩笑，卻不知道到底是什麼原因讓她有了如此大的決心。

原本學醫也不是什麼不好的事，只是還從沒有過像他們這種權貴世家出身的孩子主動去學醫，更何況玉華還是個女孩子，夏冬慶倒並不是擔心夏玉華是否能夠學出什麼名堂，反正夏家也不需要她靠醫術來養家餬口。說來其實還是更擔心這事一旦傳出，外頭更不曉得會如何風言風語地說他這個寶貝女兒了。

「老爺，孩子想學就讓她去學吧。」阮氏倒是對夏冬慶十分瞭解，一下子猜到了他所猶豫的真正原因，她輕聲勸道：「孩子願意學總歸是好事，至於外頭人怎麼說、怎麼看，莫放在心上便是。日子久了，那些說三道四的總會看到玉兒的好的。」

這一句話倒是恰如其分的說到了夏冬慶的心坎上，他想了想覺得也是這麼個理，反正玉華的名聲再壞也不過以前那樣了，再怎麼說眼下所做的也是正經事，久了，長眼睛的自然會看到的，卻也是沒必要多去在意那些閒言閒語什麼的。

以前玉華那般任性妄為他都認了，如今這般懂事上進，他又怎麼能夠讓這孩子失望呢。

「既然如此，妳便去學吧，為父替妳物色一個好的師傅便是。」夏冬慶終於答應了，比起以前縱容這個孩子的胡作非為，現在的這個決定實在是不知道好幾倍了。

「爹爹不必再費心物色了，玉兒已經想好了要拜何人為師，此事讓玉兒自己去辦妥便行了。」

夏玉華超乎尋常的沈穩與認真再次讓夏冬慶與阮氏吃了一驚，這孩子以前倒也是個性十足，自己想到什麼便做什麼，今日雖然也是這般，但一看就知道明顯的多了十分的思考與認真，並非以往那種沒頭沒腦的衝動。

「那玉兒想要拜何人為師？」夏冬慶下意識的順著夏玉華的話問了起來，頭一次那般認真的傾聽著、商量著。

「歐陽寧。」夏玉華不輕不重的從嘴裡吐出了三個字，神情自若。

「什麼？歐陽寧？」夏冬慶這回可是再也坐不住了，邊說著邊直接起身走到夏玉華身旁，一臉不可思議地說道：「玉兒可知這歐陽寧是什麼人？」

夏玉華見狀，笑著起身去扶夏冬慶。「爹爹別急，聽我慢慢說。正因為玉兒知道歐陽寧是整個京師甚至全國最好的名醫，所以玉兒才要跟他學。玉兒也並非不知天高地厚，更不是鬧著玩兒，而是真心想找個最好的師傅，如此方可學到最高明的醫術。」

「可是那歐陽寧從不輕易收徒，更何況是妳這種沒有任何根底的女徒弟！」夏冬慶說著，如同突然想到了什麼似的，頓了頓，睜開眼睛朝夏玉華看去。「玉兒，妳……妳不會是又看上了歐陽寧吧？」

這話一出，夏玉華頓時差點笑出了聲，父親會驚訝的理由她想過許多種，卻偏偏沒料到竟會往這上頭去想。

不過想想，夏冬慶的想法也不是完全沒頭沒腦，誰讓她以前就有過這樣的不良記錄呢。當時為了纏著鄭世安，她可是什麼法子都想過了，這一回又這般反常，難怪會被誤解為是看上了歐陽寧，想藉機親近。

「爹爹放心吧，玉兒連歐陽寧長得是圓是扁都不知道，怎麼可能會是為了那個原因。」她端起桌上的茶杯遞給夏冬慶，讓父親喝上一口壓壓驚。「再說，玉兒真的只是想學醫，其他絕對不會多惹事的。」

聽到這裡，夏冬慶這才放下心來，可是那歐陽寧是出了名的高傲，別說是他，以前端親王親自出面替人保薦一個根底相當不錯的孩子，想讓歐陽寧收為徒，卻都被駁了臉面，如今他這不是更加沒有可能嗎？

看到夏冬慶一臉為難的樣子，夏玉華自然猜到了他為難的原因，於是又道：「既然是玉兒要拜師，那麼這事爹爹就不必出面了，一切都讓玉兒自己處理吧。爹爹盡可放心，玉兒一定會拿捏分際，不會做出什麼過分之事來。」

見夏玉華一臉的從容，阮氏在一旁柔聲朝猶豫不決的夏冬慶說道：「老爺，既然玉兒心中已經有了主意，那就讓她試試吧，妾身相信，玉兒肯定會妥當處理這件事的。」

連阮氏都這般說了，夏冬慶自然也不好再說什麼，也罷，這孩子如今不同往日了，她想做什麼便讓她去做好了。

這件事就這麼說定了，從夏冬慶屋子裡出來後，夏玉華心中便開始盤算著拜師一事，正想著，忽然見到有奴僕迎面朝她走來，在離她五步之外停下稟告道：「小姐，陸小姐來了。」

第五章

花廳內，陸無雙正優雅地喝著下人奉上的茶，見夏玉華來了，趕緊放下茶杯起身迎上。「玉華，妳這些天都在忙什麼呢？一直都不見妳去找我玩，害得人家只好親自上門來找妳了。」

她邊說邊想過來挽住夏玉華，那親熱的樣子任誰看了都不會懷疑她對夏玉華的親密有半絲的假意。

夏玉華依舊不動聲色的避了開來，自行走到一旁的椅子上坐了下來。「無雙姊姊這麼早過來有什麼要緊的事呢？」

她微微揮了揮手，示意陸無雙坐下再說，舉手投足間盡顯沈穩大氣，一時間陸無雙竟然情不自禁的依照指示坐了下來。

「玉華，妳這些天是怎麼啦？怎麼看著總覺得怪怪的？是不是哪裡不舒服呀？」陸無雙心中實在是驚訝不已，前些天在東興寺裡，這丫頭出人意料的表現便讓她完全想不通了，而現在更是如此。

聽到這話，夏玉華心中不由得一陣冷笑，看來，在陸無雙的眼中，果然愚蠢才是自己最正常的樣子。

她並沒有急著出聲，不緊不慢地喝了一口茶，毫無聲息的將手中的青花茶杯放下後這才說道：「難道無雙姊姊覺得我成天往外跑、瘋瘋癲癲的才算正常，安安靜靜的反倒不順眼了嗎？」

這話一出，陸無雙如同被人揭了老底似的，頓時臉都憋紅了，好一會兒才回過神來，輕咳一聲道：「瞧妳這話說的，我怎麼會那般想。不過是覺得妳這些天跟以往很是不同，所以有些擔心罷了。」

夏玉華淡淡地扯了扯唇角，臉上的笑意若有似無。「沒什麼，不過是突然不想再如以前那般糊裡糊塗的過日子罷了。」

她一語雙關的說話，並沒有刻意去看陸無雙，但她絕對可以想像得到，此刻陸無雙臉上的神情會是如何的彆扭。

而果不其然，陸無雙的神情更是震驚無比，先前見夏玉華說話還是跟以前那般衝，心道果然是本質不改，這外表估計著也就是裝出來的，沒想到才稍微鬆了口氣，卻又聽到這麼一句話，讓她差點連手中的杯子都端不穩。

這臭丫頭說得跟頓悟了似的，話裡話外可沒有半分平日的傻氣。陸無雙趕緊穩了穩神，陪笑著說道：「瞎說什麼，哪個不知死活的竟然敢對妳指手畫腳的。」

「指手畫腳的人多得很，倒是沒必要去理那麼多，如今我確是真心想安安靜靜的過自個兒的日子，無雙姊姊不會覺得這樣有什麼不妥吧？」夏玉華目光一轉，直視著陸無雙，話雖這般說，眼神卻是根本不在意的漠然。

她的事自然輪不到這個女人多嘴，只不過現在也還不是翻臉的時候，好戲才剛剛開幕，又怎麼能夠一下子將後戲路全給堵死呢？

「沒、沒……自然不會。」陸無雙心中更是忐忑，要說之前還覺得夏玉華是在耍什麼花招的話，現在她卻是根本不知道這個臭丫頭心中想些什麼。隱隱間，她覺得有種前所未有的壓力朝她撲面而來，而這壓力的來源卻是她一向暗自蔑視的夏玉華。

陸無雙卻也是個厲害的角色，喝了口茶，很快便調整了自己的情緒，轉而主動轉移話題，朝夏玉華道：「對了玉華，今晚去端親王府，妳可得提早一些，說不定還能先找世子玩一下。還有上次我不是幫妳挑好了禮物嗎，到時妳可別給忘記了。」

聽著陸無雙轉眼之間便收起了先前震驚不已的神情，如同好姊姊一般耐心仔細的叮囑著，夏玉華心中不由得暗嘆，此人果真算是個厲害的角色，雖然如今不過十五、六歲，卻已經看得出心思極深，若是換了一般同齡的女孩，面對自己這般態度，早就不高興的拂袖離開了，哪還能像她這般若無其事地轉移話題。

當年自己腦袋裡成天都只裝了一個鄭世安，根本就不會再想其他，又怎麼可能不被陸無雙騙得團團轉呢？

「端親王府？」這會兒，她還真是想不起今晚為何要去那裡，畢竟事隔這麼多年了，也不可能記得以前過的每一天生活的事項。

見夏玉華一臉的不解，一旁的鳳兒連忙小聲提醒道：「小姐，今日是雲陽郡主十四歲的生辰。」

聽到這裡，夏玉華這才猛的記起了這事。當年的生日小宴上，她可是沒少丟臉出醜，而讓她丟臉的罪魁禍首現在正端坐在她的身旁，只不過當時的自己並不這麼認為罷了。

「玉華，妳不會忘了這事吧？」陸無雙見狀，一副關心的樣子說道：「世子可是對這個小妹極其疼愛，妳得好好把握這個機會才行。」

夏玉華心中冷笑，機會？丟臉的機會嗎？自己去丟臉，然後陸無雙來做好人，最後又是一齣對比反襯的好戲，讓所有人，特別是讓鄭世安知道，她有多麼愚蠢無知，而陸無雙又是多麼知書達禮?!

見夏玉華不出聲，一副摸不透的樣子，陸無雙不由得柳眉輕蹙，自己好幾次有意無意的提到鄭世安，但這臭丫頭卻依舊一副不怎麼感興趣的模樣，再聯想到那天在東興寺的事，心中頓時更是猜不透夏玉華的葫蘆裡賣的是什麼藥。

她正欲再出聲試探幾句，卻聽夏玉華頗為認真地說道：「從今往後，請無雙姊姊莫再操心我的私事。」

這話一出，陸無雙頓時再也難掩心中憋了好久的情緒，臉色瞬間便青一塊、白一塊的難看極了。

「玉華，妳這話是什麼意思，妳當我真的閒得無聊嗎？若不是看在咱們姊妹一場的分上，我還懶得費那些心思幫妳，如今倒好，反倒惹妳生厭了，當真是好心沒好報！」陸無雙覺得此時的夏玉華實在可惡到了極點，她願意搭理這臭丫頭已經是天大的恩惠了，沒想到這臭丫頭今日竟然還敢這般說，搞得她像熱臉貼人家冷屁股一般。

「我沒什麼意思，就是剛才所說的那個意思，不過是覺得自己的事情自己處理就好。其他的妳若要多想我也沒有辦法。」夏玉華邊說邊站了起來。「我還有些事，就不奉陪了，鳳兒，送客！」

「不必了，我自己會走！」這逐客令都下了，陸無雙自然沒有再留下來的道理，她強壓著心上的怒火，朝夏玉華說道：「算了，也不知道妳今日發什麼神經，誰讓我比妳年紀大，我也懶得跟妳計較，記得晚上帶著禮物早些到，莫失禮於人。」

說罷，陸無雙抬腳便往外走，看那背影都知道這回氣得不輕，只不過想著晚上的事，這才不得不先忍上這麼一回，反正到時自有那臭丫頭哭的分兒，看她還有什麼可囂張的！

見狀，鳳兒有些莫名其妙地朝夏玉華問道：「小姐，妳怎麼把陸小姐氣走了，妳們不是一向情同姊妹嗎？」

聽到鳳兒的話，夏玉華這才收回了目光，轉而看向鳳兒，微笑著說道：「鳳兒，妳記住了，日後陸無雙再也不是我的朋友，更不是什麼要好的姊妹。」

「為什麼？」鳳兒更是不解了，在她印象中這陸無雙可是個不錯的人，對小姐好得很，這怎麼說翻臉就翻臉了呢？

「沒有為什麼，妳記住便可，日後總會明白的。」夏玉華沒有多作解釋，對她來說，現在所有的解釋都是徒然，一切真相，在時間的慢慢流逝中終將無法掩飾。

回到房間後，夏玉華讓鳳兒將之前陸無雙幫她挑選的那份禮物找了出來。說實話，東西的確是好東西，也迎合了雲陽郡主的喜好，只不過這送禮的方式不同，所得到的效果便完全不同。

「小姐，這件戲服可真漂亮，又是雲陽郡主最喜歡的名角所珍藏的，想必她一定會喜歡。」鳳兒看到那件用金線繡成的華服，便一個勁兒的讚嘆，直說還真是陸無雙才想得到這麼好的點子。

「鳳兒，把這個收好，去換一樣別的禮物吧。」夏玉華自然不會再送這個，雖然雲陽郡主的確會喜歡，可畢竟唱戲之人是上不了檯面的，把一個戲子用過的戲服當成禮物公開送給雲陽郡主，最後的結果可想而知。

「換別的？為什麼呀？」鳳兒不解地說道：「奴婢可聽說雲陽郡主最喜歡⋯⋯」

「照我說的做就行了，其他的不必多問。」夏玉華打斷了鳳兒的話。「去挑一份貴重些的東西，金飾或玉飾之類的都行，不必費心思弄得與眾不同，上得了檯面即可。」

這一世她連鄭世安都不要了，又豈會再費盡心思的去討好雲陽郡主呢？若不是因為不去終究有些說不過去，她倒真想乾脆省了這趟路。

鳳兒辦事倒是利索，很快便取來了一串東珠項鍊，只說是夫人幫忙挑選的，問夏玉華合不合心意。

夏玉華稍微看了一下，阮氏倒是挺有眼光，這些東珠個頭不小，大小幾乎一致，瑩白圓潤十分有光澤，一看便是上品。雖然送這樣的東西並沒什麼新意，一會兒在其他一干禮物之中也不會太過醒目，可是端上檯面卻是完全沒問題的。以她現在的想法來說，著實是最好的選擇。

「就用這個吧，找個錦盒包好，晚上妳陪我一併去端親王府。」她點頭算是同意了，轉而拿起一旁的醫書便繼續閱讀。

晚上的宴會與王府平時的宴客不太一樣，因為並不是重要性的生辰，所以就按雲陽郡主自己的意思，只是請了一些年紀相仿的權貴子弟參加，如同一個小型的朋友聚會一般，如此一來，眾人既不會太過拘束，而雲陽也能夠玩得更加盡興。

今晚，夏玉華並沒有如往常一般盛裝打扮，那些繡著金線的衣裳太過眩目，壓根兒就不適合她現在的性情，再者今日的主角是雲陽郡主，傻傻地穿戴得那般顯眼豈不是自找晦氣。

讓鳳兒挑了一件淡綠色的素雅長裙，也沒有刻意裝飾，簡簡單單的卻顯得大方俐落，配上極淡的妝容，從鏡子中看去，宛如一片出水的荷葉，清新而富有朝氣。她微微朝著鏡子中的自己笑了笑，暗自感嘆著年輕真好。

鳳兒按夏玉華的吩咐，並沒有在她的髮式上插上任何金銀首飾，而是將一旁婢女剛剛採摘下來的一小株桃花直接戴到了髮際。

「小姐，妳今天看上去真漂亮！」鳳兒發自內心的讚美著，頭一次看到自家主子如此出水芙蓉般的樣子實在是別有一番韻味。她向來知道自家小姐長得好看，只不過往日總喜歡穿金戴銀、濃妝盛扮的，反倒是顯得太過俗氣了些，不如現在這樣清清爽爽、自自然然的來得好看。

「鳳兒說好看，必然是真的好，以後便按這樣清爽自然的打扮即可，不必太過豔麗。」夏玉華從鏡子中對著鳳兒笑了笑，那個單純的丫鬟此刻沒有一絲的愁容，而她亦會努力維持著一輩子都像現在這樣。

收拾妥當，夏玉華先行去跟夏冬慶與阮氏打了個招呼，看到她的妝扮，兩老顯然都十分讚許。

又交代了幾句，夏玉華便帶著鳳兒出門了，府外軟轎早已等候著，除了轎伕以外，隨行的還有兩名身懷武藝的侍從，這兩人都是夏冬慶特意從自己手下挑選出來專程保護夏玉華的，忠心程度自是不言而喻。

端親王府離大將軍王府不算太遠，約莫小半個時辰便到了。

進了王府，聽帶路的僕從說，她們來得算早，除了與世子相交甚好的幾位公子已經到了以外，其他的客人大都還沒到。

見狀，夏玉華也不好這麼快就往宴會廳那邊去，反正這會兒那裡也肯定沒什麼人，因此便辭了那帶路的僕從，打算自己先在府中花園內走走打發些時間，而後等客人來得差不多了，宴會快開始時再去也不遲。

僕從自然應承了，這位夏大小姐來端親王府也不是一次、兩次了，想來這會兒肯定是要去找他們家世子，所以不方便跟著，因此便馬上識相的退了下去。

夏玉華對端親王府的花園印象還頗為深刻，領著鳳兒徑直往西邊一處最為僻靜的地方走去，省得碰上旁人倒是讓人誤以為她又在玩什麼花樣。

原本她是算好了時辰出發的，卻沒想到竟然還是早到了這麼多時間，而剛才進門時聽門房無意中說了一句，好像是說今日的晚宴比原本預定的延遲半個時辰。按理說，做出這樣的更動一定會提前到每一個客人的府上通知，但顯然，她並沒有得到通知。

這其中到底是哪個環節出了問題，現在去想也沒有太多的意義，所以她才會想找個僻靜的地方先待一下。今夜月色不錯，而端親王府各個地方都張燈結綵，燈籠高掛，因此即使是比較僻靜的園子亦燈火通明，亮如白晝。

走了一會兒，夏玉華進到旁邊的亭子休息，月色那般好，這亭子裡的視線也特別好，抬眼便能看到皎潔的月色，她索性賞起月來，不再去多想其他。

不知道過了多久，園子外頭便響起一陣說笑聲，漸漸的由遠及近，顯然是往她們這裡過來。

「小姐，好像是世子他們！」鳳兒耳朵靈得很，一下子便聽出了鄭世安的聲音。

「這個時候，他們來這裡做什麼？」夏玉華微皺眉頭，自然也知道是什麼人來了。可這個時候她卻並不想在這裡見到這些人——鄭世安和他的那幾個狐朋狗友。

「小姐怎麼辦？」鳳兒漸漸的也知道自己的主子不再跟以前一般喜歡去纏著鄭世安了，而現在這個時候若是碰到，只怕又得讓人說閒話，誣衊自家小姐又在耍什麼花招之類的，所以下意識裡覺得應該是避開較好。

夏玉華抬眼掃了一下附近，二話不說，拉著鳳兒便出了亭子，往亭子外的假山後方走了過去。

兩人才剛藏好身，鄭世安帶著三、四個公子哥兒模樣的男子果真來到了亭子這邊。

「就這裡了，這裡清靜！」鄭世安邊說邊率先走進亭子坐了下來，其他幾個人也紛紛跟著進來坐下。

「我說你這也太過小心了吧，帶著我們都跑到這裡躲起來了，看來那夏玉華的纏功還真是天下一流，連我們天不怕、地不怕的世子都只有躲的分兒了。」其中一個聲音說道：「不過話說回來，這些天倒是沒怎麼見到那丫頭出沒，不會真的轉性了吧？」

「得了吧，江山易改，本性難移，今日無雙見過那丫頭了，死活拉著無雙早些過來，這麼早過來，不是要纏世子難道還纏你不成？」另一個聲音笑著說道：「先前管家已經來報，說夏玉華早就來了，估摸著這會兒正跟隻蒼蠅一樣四處亂轉尋找世子呢！」

眾人一聽，紛紛被那人的比喻給逗樂了，夏玉華背靠著假山靜靜地聽著，臉上沒有任何表情，一旁的鳳兒擔心不已，深怕自家小姐聽到這些會受不住，不過這會兒卻也不敢隨便出聲。好在小姐還算冷靜，除了表情冷淡以外，其他的倒是沒有衝動行為。

「夏玉華是誰？」一個陌生的男聲突然從笑聲中響起，顯然並不太瞭解情況。

第六章

那個聲音是夏玉華從來沒有聽過的，顯然並不是平時跟在鄭世安身旁的那些公子哥兒之一。不過這人卻似乎頗受眾人的追捧，話音一落便馬上有人替他解答了起來。

「其仁，你小子竟然連夏玉華都不知道，那可是京城的一朵奇葩。這丫頭仗著自己父親是大將軍王，平日裡一無是處也就罷了，還刁蠻任性，自以為是，成天死皮賴臉的纏著世安，一副非君不嫁的囂張樣，害得世安現在一聽到她來了就得躲起來，否則一旦被纏上後果可想而知呀！」

又有人很誇張地笑了起來。「其仁沒見過不打緊，一會兒在宴會上準能見到那丫頭，到時也不必誰提示了，看哪個人一雙眼睛絕不從世安身上移開，哪個人總想方設法的纏著世安，那一定就是夏玉華，錯不了！」

「又不是什麼好名聲的大家閨秀，其仁知不知道的有什麼打緊，少說這些無聊的話。」鄭世安的聲音從笑聲中冒了出來，朝著那個問起夏玉華的男子說道：「其仁平日大部分時間都在宮裡當差為皇上效命，偶爾有空閒時也得回公主府看他母親，咱們這群人裡頭，就數他最有能耐了，清寧公主教子有方那可是遠近聞名的，哪裡像你們這般成天無所事事。」

其仁？清寧公主？夏玉華暗自將聽到的這些零散的訊息串連起來，很快便猜到了那個陌生男子的身分。看來這人應該便是清寧公主的獨子李其仁。清寧公主是皇上最疼愛的妹妹，因此這李其仁也十分得皇上喜歡，小小年紀便入宮御前當差，大部分時間都留在宮裡頭，以前夏玉華倒也聽說過這個人，只不過卻並沒有真正見過。

正想著，卻聽那李其仁再次出聲了。「原來是夏將軍的女兒，聽你們這口氣好像對她頗為不喜，像夏將軍那般人物，生下的女兒應該也差不到哪裡去。估摸著是性子比較直率，表達方式稍微熱情了些，世安哥倒是不必跟個仰慕你的小姑娘太過計較。」

「其仁，你是沒見過那個蠢丫頭，見過了自然就不會說這樣的話。你不知道那丫頭先前為了討世安歡心所做的那些蠢事，小爺我長這麼大，還真是沒見過那麼沒臉沒皮的姑娘。你聽我說，那個……」

有人開始繪聲繪影的講起了夏玉華曾經做過的事，言辭之間是滿滿的嘲笑與鄙視，夏玉華在假山後面一字不差的聽了個全。儘管早就知道自己在所有人的眼中是個恬不知恥、一無是處的人，可真正這般親耳聽到，心中卻依舊難忍憤怒。

自己是個什麼樣的人、做過些什麼事她比誰都清楚，雖然是過分了些，卻從來沒有半分害人之心，卻沒想到這些人竟然如此不留口德的評論她。有些事的確是她所為，但有些事根本就是無中生有，而她心中比誰都清楚是什麼人在故意造謠中傷。

一旁的鳳兒緊緊地拉著夏玉華的手，深怕小姐一下子忍不住衝了出去，那樣一來就太過尷尬，而且對小姐的名聲也不好，只怕到時又得落下一個故意偷聽的惡名了。

夏玉華自然感覺到了鳳兒的緊張，她深深的吸了口氣，側目看了鳳兒一眼，示意著自己沒事，也不會衝動。她心中清楚，這會兒就算是衝出去了又能如何，不過是再給這些人增加一項嘲笑的話柄罷了。

所幸這些人又說了一會兒總算是停了下來，估摸著雲陽郡主的生日宴差不多要開始了，因此那幾個人又說說笑笑的起身一併離開了。

一直到四周再次歸於安靜，又暗自屏息了一會兒，夏玉華這才一步步從假山後面走了出來，此刻她的神情已經恢復平靜，並沒有先前那般難看，顯然已經調整好心情了。

「小姐，剛才世子他們實在是太過分了，怎麼能夠這樣背地裡說妳壞話呢！」鳳兒見沒其他人了，心中的怒火不由得竄了出來。

夏玉華微微搖了搖頭，抬眼看了一下越發明亮的月色，輕聲說道：「嘴長在別人身上，豈是我們管得了的。」

「小姐，妳別放在心上，就當剛才那些人全都是在放屁，一群大男人，嘴巴比潑婦還臭，一點口德也沒有，真不知道讀聖賢書都讀到哪裡去了！咱們不跟他們計較，省得壞了自己的心情。」

若是換成平日，自家小姐早就跟人槓上了，好在如今她的性子比以前冷靜了許多，並沒有太過衝動。只是那些人剛才說的話也太難聽了一些，連鳳兒都想跳出去罵人了。雖然此刻小姐一副並不在意的樣子，可她卻是依舊擔心不已，連忙出聲安慰。

「我沒事。」夏玉華看向鳳兒，淡淡地說道：「走吧，時辰差不多了。」

她不再說話，轉身往一旁的青石小道而去，誰知剛一扭頭便看到一個十八、九歲的陌生男子正杵在那邊，神情頗為尷尬。

顯然剛才夏玉華與鳳兒的對話被這男子給聽了個正著，而這男子似乎也意識到了眼前的少女便是剛才一夥人所談論的對象，因此這才神情極其不自然。

「我、我不是故意偷聽妳們說話，只是有東西留在亭子裡，所以才會折返。」他很是不自在的說著，而後目光朝亭子裡邊示意了一下。

夏玉華順著他的目光看去，果然看到亭子旁邊的圍欄上搭著一件黑色披風。這男子還沒有出聲她便已經猜到了他的身分，而現在聽到他的聲音，更加確定這男子便是先前與鄭世安他們一起的李其仁。

「我也不是故意偷聽你們說話，只不過你們來時我已經在這裡了。」夏玉華淡淡地應了一聲，如同什麼事也沒發生過一般，而後略微點了點頭，不再理會李其仁，繼續抬步離開。

走過身側時，卻沒想到李其仁再次朝她說道：「等一下！」

「有事嗎？」夏玉華不由得停了下來，此時兩人已經幾乎並肩，稍微側目便能將身旁的人看個一清兩楚。李其仁的眼睛特別明亮，這一點極像清寧公主，據說清寧公主便有一雙如同星星般璀璨奪目的眸子。

見夏玉華停了下來，臉上還帶著淡淡的友好笑意，李其仁愣了一下，而後略帶尷尬地問道：「那個妳……妳真的就是夏玉華嗎？」

夏玉華不由得莞爾一笑，李其仁的問題以及此時的表情突然讓她覺得可愛無比，她點了點頭，坦然而道：「對，我就是先前你們口裡談論的夏玉華。怎麼了，有問題嗎？」

「不，沒、沒問題！」李其仁被夏玉華的反問給弄得更是不好意思了，他不由得撓了撓頭，心中暗惱自己真夠沒出息，平日也沒見這般膽小，怎麼今日在一個小姑娘面前反倒縮手縮腳的彆扭起來，連一句話都說得吞吞吐吐的了。

看到李其仁越發不自在的神色，夏玉華卻也明白，不在意地說道：「小侯爺不必覺得有什麼負擔，畢竟先前他們說的也不是完全沒有道理，況且你並沒有說我什麼過分的話，不是嗎？」

夏玉華的坦率讓李其仁不由得鎮定了下來，他看了眼前的小姑娘一眼，突然有種說不出來的不真實感，明明不過十四、五歲的小姑娘，偏生言語舉止跟個二、三十歲的大人一般成熟穩重，給人的感覺壓根兒就不像先前那些人所說的那樣。

如果不是親眼見到、親耳聽到，他根本就不會將眼前的姑娘與那些人嘴裡的夏玉華聯想在一起。看來，還是母親說得對，這世上的人和事都不能只看表面，更不能夠聽風便是雨，是真是假、是好是歹，還是得自己多看多聽多想多分辨，不能太過盲目。

「我只是覺得妳跟他們所說的完全不同，他們對妳的評價有失公允。」他認真地說著，突然有些慶幸先前的大意，若不是為了找回不小心遺落的披風，想來就算不會像鄭世安等人一般去鄙視一個小姑娘，但最少也不會知道真正的夏玉華究竟是什麼樣子。

「謝謝！」夏玉華頗為真誠地朝李其仁道了聲謝，除了家人以外，眼前這男子是第一個真正改變了對她印象不佳的人。「能夠聽到有人這般評價，我已經很開心了。時候不早了，我得先走了，否則遲到的話，怕是又會招來不必要的是非。」

說罷，她微微朝李其仁福了個禮，轉而先行一步，帶著鳳兒離開，前往已經熱鬧起來的宴會廳。

夏玉華離開前的話讓李其仁想起了即將開始的宴會，他若有所思的望著那抹漸漸遠去的背影，愣了片刻，這才轉身走進亭子裡，取了披風之後也跟著離開這個清幽的園子。

夏玉華與鳳兒到達宴會廳時，客人果然已經來得差不多了，不過看樣子應該還沒有遲到，因為雲陽郡主還沒有出來，而陸無雙亦沒有露面。想來這會兒兩人肯定是在其他的地方相談甚歡，同時欣賞著陸無雙私下為雲陽準備的那份原本與她一樣的禮物。

一看到夏玉華，廳裡的人頓時都停止了原先的歡聲笑語，轉而全都看向了她，氣氛也變得非常怪異，各種各樣不同意涵的目光交織在一起，如同一場熱鬧的大戲即將開鑼似的，看戲的神情不言而喻。

這樣的情況夏玉華並不意外，她平靜的將廳內的情況掃了一眼，而後只是稍微朝著眾人微微點頭示意了一下，便讓門口的婢女領她到自己的位子上坐了下來，等著雲陽出現、等著宴會開始，也等著早些結束。

夏玉華平靜有禮，異於往常的反應，讓大感意外的眾人紛紛開始交頭接耳起來，就連原本見到夏玉華進來，馬上露出一臉厭惡與不耐的鄭世安也不由得換了一種眼神，略帶疑惑地再次看向她。

夏玉華並沒有理會在場之人異樣的眼光以及越來越大聲的議論。這一刻，她獨自坐在那裡，神情平靜異常，如同置身事外，而大家所談論的對象也並非是她一般。

忽然之間，夏玉華似乎感覺到有道目光持續注視了她好久，原本她並不打算理會，只當作不知道，反正這會兒盯著她看的人也不在少數。可是那道目光卻很特別，許久都還沒有移開，而且隱隱的竟讓她有種很不舒服的感覺。

她沒有再裝作什麼都不知道，下意識的抬眼看去，一下子便精準的對上了那道目光的主人，竟然是他！夏玉華不由得暗自嘆了口氣，想來這也算是鄭世安頭一次用這種仔細打量的目光看待她吧！

似乎沒料到夏玉華會突然看過來，鄭世安頓時被逮了個正著，不由得眉頭微蹙，臉上竟浮現起一絲淡淡的怒氣。他快速換上以往的目光，厭惡的別開了眼不再看她。夏玉華見狀，故作不經意的將目光移了開來，只當作什麼也沒看到，並沒有作出任何特別的反應。

只不過，夏玉華自己雖然並沒有表現出什麼特別之處來，但是此刻她身為整個宴會廳關注的焦點，剛才與鄭世安那一瞬間的四目相接還是被不少有心之人看到，這些人當下更是有點坐不住了，一副蠢蠢欲動的模樣似乎想探知些什麼。

而就在這時候，今晚宴會的真正主角終於出現了。

在座之人的注意力這才從夏玉華身上暫時轉移開，看向走進宴會廳的雲陽郡主。雲陽郡主今日一看便知道心情十分不錯，小臉上的笑容分外燦爛，如同春天盛開的鮮花一般讓人眩目。

而與雲陽一併進來的還有一位姿色同樣出眾的女子，不少男子的目光都看向了雲陽身旁的陸無雙，顯然在這些公子哥兒眼中，陸無雙的美貌確實讓人無法不受吸引。

眾人同雲陽郡主打過招呼後，便馬上有人朝陸無雙打趣著說道：「難怪先前一直沒有見到陸小姐，正奇怪著從不遲到的人今日怎麼姍姍來遲，原來是先咱們一步接小壽星去了。」

陸無雙立刻溫婉地笑了笑，卻並不正面回答，反倒是雲陽郡主馬上幫她接過話說道：「你們可別誤會，是我讓無雙姊姊過去陪我梳妝打扮的。」

雲陽的說辭自然沒有誰會不知分寸的反駁，見狀，陸無雙再次朝雲陽感激地笑了笑，而後轉移話題，一副不知情的模樣，好奇地問道：「對了，剛才進來時你們都在說什麼呀，看起來很熱鬧？」

「對啊，你們在說什麼呢，怎麼我們一進來，你們就不說了？」雲陽連聲附和，也是好奇不已。

先前就已經有些人按捺不住了，如今聽雲陽郡主發話問起，便連忙把握機會說道：「郡主，難道妳沒發現今日這宴會上，有人與平日完全不一樣嗎？」

這話一出，所有人的目光再次不約而同的移向了一句話也沒說的夏玉華身上。雲陽原本並不知道這話是什麼意思，不過見到夏玉華後，卻是馬上恍然大悟了。

「哎，夏姊姊也在呀，我以為妳還沒來呢！」雲陽倒不是說反話，換作是平日，只要有夏玉華的地方，她準會第一時間知道，而今日她進來這麼久了，卻連夏玉華的聲音都沒有聽到，所以還真是吃了一驚。

「多謝郡主關心，玉華也是剛來一小會兒。」雲陽朝她說話，夏玉華自然得回答，她的聲音不疾不徐，音量也大小合適，頭一回在這宴會上出聲，倒是給人一種頗為沈穩大方的感覺。

聽到這話，一時間，眾人再次小聲議論了起來，而對於與平日完全判若兩人的夏玉華，雲陽明顯也驚訝不已，片刻後這才反應過來，有些奇怪地笑著說道：「玉華姊姊今日當真與平日很不一樣，難怪大夥兒都在議論紛紛。」

雲陽說話也直率，並沒有考慮其他，而陸無雙聽了，則微笑著接過話：「是啊，玉華今日無論是穿著打扮，還是言行舉止都讓人眼前一亮，整個人清麗、脫俗，優雅得緊，看來為了今日的宴會，當真是費了不少心思的。」

陸無雙的話雖然挑不出任何毛病，可是形容到夏玉華身上時，卻在所難免的讓眾人浮想聯翩，他們不由得「醒悟」過來，原來這大小姐今日這般奇怪，只不過是改變了想吸引鄭世安的方法罷了。

一時間，不屑與輕視再次湧上了眾人原本驚訝與疑惑的臉孔，更有甚者當即便朝夏玉華說道：「常言道習慣成自然，夏小姐今日一反常態可真是吊足了大夥兒的胃口呀！」

「就是啊，搞得我還以為夏小姐是不是生病了，如此看來倒是我蠢笨了。」

「哎喲，依我看還是有什麼說什麼、想做什麼便做什麼的好，比起以前的性子，今日這般反倒更讓人難以接受，還是少搞些名堂得了，也不看看有沒有效果，想要搭理的人還不是照樣不搭理嗎？」

最後這句話一說出來，頓時宴會廳裡爆出一陣響亮的笑聲，嘲諷與鄙夷越發的犀利，甚至變得肆無忌憚起來。

第七章

夏玉華眉頭微皺，終於抬眼看向說最後一句話的人。這個人她認識，不是別人，正是兵部尚書家的二公子，經常跟在鄭世安身旁，也是先前在那僻靜園子裡向李其仁大談她的江顯。

「江公子說這話有欠妥當，聽上去似乎對我很是不滿。」夏玉華並不打算再沈默下去，她不想生事卻並不代表可以任人欺負。

她的態度不卑不亢，情緒亦控制得十分好，那江顯不由得愣了一下，顯然並沒有料到夏玉華會如此反應。他下意識地眨了眨眼，這才說道：「我什麼意思也沒有，只是就事論事，難道不是嗎？」

江顯邊說邊朝身旁眾人看去，一副不言而喻的模樣笑了起來。其他人見狀，都很是配合的跟著笑出了聲，雖沒明說，不過那意思再明白不過，都覺得江顯說的話並沒有什麼不對的。

夏玉華見狀，也不惱，反倒平心靜氣地看著江顯說道：「常言道，多說多錯，少說少錯，不說不錯。我自知並不是受歡迎之人，所以不想說太多、錯太多，難道這樣江公子也有意見嗎？」

江顯被夏玉華的話給頂了回來，頓時心中覺得奇了怪了，認識這丫頭也不是一天、兩天了，以前除了胡攪蠻纏，還從沒發現竟也能說出幾句頗為得體像樣的話來。

「我可不敢有什麼意見，誰敢對夏大小姐有意見呢，那不是自找麻煩？」江顯癟了癟嘴，嘴巴雖這般說，可一看就知道心中不服氣。

這樣明顯的諷刺與不屑任誰都聽得出來，所有的人頓時都目不轉睛地盯著夏玉華，在他們看來，任這主裝得再好，如今聽到這樣的話，以她的脾氣不跳起來罵人才怪。

正當眾人都等著看好戲時，卻沒想到夏玉華竟然不在意地笑了笑，同樣帶著幾分嘲諷與不屑回駁道：「江公子這話可真有意思，借用你說的就事論事而言，今日我可是沒有半絲的不妥之處，反倒是江公子不知怎麼回事，句句話都帶著刺，是你在找我的麻煩吧？」

夏玉華這般一說，眾人倒是情不自禁的將視線又移到了江顯身上，說來也奇怪，雖然他們並不是站在夏玉華那一邊，不過剛才夏玉華說的話聽著似乎也並沒有說錯。

江顯見眾人都一副看熱鬧的樣子盯著他瞧，頓時更是氣憤起來，黑著臉朝向夏玉華，毫無形象的脫口而道：「算了吧夏玉華，妳裝什麼正經、扮什麼清高，誰不知道妳那一點花花腸子，別說是世子，這裡隨便拉一個出來都瞧不上妳，知道嗎！」

一時間，整個宴會廳頓時安靜了下來，沒人想到江顯竟然會說出這麼直接的話來，這麼赤裸裸的鄙視似乎是有些過頭了一點，畢竟不看僧面看佛面，這事傳到夏玉華的父親大將軍王耳中，再怎麼樣也是沒什麼好處的。

如果先前的一切夏玉華能夠忍住不發火，不像以前一般大發小姐脾氣的話還勉強說得過去，而現在這話一出，就算是個平日裡脾氣好的人，只怕也很難不翻臉了。因此所有的人都一眨不眨的盯著夏玉華，靜待著不知將以何種形式爆發出來的雷霆之怒。

一下、二下、三下……眾人連眼都不敢眨，卻發現一直緊盯著的夏玉華竟然破天荒地再次忍住了，並沒有做出什麼衝動的舉動來。

只不過，這一回她的神情明顯變得冷漠無比，如同帶著寒霜似的竟讓人有種不怒自威的感覺。

「江顯，你瞧不瞧得上我，或者這裡有沒有人瞧得上我並不重要！現在的我就是最真實的我，不需要裝，也不用去扮，你認不認可，那是你的事，而我怎麼做則是我的事！」

夏玉華異常強硬地說道：「你不是我的任何人，沒有資格干涉我的任何事，你可以不屑、可以嘲諷、可以看不起，但請記住，一個有風度的人絕對不會做當面羞辱他人之事，因為你這是在自取其辱！」

眾人不由得驚呼起來，夏玉華的鎮定與回擊實在是太出乎意料，而同時卻又不得不承認她的應對極其出色。所有人都不敢相信自己的眼睛及耳朵，這個夏玉華，當真還是以前的那個夏玉華嗎？

而江顯此刻已經被夏玉華的回擊訓斥得完全失去了顏面，他惱羞成怒，竟破口罵道：「少來這一套，別以為妳今日說了兩句人模人樣的話就知書達禮，成了大家閨秀了，呸，狗改不了吃屎，妳少作夢了，不論妳裝成什麼樣，世子也不會喜歡妳的！」

這一回，江顯可算是什麼都挑破了，根本就沒想到什麼臉面的問題，讓他被一個如此名聲的臭丫頭弄得出醜，他怎麼可能會甘心？不給那臭丫頭難看，不挽回一些顏面，自然是不可能的事。

夏玉華不由得冷笑一聲，不氣不惱地回擊道：「多謝提醒，不過還真是讓你白費心了，我早就有了自知之明，不會再強求任何事情，也不會再對任何人抱有不切實際的幻想，更不會再做出任何讓人厭惡的舉動來！」

這些話，是回覆亦是當眾的承諾，所有的人都呆住了，如同聽到了什麼驚世的消息一般，久久不敢相信。他們迫不及待地相互議論起來，不知道夏玉華剛才所說的話到底有沒有可信性，是僅只一時的衝動氣話，還是真的已經斷了念頭？

就連鄭世安都不敢置信的盯著夏玉華，半天都沒有動彈，畢竟一個成天對自己死纏爛打、說著非他不嫁的人，一轉眼竟然當著這麼多人的面說不會再強求任何事情，這讓他一時間怎麼可能相信。

「哈哈哈……」江顯突然大笑起來，他並非裝的，而是真的覺得夏玉華說的話十分可笑，甚至連眼淚都笑了出來。

眾人不由得停下了議論，再次將目光轉向江顯，估摸著更精彩的事情還在後頭，所以這會兒索性也懶得多談，繼續看起好戲來。

江顯好一會兒才止住了笑，朝著夏玉華搖著頭道：「哎呀呀，這可是迄今為止所聽到最好笑的笑話了，夏玉華，妳覺得妳說的話有半絲的可信性嗎？」

江顯的挑釁分外露骨，此刻他早就沒有了任何的顧忌，別的人可能礙於夏冬慶的面子不敢對夏玉華太過分，可他才不怕，今日不讓這死丫頭得到應有的教訓，他才是真正的情何以堪。

兩人之間的對峙越來越緊張，氣氛也越來越怪異，江顯的態度顯然是要揪著夏玉華不放，對於一個男人來說，明顯這是十分沒有氣度、十分讓人覺得過分的事。可奇怪的是，卻並沒有一個人出聲替夏玉華說半句話，所有的人不是抱著事不關己的態度，便是抱著看戲的心情，因此巴不得兩人的爭執更加劇烈。

而一直沒有再出過聲的陸無雙似乎已經完全看出了夏玉華的不同，如果說先前她還以為夏玉華是裝的或者是有什麼人教導這般做的話，那麼現在她已經完全拋棄了那樣的念頭。

雖然她並不知道到底是什麼原因讓夏玉華有如此大的變化，不過她卻不得不承認，眼前的夏玉華不再是以前那個可以任她擺布，對她言聽計從的傻子了。

她甚至有種特別的感覺，總覺得再讓他們這樣鬥下去，不但傷不到夏玉華分毫，反倒只會讓眾人對夏玉華的印象有所改變，所以，就在那一瞬間，她心裡馬上作出了一個決定。

「好了好了，江公子就別再跟一個女孩子計較了，今日可是郡主的生辰，這麼大火氣可不好。」陸無雙當機立斷打破了江顯與夏玉華之間的對峙。「再說也沒什麼多大的事，一人少說一句不就行了。都不是外人，日後也總少不了見面，和和氣氣的才好。」

「無雙，這事妳別理，我知道妳心地好，就算那丫頭再過分，以前妳也總會護著她。」江顯並不想就此打住，朝著陸無雙道：「我也不是非跟她過不去，只是我說的都是事實，就她的品性，說什麼以後再也不會纏著世子了，誰信呀！不信的話，咱們大夥兒打個賭……」

江顯的話還沒說完，夏玉華「砰」地一聲將手中的茶杯放回了桌上，這個聲音不大也不小，正好將江顯的話打斷，又讓所有人的注意力都回到她的身上，更主要的是看上去卻並不覺得太過失禮。

「江顯，有件事我想問問你！」夏玉華不想再讓這人如此放肆，更不想再跟這種沒有品行之人多費心神，這一世，她不會主動的去惹事，卻也容不得別人這般欺辱。

「哦？夏大小姐有問題，我江顯自然會回答，我可不像某些人那般目中無人。」江顯開始得意起來，在他看來，夏玉華怕是終於忍不住，這下大夥兒總算要看到某人原形畢露了。

夏玉華並不在意江顯的態度，沒什麼喜怒地朝他掃了一眼，頗為認真地說道：「若是我沒說錯的話，江公子小時候一定尿濕過褲子吧？」

眾人一聽，不由得都笑了起來，眼神怪怪的看向江顯，一臉的幸災樂禍，看來這回江顯算是把這隻母老虎給惹毛了，這麼個厲害的主，哪裡能夠輕易吃虧。

江顯神情大窘，看向夏玉華的眼神都快噴出火了。「夏玉華，妳……」

不過他還來不及將話說完，卻被再次打斷，夏玉華繼續正色說道：「小時候尿濕過褲子卻並不代表長大後還會再尿濕褲子，因為沒有什麼事是一成不變的。這世上所有的人、所有的事都一樣，全都是不停的在改變，你是這樣，而我也一樣！江公子可以選擇不相信，但不相信並不代表不存在。你可以拒絕自己作出改變，但你沒有權利不讓別人發生改變！」

一席話說得鏗鏘有力、擲地有聲，更主要的是夏玉華說的全都是道理，一時間在場所有人都想不出半句可以反駁的話來。鄭世安越發的沈默，如同從不認識夏玉華一般看著她發愣，而陸無雙則難掩心中的不安，神情不由自主的變得有些扭曲起來。

反應最大的自然還是江顯，這小子嘴巴張得大大的，看上去足足可以塞進一整顆雞蛋，只不過卻半天都說不出一句話來，頭一次竟然發現自己對著這個討厭的女人無從辯駁。

正當眾人都沈浸在夏玉華那一番無懈可擊的反擊之語時，門口突然響起一陣清脆的掌聲，總算是將在座之人的思緒給拉了回來。

眾人循聲望去，卻見李其仁不知何時竟出現在門口，滿臉笑意的看著廳內的眾人獨自鼓掌著。

「說得好，好一個世事無常，被夏小姐這麼一詮釋倒是非常淺顯貼切了！」李其仁看向夏玉華，毫不掩飾眼中的讚賞。這夏玉華還真是個有意思的人，此時自己出面也算是替她作個收尾，畢竟總糾著這件事對這丫頭也沒什麼好處的。

夏玉華倒是沒想到說話的人會是李其仁，原先也沒留意他來了沒有，而且沒想到在這種時候他竟突然從天而降，第一個如此直接正面的站出來替她說話。

「小侯爺過獎了，玉華不過就事論事罷了。」當著這麼多人的面，她也不好多說什麼，只是朝李其仁微微點頭以示感謝，而先前巧遇的小插曲卻也默契地成為了他們兩人共同的秘密。

「沒想到半路跑回來竟然看到這麼有意思的一幕，江兄今日似乎有些過分了，好歹這是雲陽的生辰宴會，怎麼弄得火藥味這般濃呢？」李其仁邊往裡走邊意有所指的朝江顯說著，這前前後後他都在外頭看了個一清二楚，江顯今日的確是失了男子漢的臉面。

被李其仁這般一說，江顯頓時難堪不已，不過卻也不好再說什麼，只得強裝無事一般微咳了兩聲朝李其仁說道：「你什麼時候來的呀，怎麼來了也不進來，站在門口做什麼？」

李其仁停了下來，笑著說道：「來得正是時候，應該聽到的都沒落下。」

一句話頓時讓眾人都有些不太自在，幸好雲陽郡主沒那麼多心思，也不再理會其他人，高興的上前一把拉著李其仁道：「其仁哥哥，你怎麼才來呀？我還以為今日你不來了呢！」

不等李其仁回答，卻聽一直沒有出聲的鄭世安開口道：「其仁，你不是說宮裡有事得先走嗎，怎麼這會兒又來了？」

「先前是有事，不過後來一想又怕被雲陽怪罪，所以走了半道兒終究還是踅回來了。」李其仁笑笑地說道：「畢竟比起回宮裡頭挨訓，我可是更擔心被雲陽記恨呀！」

「算你識相，否則我還真饒不了你！」雲陽一聽笑得更開心了，邊說邊把李其仁拉到鄭世安邊上坐了下來，自小她便與李其仁親近，除了鄭世安這個親哥哥外，就數跟李其仁感情最好了。

李其仁的到來，漸漸地讓眾人的注意力都不由自主的從夏玉華身上轉移開來。畢竟李其仁名氣雖然很大，不過卻很少在這樣的公開場合露面。不論是出於對清寧公主的敬畏，還是李其仁本身在御前當差的原因，所有人對他的興趣都是相當大的。

再加上，李其仁進來時意有所指江顯對夏玉華的態度有些過分了，這或多或少也讓其他人都跟著下意識的收斂了一些看戲的心態。

夏玉華在心底卻是微微鬆了口氣，看來李其仁這麼一說倒是替她解了圍，否則剛才即便是自己占了上風，卻也得費力傷神。

慢慢的，在李其仁的引導下，眾人開始談論起雲陽的生辰賀禮來，氣氛漸漸融洽了不少。在座的都是出身侯門權貴，因此個個出手都不簡單，尤其在這種比較特殊的小型宴會上，很早之前便已經形成了一種互相炫耀相比的送禮方式。

大夥兒都不會一來便送上禮物，而是會等人到齊之後，一個個當著眾人的面才送上賀禮，如此一來，越是送得貴重的便越有面子，當然若是能既貴重有面子，又能讓主人家真心喜歡，那自然便是最出鋒頭的了。

雲陽郡主身分顯貴，眾人送禮更是大方得很，不一會兒的工夫，各種珍寶奇玩便一個個被呈了上去，大夥兒都認真的比對著別人與自己的賀禮，嘴裡不說什麼，心裡頭卻是各不服氣，總認為自己送的才是最好的。

好在雲陽對每一件禮物都欣然收下，並沒有特別說喜愛，也沒有特別說不好的。輪了一圈下來，就只剩下鄭世安、李其仁、陸無雙還有夏玉華這四個人還沒有公開所送的禮物。

陸無雙的賀禮早就已經送了，這點夏玉華心中清楚，只是其他人並不知道罷了，而鄭世安是雲陽的親哥哥，因此也沒必要到這時候才來送，如此一來真正未公開送禮的人只剩下李其仁與夏玉華了。

李其仁原本預備先離開，因此禮物早就已經讓人送上去了，雲陽派人將禮物找了過來，打開來一看，是一個別具匠心的手工木偶。

雲陽喜歡得不得了，連連誇讚這禮物漂亮有趣，比起其他的那些奇珍異寶什麼的，看得出雲陽是真心喜歡這個禮物。眾人倒也沒有誰要和李其仁相比較的，雖然李其仁送的禮物並不是多麼貴重的，不過卻也還真是有些新意，最主要的是這送禮的人跟雲陽從小交情便好，因此送什麼都會覺得是最好的。

一陣跟風似的誇讚之後，不知道是誰提到了還沒看到陸無雙送的禮。陸無雙在這些公子哥兒眼中那可是最受歡迎也最有好感的，即使是一些千金小姐，關係雖說不算太過緊密，表面上卻還是都會給幾分臉面。

第八章

一時間，眾人都十分感興趣的將注意力放到了陸無雙身上，想看看這個在他們眼中蕙質蘭心的陸小姐到底準備了什麼樣特別的禮物。

不過陸無雙顯然並沒有打算要滿足眾人的好奇心，她微微一笑，表情十分的柔美得體，朝著眾人解釋道：「無雙自知所送的禮物肯定沒辦法與各位相比，所以為了這三分顏面，只好一早便悄悄送到了雲陽手裡，好在雲陽不嫌棄，我這才能夠順利過關。你們就別好奇了，跟你們的比都有些上不了檯面，還是給我留些面子吧。」

「無雙向來謙遜，依我看呀，肯定是什麼特別的好東西，郡主還是拿出來讓大夥兒一併看看，開開眼吧！」有人朝雲陽笑著提出了要求，這樣的宴會裡，與漂亮女人有關的事肯定都是眾人感興趣的。

可雲陽一聽，卻偏不買帳，一臉俏皮地說道：「告訴你們，無雙姊姊送的東西可是我最喜歡的，不過今日呀，我還就是偏不給你們看，就要讓你們心裡一個個跟貓在撓似的難受！」

眾人紛紛笑了起來，雲陽郡主這般說來他們還真是沒這眼福了，這郡主向來說一是一、說二是二，可不是那麼好鬆口的。

不過還是有不死心的，竟然轉而朝鄭世安與李其仁下手，想讓他們倆出面說服，畢竟這哥兒倆不論是誰出聲，雲陽可都不會輕易不理的。

只是這如意算盤還真是打錯了，鄭世安最先表態，擺了擺手，一副不關他事的樣子說道：「你們就別指望我了，我這當哥哥的說什麼自然得向著妹妹才對，哪有便宜你們這群小子的。」

他邊說邊掃了眾人一眼，目光經過夏玉華時，下意識的多停留了一下，卻發現那個討厭鬼此時竟根本看都沒在看他這邊，一個人坐在那裡不知道在想些什麼。

他心中頓時有種莫名的、空蕩蕩的感覺，被這討厭鬼給纏習慣了，現在突然這麼老實了，自己竟是說不出來的不習慣。鄭世安被這突然閃過的想法弄得有些煩躁起來，暗罵了自己一聲神經病，而後便快速移開目光，不再注意夏玉華。

眾人見鄭世安給了閉門羹，都只好看向李其仁，將希望都寄託到這主身上去了。不過顯然他們再次失望了。

李其仁很乾脆地笑著說道：「你們都別看我，今日可是雲陽生辰，她最大，她說什麼就是什麼。」

說罷，也不理會那些人的喧鬧，自個兒喝酒一副身處事外的模樣。

「好了，你們就別再想這事了，其實真沒騙你們，只是很普通的東西，看不看都無所謂的。」陸無雙再次出聲了，她滿面笑容，朝眾人說道：「咱們還是看看玉華準備了什麼大禮吧，我可是聽說玉華早早就準備好，還花了不少心思呢！」

陸無雙的話再次成功的讓眾人的注意力轉移到了夏玉華身上，只不過廳裡的氣氛卻陡然變得有些怪怪的，不再似之前那般自然熱鬧。

夏玉華知道陸無雙這又是故意的，如果沒有陸無雙偶爾在一些場合裡「無意識」的提及與她有關的一些事的話，怕是她的名聲也不至於像現在這般難聽。只不過這會兒陸無雙肯定還不知道自己早就已經調換了那件戲服。既然那麼想看她出醜，那她卻也是沒必要顧忌什麼。

「陸小姐這頂高帽子實在太重，我怕是承受不起。早早備好確是不假，畢竟郡主的生辰誰都會放在心上的，至於說到花心思，在座之人各各都用心得很，我可不敢單獨承當這份殊榮。」夏玉華客氣而生疏，就連稱呼也用陸小姐，而非往日的無雙姊姊。

陸無雙一聽，頓時臉色有些掛不住，清咳了一聲，略帶委屈地朝夏玉華道：「玉華妳這是怎麼啦？什麼時候咱們之間這般疏遠了，陸小姐、陸小姐的叫，難不成是覺得我不配做妳的姊姊了不成？」

陸無雙的舉動頓時讓旁人都忍不住替她覺得不值，看這夏玉華實在是太過無禮囂張，果真是沒教養到了極致。

夏玉華自然看明白了陸無雙的意圖，她不急不慢地說道：「陸小姐別這般說，我這也是為妳好，都說物以類聚，人以群分，妳我在外人眼中本是雲泥之別，陸小姐還是與我保持些距離比較好。」

「瞧妳這話說的，我哪是那種勢利小人！」陸無雙這下臉色才稍微好看些，便也不再多說，笑著朝夏玉華道：「好了，知道妳今日心情欠佳，不跟妳較真兒這些了，妳還是快些將要送給雲陽郡主的禮物拿出來吧！」

看著陸無雙一臉的期待，以及眾人有意無意的蔑視，夏玉華也不再說什麼，側目看了一眼鳳兒，示意她將禮物呈上。

看到鳳兒雙手捧著個小小的錦盒朝雲陽走去，陸無雙頓時覺得有些不對勁，她連忙悄悄看向夏玉華，小聲問道：「玉華，妳是不是拿錯東西了？」

戲服再怎麼摺疊也不可能塞進這麼小的盒子，鳳兒手裡捧著送上的肯定不是原先她們挑好的戲服。陸無雙突然意識到自己這次的如意算盤可能是打空了，她倒是忘記了眼前的夏玉華似乎早就與先前不同了。

「怎麼會拿錯，裡頭是一串東珠項鍊，雖然也是用心去挑選的，不過跟剛才那些奇珍異寶自然是沒法比的，還請郡主莫嫌棄。」夏玉華的聲音不大，不過整個廳裡的人卻都能夠聽得清清楚楚。

雲陽拿在手中看了看，眾人也乘機看到了，果然跟夏玉華自己所說的差不多，雖然也是件好東西，不過跟前面那些奇珍異寶相比倒也不算什麼，頂多也就是拿得出手罷了。

「玉華姊姊客氣了，這東珠可是好東西。來人，收下放好。」雲陽也沒多說什麼，只是讓人將禮物收下放好。

今日的夏玉華著實已經讓她刮目相看了，整個人跟平日完全不同，打扮得清清爽爽的不說，行為舉止、一言一語亦乾淨俐落得很，送的東西也沒什麼好挑剔的，讓人多少還是願意給她幾分臉面。

見雲陽對夏玉華的態度似乎不錯，陸無雙心裡頭更不是滋味，原本是要看這臭丫頭出醜來著，可今日一直到現在卻根本沒有看到她半分不妥之處。眾人雖說先入為主對夏玉華依舊不怎麼待見，可是到這會兒她卻明顯感覺到不少人的敵意慢慢消除了不少。長此下去的話，怕是用不了多久，這丫頭還真能鹹魚翻身也說不定。

想到這裡，陸無雙就跟吞了隻死蒼蠅一般不舒服，又見對面坐著的鄭世安竟有意無意的朝夏玉華這邊看，當下心裡更是來火。

趁人不注意時，她小小聲地朝坐在旁邊的夏玉華抱怨道：「妳怎麼重新換了禮物也不跟我說一聲，如今妳是真沒將我當成姊妹了嗎，連這樣的事都要瞞著我？白費了我一片好心！」

「陸小姐說什麼？聲音大點吧，人多聲雜，沒聽清楚。」夏玉華自然聽到了，不過卻故意裝作沒聽清楚，反問了一句。

陸無雙這下可算是吃了個啞巴虧，若再說一遍的話，這會兒所有的人都已經注意到她了，自然不好再當眾說那些，她悶哼了一聲，正想說沒什麼時，卻沒想到另一側坐著的孫府小姐張口便替她重複了一遍。

「陸小姐剛才問妳怎麼重新換了禮物也不跟她說一聲，說妳如今是不是沒當她是姊妹了，還說這樣的事都要瞞著她，白費了她的一片好心。」那孫小姐年紀不大聲音卻不小，字字珠圓的蹦了出來，瞬間便將所有人的目光都往夏玉華與陸無雙這邊移了過來。

夏玉華見狀，倒還真是想感謝這孫小姐的熱心來著，她朝孫小姐微微點頭笑了笑，而後看向陸無雙道：「原來陸小姐說的是這個，如此看來倒是有些誤會了。」

一旁的孫小姐頓時更是來了興趣，忍不住朝夏玉華問道：「難道夏小姐先前準備的並不是東珠項鍊嗎？陸小姐好像不怎麼高興，妳們這到底是真有誤會還是怎麼回事呀？」

有好奇心的可不止孫小姐一人，特別是這件事關係到的兩人都是眾人倍感興趣的，一時間，不少人都附和著問了起來，巴不得多興起點風波來，也好為這種無聊的宴會添些樂趣。

陸無雙見狀，自然不想夏玉華多提此事，畢竟若是一五一十說破的話，對她可沒什麼好處，可是，眾人卻都朝著夏玉華詢問，並沒有直接問她，一時間倒是不知如何阻止的好，正著急時，卻聽夏玉華竟從容不迫的出聲了。

「也沒什麼，不過是先前陸小姐與我商量好了送相同的禮物給郡主當賀禮，陸小姐覺得這東西郡主肯定喜歡，所以說好我倆都送一樣的，也有兩全其美的好兆頭。」夏玉華淡然地解釋著：「原本陸小姐也是一番好意，不過後來我一想送一樣的東西怕總歸有些不妥，況且這點子原本便是她想出來的，所以我也不好意思居功，正好昨日挑到這一串東珠，臨時便給換了。」

夏玉華並沒有說得太多，不過這些卻已經足夠，畢竟在座的人個個可都是好奇心十足的，先前都想知道陸無雙到底送了什麼卻未如願，而現在知道夏玉華之前準備的東西與陸無雙送的是一樣的，怎麼可能不感興趣繼續打探下去呢？

果然，她的話音剛落，馬上便有人脫口問道：「那先前準備的到底是什麼東西呀？陸小姐說是上不得檯面的，到底是真還是假呀？」

這話一出，不少人都跟著附和了起來，那孫小姐仗著剛才跟夏玉華有過一點交流，因此倒是比其人更大膽一些，直接便追著夏玉華讓她說說。

陸無雙此時開始緊張，若是夏玉華當眾真說出來的話，那麼不論如何，她的臉面多少都會受到影響，正欲出聲想阻止夏玉華，並轉移話題，卻沒想到還是慢了一步。

「上不上得了檯面，先前我倒還沒有考慮這一點，不過如今見陸小姐私底下送給郡主，想來總是有她的道理。好在我臨時給換了禮物，否則反倒是讓陸小姐為難了。剛才郡主說了不公開的，我自然也是聽郡主的，倒是沒必要多說什麼。」夏玉華這會兒並沒有真打算當著眾人的面說出禮物到底是什麼，畢竟那同樣也會影響到雲陽。

不過，有沒有說出那東西就是一件戲服——一件雲陽最喜歡的名角所穿過的戲服，這一點早已經不重要了，因為從先前的話裡頭，即使是再蠢的人想必也聽得出話中的弦外之音。

陸無雙特意讓夏玉華準備了一樣與自己一模一樣的禮物，自己卻偷偷地先私底下送給了雲陽，而後又讓夏玉華當著眾人的面送上，不用想這其中便有蹊蹺。如果東西真是上不得檯面但卻能討郡主喜歡的話，那麼陸無雙自己討巧，卻讓夏玉華當眾送禮，豈不是故意要讓眾人看笑話？

若東西上得了檯面的話，這事也不合宜，妳自己都先送了還讓人怎麼出手？眾人不由得暗自猜測起來，卻是不曾想到向來溫柔可人的陸無雙也有這樣的心思。特別是女性，紛紛有種說不出來的興奮。

陸無雙頓時窘迫不已，她下意識的抬眼朝鄭世安看去，卻見鄭世安也正好看著自己，只是目光之中顯露的卻是一種說不出來的複雜，而非以前那樣的柔和。除了鄭世安，其他人眼中的目光也與先前略有不同，雖然沒有人明說，可任誰都看得出來那些目光代表著什麼。

她心裡很生氣，不管怎麼樣絕不允許有人這般破壞她的形象，特別是在鄭世安面前！

「玉華，妳胡說些什麼呢，我什麼時候說過讓妳跟我送一樣的東西給郡主？」陸無雙很快便有了主意，一臉質問的看向夏玉華，語氣異常的憤怒。她知道，這種事只要自己一口咬定，夏玉華再怎麼樣也是拿不出證據來的，更何況以她們兩人的名聲來說，任誰都會選擇相信她，而不是相信夏玉華。

陸無雙的質問頓時讓所有的人都不由得看向了夏玉華，而很快的，下意識裡也傾向於相信了陸無雙的話，轉而對夏玉華剛才的話有所懷疑。想想也對，單憑夏玉華說的話的確證明不了什麼，況且夏玉華這人向來名聲不好，誰知道是不是故意要陷害陸無雙的。

夏玉華早就料到了陸無雙肯定會有這樣的一手，對於陸無雙，她實在是太瞭解了，怎麼可能默認自己的罪行。

她淡淡地笑了笑，朝著陸無雙說道：「妳激動什麼，不過是先前準備送同樣的東西罷了，又不是什麼多大的事，怎麼弄得像我說了妳什麼壞話似的。難道妳心裡也覺得這事有什麼不妥當的地方嗎？」

「夏玉華，妳越說越離譜了，虧我一直將妳當成好姊妹，沒想到妳竟如此敗壞我的名聲，我到底做了什麼讓妳這般記恨，非得當著這麼多人的面來詆毀我？」陸無雙臉都憋紅了，那模樣十足十的難過，眼眶也濕濕的，看上去好像隨時都有可能黃河決堤一般。

這一下，眾人自然更加同情起陸無雙來，特別是平日裡那些喜歡她的公子哥兒們，一個個頓時跟自己受了屈辱似的，有好幾個人還忍不住出聲撻伐起夏玉華，為陸無雙鳴不平了。

夏玉華並沒有馬上出聲，也沒有理會眾人的撻伐，十分平靜的坐在那裡像是等著什麼。見狀，陸無雙頓時底氣更足了，只當夏玉華是沒話可說了，便再次滿是失望地說道：「原先，不論別人怎麼說妳不好，我都不理，甚至還為了妳跟他們去鬥氣，可沒想到妳不領情也就罷了，竟然還如此侮辱我、敗壞我的名聲，我真是不知道怎麼會認識妳這樣的人。以前只是覺得妳脾氣不怎麼好，卻沒想到心眼竟也這般陰險！」

說到這裡，陸無雙眼中的淚瞬間流了下來，一副無比後悔自己當初付出真情的樣子，不少人見狀，更是情緒激動，紛紛指責夏玉華，並要夏玉華給陸無雙道歉。

當所有的質疑與指責都再一次鋪天蓋地的朝她襲來時，夏玉華並沒有過分激動，她只是平靜的抬眼將周圍的人統統掃了一遍，再一次親眼見識自己是多麼的沒有人緣。

目光唯有在經過李其仁時，才發現有那麼一些不同，並不像其他人一般，不是厭惡憤怒便是懷疑猜測，李其仁一臉平靜的看著她這邊，如同在等著她的辯白似的。

而鄭世安則一如既往的顯露出他的厭惡，夏玉華並不在意，原本就沒想過他會相信她，也壓根兒就沒指望過這個人。

收回目光，夏玉華只是略微清了清嗓子，廳裡卻頓時出奇的安靜，所有的人似乎都等著她出聲，不論她說什麼都好，總之沒有她的接續，這戲便是沒法看下去。

「陸小姐，原本今日這事我還真沒有多想，如今看來，卻是我太天真了。」

她神情平靜，不喜不悲，朝著陸無雙繼續說道：「妳非得說我是在詆毀妳，還這般不依不饒，難不成真想讓我跟妳較這個真兒，找什麼人證、物證出來嗎？如果真是這樣的話，又有何難，妳莫忘了這東西當初我們是從哪裡買來的！」

第九章

夏玉華此話一出，陸無雙心中頓時一沈，她不可置信地看向夏玉華，一種莫名的害怕突然湧現。她實在是想不明白，這丫頭什麼時候起竟然變得如此冷靜而聰明。

見所有人的目光都隨著夏玉華的提問而再次看向了她，陸無雙此時已是無後路可退，她暗自咬牙，朝著夏玉華反駁道：「別說這些沒用的東西，妳以為這樣就能夠騙得了別人嗎？就算妳真找出個跟我送的禮一模一樣的東西，可那又能夠說明什麼？難道當時我們一起買過的東西便一定是我讓妳一起送給郡主的嗎，簡直是血口噴人！」

「妳說得沒錯，同樣的東西是不代表什麼，只是……」夏玉華見狀，卻是沒必要再顧忌任何，轉而笑了笑道：「只不過當時向那位名角買這兩件戲服時是妳自己親口對他說，我們要一起送人當禮物的，當時妳可能並沒在意，只是隨口提了一下，不過那名角還有身旁的一些人肯定卻是記憶猶新的，畢竟妳提到了郡主，對他們來說，那可是莫大的榮耀！」

這事一語道破，眾人頓時都沈默了起來，原來陸無雙送給雲陽郡主的禮物竟然會是那個，怪不得雲陽郡主那般高興，怪不得陸無雙要私底下悄悄的送。如此一來，夏玉華若真聽了陸無雙的話當眾送禮，後果可想而知。

「妳、妳胡說！」陸無雙這下可急了，她剛才只顧著反擊，卻是忘記了當初還有這樣的小插曲。

「我沒必要胡說，妳若一定要扯下去的話，讓郡主派人現在去找那名角問一下便行了。」夏玉華果斷地說著。

「誰知道妳是不是一早便收買了他們來陷害我？」陸無雙只好抵死不認，不過明顯神色卻是沒有先前那般底氣十足。

「陸小姐，妳若這般說那就沒什麼好說的了，原本我也不是怎麼在意這事，只是妳自己一直有意扯出來，我才不得不多說了兩句。我向來不在意旁人的看法，信也好，不信也好，自己問心無愧就行了。」

夏玉華邊說邊站了起來，朝著雲陽郡主行了一禮道：「郡主，實在是對不起，今日本是妳的生辰，沒想到因為我一而再、再而三的鬧出這麼些事情來，我知道自己不受歡迎，所以就不再打擾了，先行告辭，還請郡主恕罪。」

說罷，夏玉華領著鳳兒轉身便準備離開，陸無雙見狀，自然嚥不下這口氣，如此一來，就算自己死不承認，這臉卻是丟大了。

「等等，夏玉華，妳這樣就想走?亂說一通，將我的名聲弄得不清不白的就想走嗎？」

她連忙跟著站了起來，邊說邊衝了過去攔住夏玉華，一副要為自己討個說法的樣子。

而此刻，所有的人都沒有再說一句話，事情發展到現在，似乎誰都不好開口再說什麼，只是一眨不眨的盯著宴會廳中間的兩人，不知道接下來還會發生什麼樣的事。

「妳還想做什麼？」夏玉華平靜地看著面前的陸無雙，不明白這人到底是聰明還是蠢，事情都到了這個地步，難道以為憑幾句虛詞就能夠重新將屎盆子扣回到她的頭上嗎？

「我不想做什麼，是妳到底想做什麼！」陸無雙怒目圓睜，漂亮的臉龐滿是怒氣。「今日妳不還我一個清白，我豈會讓妳這般輕易離開，就算妳父親是大將軍王，可凡事總講一個理字，我……」

「講理?!」夏玉華雙眉微皺，神情陡然變得異常的冰冷，那鮮見的嚴肅讓她整個人看上去竟顯得分外威嚴，給人一種說不出來的氣勢。

她算是見識到了什麼叫做無恥，都這種時候了，陸無雙竟然還敢如此大張旗鼓的討伐自己，當真是以為自己這般好欺負嗎？

陸無雙不由得愣了一下，卻是沒想到剛才自己竟然會被夏玉華給懾住，她險些有點懷疑自己的眼睛，剛才看到的真是夏玉華嗎？為何竟給她一種說不出來的威嚴與氣勢？

不過她還是很快便恢復了過來，打心底決定豁了出去，於是擺出一副被欺負得不行的模樣，朝著眾人說道：「對，講理，妳得還我一個清白！」

真是不見棺材不掉淚！夏玉華突然覺得上一世並不是陸無雙太聰明，而真是自己太過愚笨了，竟然連一個這樣的人都不曾看透。

「好，妳要講理，我便給妳講理！」她說完這句，轉而側目看著江顯等人，面無表情、一字一句地說道：「江公子，有件事你們聽好了，今日我的確是早到半個時辰，不過並非是陸無雙跟你所說的急著來找世子，而是因為晚宴延遲半個時辰的事，並沒有任何人到我夏家來通知！我不知道陸無雙為何要這樣跟你們說，但請記住，許多事道聽塗說可並不一定準確！」

江顯一聽，頓時不由得臉色一紅，這不是之前他們在園子裡說夏玉華的壞話時一併說到的嗎，怎麼這丫頭會知道了呢？

夏玉華沒有理會江顯的不自在，繼續說道：「我想，你們應該都收到信了吧，而且最少應該是提前一、兩天，因為這是禮貌，我並不知道端親王府為何會單單忘記通知夏家，但我知道今早陸無雙跑到我家去時卻壓根兒沒說這事，反倒是一個勁兒讓我早些，說是莫遲到，以免失禮於人。這中間到底是什麼原因，我不想無端猜測，但是若找管家過來一問，便應該一清二楚了！」

她的質問鏗鏘有力並且字字占理，讓人聽後不得不跟著認真思索起來，而這一會兒的工夫，再也沒人出聲質問夏玉華半句，下意識裡卻是不再如先前一般對她所說之言左疑右忌。

「竟有這等事？來人，去將管家找來當面問個清楚！」雲陽還沒出聲，鄭世安卻是當場冷著聲吩咐起一旁的下人，畢竟在這廳裡，他才是端親王府最有說話權的人，而夏玉華剛才所說之事，事關端親王府的臉面，他自然得馬上弄清楚才行。

此刻，陸無雙一陣腿軟，不由得往後退了一步，她萬萬沒想到，夏玉華心思竟然如此敏銳，更沒想到鄭世安竟會馬上回應，真喚來管家要當面詢問，如此一來，那她豈不是麻煩大了？

這個事情，陸無雙心裡最清楚不過，若是一會兒管家真來了，一旦查問起來是半點辯解的機會也沒有，可她卻偏偏還不能夠阻止，畢竟現在就如同箭在弦上已是不得不發，一旦她阻止的話，無疑是主動引著旁人往她身上來猜測。

一時間，陸無雙只覺得前所未有的緊張，頭一次，她竟然被夏玉華這個死丫頭給逼到了這般難堪的地步，這樣的恥辱讓她無法接受。

「夏玉華，這就是妳所謂的講理嗎？妳別在這裡故弄玄虛了，妳以為扯出這些不相干的事來，就能夠證明妳先前說的那些話嗎，就可以推卸掉妳冤枉我的事實嗎？有本事拿出點實質性的證據來！」即使到了這個時候，陸無雙也不允許自己低頭，只要她不承認，就憑夏玉華再如何說也比不上她的影響力！

「我不需要任何多餘的證據，如妳所說，我講理！陸小姐還是別這般著急，等弄清楚剛才說的事之後，一切便自有定論，多說無益。」夏玉華說罷，別過頭去不再看陸無雙，端親王府的人做事動作向來快，想來她也不必再在這裡待太久了。

夏玉華的態度再次讓陸無雙吃了個啞巴虧，看到眾人漸漸對她產生改變的眼神，她不得不閉上了嘴，暗自告誡自己這會兒工夫千萬不能慌、不能亂，得趕緊想出個應對的好法子來才行。

而夏玉華則異常坦然地站在那裡，從容的面對眾人各種各樣的目光，其實她並不需要向這些人證明些什麼，只不過不想再讓陸無雙覺得她還是那般可以任意擺布。

她似乎感受到了鄭世安正在看著她，那樣的目光與往日完全不同，最少沒有往日的厭惡，甚至還多了一些難得的正色。只不過，無論鄭世安如何看待她，對她來說，都已經毫不重要。她沒有理會鄭世安，很是自然地忽略，轉而朝鄭世安旁邊的李其仁看了過去，迎上那道一直含笑淡定看著她的目光，微微頷首，算是作了個回應。

夏玉華的一舉一動，馬上被眾人看了個清楚，只不過先前李其仁曾出言替她解過圍，所以如今她稍微示個好確也並沒有什麼不妥之處。只是看在鄭世安眼中，一切似乎顯得有些變了樣，一向眼中只有他的人如今卻與他如此楚河漢界，轉而朝著別的人示好，這讓他心中很不是滋味。

人性向來如此，即使是厭惡的東西，那也只有自己棄之不理才算正常，若反之則再怎麼樣這種落差也是一時難以習慣的。

好在，管家很快走了進來，一下子便將所有人的注意力給吸引了過去。鄭世安按捺下心中那股莫名的不快，轉而朝管家問道：「查清楚沒有，到底怎麼回事？」

「回世子，老奴剛剛已經查清楚了，昨日負責去夏府報信的人的確沒有去夏府，當時送信的奴才去陸府給陸小姐傳過話後，本來是想再去夏府的，但陸小姐卻說她反正要去夏府一趟，順便將這消息帶去就行了，不必多跑一趟。那奴才一聽，便偷了個懶，當真沒有再去夏府。」

管家如實的將情況給說了一遍，言語之中並沒有任何閃爍之詞，對他來說，就事論事就行了，至於其他的糾紛自然便不關他們的事。

而周遭的人聽了說明後，頓時心中跟明鏡似的一清二楚了，陸無雙故意不讓夏玉華知道宴會延後之事，又掉過頭跟江顯、鄭世安等人說夏玉華早早便吵著要先來找鄭世安玩，這裡頭的玄機實在是太過明顯。再聯想到先前送禮的事，夏玉華所說的話自然也就沒什麼刻意揑造的必要了。

「我、我可能一時忘記這事了。」陸無雙臉色很是蒼白，不知不覺間，手上的帕子已經被她十指絞得死緊，她邊說邊小心地抬眼朝鄭世安看去，卻見鄭世安此時一臉怒氣地盯著自己，一時間更是心慌不已。

夏玉華不由覺得好笑，沒想到這會兒工夫原本應該對她說明的人，卻只對著鄭世安那般小心的解釋著，當真是完全沒有把她當成一回事。

「陸無雙，妳也不必多作解釋，妳我之間到底怎麼一回事，彼此心中最是清楚。我今日說這麼多，也並非想要怎麼對付妳，只是希望妳記住，今日的夏玉華不再是以前的夏玉華，若妳還覺得能夠和以前一般想怎麼樣對我就怎麼樣對我的話，那便大錯特錯了。」

夏玉華面無表情地望著陸無雙，最後鄭重說道：「妳還是以前的妳，而我，卻早已經不再是以前的夏玉華！」

說罷，她也不再理會任何人，徑直抬步離開，只留下一屋的驚詫與議論，還有陸無雙臉上那死人一般的蒼白與錯愕。

京城裡的八卦消息傳得最是迅速，特別是昨晚之事，如一夜春風般瞬間傳了開來。當然，各種橋段都有，各種說法也層出不窮。唯一相同的是，所有的人都似乎意識到了一個鐵一般的事實，那就是大將軍王府的夏大小姐，當真跟以前不一樣了。

夏冬慶知道這事後，異常興奮的誇讚著自己的女兒，與以前的維護與收拾殘局不同，這一次他顯得底氣十足，並且格外的自豪。如今玉華能夠站在理字上將那些嘲諷、陷害她的人給打得無反擊之力，這樣的氣勢方顯他夏家真正的門風！

其實夏冬慶也是個硬氣的主，否則的話也不可能成就今日的軍功，只不過是對這個寶貝女兒完全沒有招架之力，再硬的骨頭到了女兒面前，那也只有慈父的一面。

「玉兒，爹爹現在要出門，妳若有事找妳梅姨就行了。」夏冬慶起身收拾了一番，準備出門，如今對這女兒他可是放了一百二十個心了。

「爹爹可是要去找黃叔叔？」夏玉華先前見到黃家過來送信的奴才，突然想起了一件事，因此連忙拉住了夏冬慶。

夏冬慶笑著說道：「玉兒現在是越來越聰明了，連這個都猜到，妳黃叔叔派人請我過去一趟，估計著是要商量一下西北駐軍的事宜，爹爹去去就回，晚上若是回來得遲，你們就不必等我吃飯了。」

微微頓了頓，夏玉華不再遲疑，沈聲說道：「爹爹，玉兒以為此事您還是別參與為好。」

「玉兒何出此言？爹爹的事爹爹自會處理妥當，妳一個女孩子家不可擅自談論朝政，傳出去的話，於妳、於爹爹抑或者咱們夏家都是不利的，明白嗎？」夏冬慶在國事上的原則自是比家事要強得多，否則的話，如何帶兵打仗，如何信服於人。

夏玉華見夏冬慶這般說，心知自己踩著了父親對她唯一的底線，可是有些事她卻是不得不說，否則的話，到時只怕後悔也來不及。

「爹爹放心，女兒絕對不會跟爹爹以外的任何人談論這些，還請爹爹先聽女兒將話說完。」她也不遲疑，見夏冬慶此刻並沒有馬上反駁，心知算是一種默許，因此繼續說道：「我知道爹爹今日去黃叔叔那裡是為了西北駐軍之事，也知道皇上見這兩年邊境安定了下來，所以想減兵減餉，更知道爹爹與黃叔叔一定是想聯合一些朝臣與武將，一併上書皇上建議不要減兵減餉，對嗎？」

這話一出，夏冬慶頓時深深地看了自己女兒一眼，如同不認識一般。「玉華，妳怎麼知道這些？是誰告訴妳的？」

「女兒這些天留意了一下爹爹的一些舉動，再加上黃叔叔先前也來過家裡幾趟，前些天又偶爾聽府中下人閒聊了一些西北駐軍的事，而剛才爹爹也說了要去黃叔叔家一趟，所以便猜測著父親今日出門應該就是為了剛才所說之事。」

夏玉華早就想好了如何應對，以前她雖然任性不聽話，不過卻從不說謊，而剛剛的解釋也合情合理，所以想來也不會惹來父親的猜疑。

果真，聽到夏玉華的解釋，夏冬慶雖然有些覺得不可思議，卻還是選擇了相信，畢竟自己的女兒向來都聰明得緊，如今性子又比以前沈穩，心思也細密多了，從這些細節處著手而推測出其他的事來，倒也不是沒有可能。

他點了點頭，不再追著如何知曉這個問題不放，轉而又道：「玉兒，先前妳說此事為父最好不要參與，這又是什麼意思？」

說來也奇怪，這會的工夫，他反倒是想聽聽玉兒的意見了。

見夏冬慶明確的讓自己發表意見，夏玉華連忙抓緊機會說道：「爹爹，您可曾想過皇上為何要減兵減餉？」

「皇上不是說了嗎，眼下邊境安定，不需要那麼多兵力駐守，而且國庫吃緊，百姓負擔過重，所以……」

夏冬慶的話還沒說完，夏玉華便接下去說道：「這些的確是原因之一，但是最主要的原因卻並不是這些。」

「那最主要的原因是什麼？」夏冬慶眉頭微蹙，似乎從沒有考慮過其他。

夏玉華眨了眨眼，沈聲答道：「爹爹當知，邊境混亂之際，父親統領的二十萬大軍可是讓皇上高枕無憂，可如今狼煙暫停，邊境秋毫無損，這二十萬大軍便只會讓皇上日夜難眠！」

簡單的兩句話，頓時如響鼓敲醒了夏冬慶。自己功高震主，想來不被皇上猜忌都很難，再加上手上還有二十萬大軍，更是被皇上忌憚，所以才用減兵減餉的方式來削弱他的勢力亦是情理之中。他不由得點了點頭，果真沒想到這般簡單的道理卻被自己給疏忽了。

「玉兒說得很對，看來此事為父的確是應該避嫌才好。」他說罷，又想了想，卻還是搖了搖頭，抬眼看向夏玉華道：「可是，皇上此舉卻關係到西北邊境的安穩，如果貿然減兵減餉的話，敵國若乘機進犯，那西北邊境豈不是岌岌可危？要知道那些狼子野心之人從來都沒有真正放棄過侵占我中原！」

「爹爹的意思玉兒自是明白，爹爹向來忠君愛國，絕無二心，這一點沒有誰比玉兒更明白。只是，皇上總歸是皇上，為了他的江山穩固，怕是寧可錯殺，也不會錯過。況且此次皇上之舉本就是想看看爹爹會如何反應，若爹爹聯名眾臣反對，豈不是更讓皇上對您心生猜忌，欲將您先除而後快？」夏玉華如實分析著。

夏冬慶也覺得自己女兒說得沒錯，但邊境安危卻是容不得半點差錯，哪怕明知會被皇上猜忌，他也不可能當作什麼都不知道一般，畢竟於他而言，一己榮辱事小，家國興亡才是最重要。

「玉兒，妳說的這些爹爹都覺得很有道理，可是爹爹身為大將軍王，保家衛國是職責所在，如果明知皇上此舉會影響到邊境安穩，卻因為顧忌自身榮辱而置之不理的話，豈不是成了自私自利的昏官，也就會成為誤國誤民的天下罪人了！」

「爹爹放心，此事不論您出不出面都不會真正影響到邊境安危，而只是會影響到您自己罷了。」夏玉華微微一笑，一語道出此中玄機。「爹爹可別忘了皇上可不糊塗！您不參與此事的話，最後皇上也絕不會真拿西北邊境的安危去冒險。但若您參與，皇上的想法自然就多了，只怕事態反倒會變得更加複雜。我想，功高震主的道理您應該比誰都明白吧？」

「玉兒，妳說的這些為父覺得十分在理，只是妳向來不關心這些事，如今怎麼會這般熟悉？」夏冬慶這會兒已經完全信服了女兒說的話，但正因為如此，所以總擔心夏玉華是不是做了一些不應該做的事。

夏玉華一聽，自然明白夏冬慶的憂慮，她微微一笑，異常自信地說道：「爹爹只管放寬心，女兒並不曾做任何不應該做的事。您也說了，我以前只是不關心，可並不代表就真的對這些一無所知，都說虎父無犬女，難道爹爹就這麼不看好您女兒的聰明才智嗎？」

「好，說得好，好一個虎父無犬女！我夏冬慶的女兒原本就聰慧了得，自然不同於一般的女兒家！」夏冬慶一身的豪氣頓時表露無遺，邊說邊站起來，一臉欣賞地拍了拍夏玉華的肩膀，毫不吝惜地誇讚著。

在父親眼中，自己的孩子永遠是最好的，更何況玉華本來就從小聰明，只是以前沒有將聰明用到應該用的地方罷了。如今用上正途而有不同凡響的表現，自然也沒什麼好大驚小怪的了。

「玉兒放心，爹爹知道應該怎麼做了，妳黃叔叔那裡我一會兒讓人去回絕就行了，這事我聽妳的，不去參與！」夏冬慶本就是個乾脆俐落之人，釐清了這其中的利害關係，自然也不會拖泥帶水。

第十章

三天後的一個上午，夏玉華在作好一切準備之後，終於出發去找歐陽寧拜師。

親自敲門三次，夏玉華便沒有再繼續，而是耐心的在門外等候著，片刻之後，門這才被慢慢打了開來。

一個約莫十歲的男童從門裡頭探出了頭朝外看，見到夏玉華後又朝她身後看了一眼，卻見旁邊只有一個婢女模樣的人跟著，這才整個人跳了出來。

「妳是什麼人？來這裡做什麼？」男童發問的方式跟一般人家的孩子有些不同，不問夏玉華找什麼人，反倒問她是什麼人，來這裡做什麼。

眼前的小男孩只比她弟弟成孝的年紀大不了多少，夏玉華不由得朝他微微一笑道：「小兄弟，請問歐陽先生是不是住在這裡？」

「我問妳是什麼人，來這裡做什麼？」男童根本就不買帳，皺著眉不耐煩的問了第二遍，看那樣子如同玉華再不回答就要馬上閉門不理了一般。

夏玉華倒也識趣，笑著回答道：「我叫夏玉華，是來找歐陽先生的，我想請歐陽先生收我為徒。」

她的話剛剛說完，那個男童便哈哈大笑起來，如同聽到了什麼天大的笑話似的，一個勁兒的在那裡笑個不停，笑到厲害時，還不時的摸著有些生疼的肚子。

鳳兒見狀，很是不滿，她一早就覺得這小孩子沒規矩得很，她家小姐客客氣氣的，可這小孩子卻這般無禮。正欲上前訓斥，沒想到還沒出聲便被自家小姐給攔住了。

一直到那男童笑了個盡興，自個兒停了下來後，夏玉華這才平靜地朝他繼續說道：「煩勞小兄弟替我通報一聲，我是真心誠意的來向先生求教。」

「妳開什麼玩笑？竟然想跟我家先生學醫？趕緊回去吧，我家先生現在不收徒弟，更不會收妳這樣的女徒弟。」男童根本就不認識夏玉華，所以發笑確也不是因為別的，只是覺得眼前這女子完全不知天高地厚，以為他家先生收徒弟有這麼容易嗎，說得跟吃飯一樣簡單，真是讓他長見識了。

「先生收不收再說不遲，還請小兄弟通融一下，先替我通報一聲，讓我見先生一面。」夏玉華一早就知道這事不容易，所以對於如今的狀況卻是在意料之中。

「不行不行，我家先生忙得很，哪有這麼多時間見人。」男童不耐煩的揮著手，示意夏玉華趕緊離開。「要是隨便哪個人都得見，那這門口排隊見先生的人早就排到城門外三里地了！」

「你什麼意思，我家小姐可不是什麼隨便哪個人，我家小姐是……」鳳兒一聽，氣得不行，張嘴便想替她家小姐自報家門。

「鳳兒，不許無禮！」夏玉華側目打斷了鳳兒的話，而後回頭朝那男童說道：「如此，那今日我便不再打擾，煩請小兄弟轉告先生，我明日再來，不論如何，希望能夠見上先生一面。」

男童見夏玉華穿著打扮不凡，還帶了個體面的下人，不用猜肯定是富貴人家的小姐，但這小姐態度卻還真是不錯，沒有一般大小姐的驕縱與自負，顯得謙遜而平和，因此對她印象也好了不少。

「我見妳人還不錯，就好心勸妳兩句，妳還是早些打消這個念頭吧，省得白費力氣。我家先生是不可能收妳為徒的，甚至連見面肯定都不會，妳以後還是別再來了，應該做什麼便做什麼去為好，學醫這樣的事不適合妳的。」男童似乎見多了這樣的事，因此說起這些來有條不紊的，絲毫不像個小孩子的說法。

「多謝小兄弟良言，不過學醫之事我心意已決，無論如何也不會更改。先生見不見我是他的權利，我無法強迫，但我還是每天會來拜訪求見。」說罷，她再次朝那男童笑了笑，而後便帶著鳳兒轉身離開。

看著夏玉華離開的身影，男童不在意地搖了搖頭，而後便進去關上了門，院子附近再次恢復了先前的幽靜。

接下來一連好幾天，夏玉華每天都會準時的上門求見，不論男童如何推拒，依舊態度平和，不急不躁。她並沒有任何抱怨之詞，轉達過求見之意不被接受後便會自行離開，而隔天又繼續著這種毫無作用的堅持。

半個月下來，不論是颳風下雨還是烈日當空都如出一轍，連男童都拒絕得有些不好意思了，雖然依舊沒讓夏玉華進過門，但是對她的態度卻明顯和善了不少，等她一走，偶爾也不由得替她向歐陽寧說說情。

「先生，要不您就見見她吧，我還真是沒見過這麼好脾氣又有毅力的姊姊，您就算不能收她當徒弟，最少也見她一面，好讓她死心吧，成天這麼跑來跑去的多累呀。」男童心想，人家諸葛亮都只讓劉備三顧茅廬，先生倒好，一連半個月都讓人家吃閉門羹，實在是連他都有些不忍心了。

歐陽寧放下手中的書，溫和的目光朝著眼前仰著一張小臉正朝他求情的男童道：「歸晚你這小子，是不是收了人家什麼好處，最近可不止一次說這樣的話了。」

「哪有呀先生，您看我是那種能夠輕易被人收買的人嗎？」歸晚一臉的不齒。「我就是覺得夏姊姊這人太過死心眼，您要是不見了她，恐怕她還真會天天上門的，這不是耽誤人家的事嗎？」

「放心吧，再過一些日子她自然便會死心的。」歐陽寧依然沒有太過在意，雖然半個月也不算短，不過對於一些稍微有些耐性的人來說也算不了什麼，那個姑娘能堅持這麼久倒也不算太過出奇。

歸晚一聽，輕哼了一聲，快快地走開，他也懶得再說什麼，自家先生的脾氣他最清楚不過，若是這般容易心軟，早就已經收了滿屋的高徒了。

與歸晚的態度不同，夏玉華依舊沒有半絲的氣餒，此刻她正坐在書桌前自行翻看著醫書，一如先前般的努力，似乎認定歐陽寧收她為徒不過是遲早的事一般。

過了許久，鳳兒有些心疼小姐，總會勸她多休息一會兒，可每回小姐都說不累。

晚飯後，阮氏過來了，自從升為夏府女主人後，家裡頭新進了什麼好吃的、好玩的，她第一時間準是先讓人給玉華送過來，真心的將玉華當成親生女兒一般疼愛。

關懷問候後，阮氏告訴夏玉華三天後便是百花宴，這次皇上親自點名讓她一併參加。因為這是玉華頭一回入宮，再加上又是正式宴會，所以得好好準備準備才行。」

一聽說皇上竟然親自點名讓她參加，夏玉華不禁有些擔心起來。這事似乎並不如表面所看一般簡單，隱隱間她似乎察覺到了什麼。

晚上的時候，夏玉華特意去書房見了父親，父女倆關起門商談了好久，直到離開書房時，夏玉華臉上這才顯露出幾分安心的笑意。

第二天，夏玉華如往常一樣，收拾妥當便準備出門去歐陽寧那裡繼續堅持不懈的敲門。

「夏姊姊來了？」歸晚笑咪咪地出來跟夏玉華打著招呼，這些日子下來，他們之間倒是逐漸相熟了，每天都會在門口閒聊上幾句，而後又各自回去，既不尷尬，也不會有什麼不愉快的。

夏玉華照樣點了點頭，笑著說道：「歸晚，今日又得麻煩你了，再去幫我通報一聲吧。」

「夏姊姊，妳又不是不知道，我可是從沒有哪一天少幫妳通報的，其實現在都不用通報了，每日這個敲門聲一響，不用問都知道是妳來了。」歸晚不知道從哪裡摸出幾個棗子，邊說邊往嘴裡塞了一個，末了還遞給夏玉華一個道：「吃嗎？特甜呢，不騙妳。」

「謝謝！」夏玉華心中微微失落了一下，看來今日又是跟昨天一樣的結果，不過，她卻馬上調整好心態，接過歸晚遞來的棗子，學著歸晚的樣子也一口塞到了嘴裡。

「嗯，真的很甜。」仔細吃完後，她點了點頭，讚許不已，而後又朝歸晚說道：「好了，既然你家先生今日還是沒空，那我明日再來了。」

說著，她親暱的摸了摸歸晚的腦袋，而後便朝一旁的鳳兒示意了一下，轉身準備離開。

鳳兒心中也是一陣失落，出門時明明看到喜鵲叫個不斷，還當會有什麼好事，以為小姐拜師的事會有什麼轉機，卻沒想到一點也不準，真是白叫了，也白讓她興奮了。

「夏姊姊，妳怎麼這麼快就要走了呢？」歸晚見狀，連忙出聲叫住夏玉華。

鳳兒回過頭，朝著歸晚扮了個鬼臉道：「不走難不成你還留我家小姐吃午飯嗎？怎麼，還想讓我家小姐站在這大門口陪你玩泥巴，給你講故事？」

「鳳兒，妳都多大了還跟個孩子似的，也不怕歸晚笑話妳。」夏玉華側目說了鳳兒一句，而後又轉身朝歸晚說道：「還有事嗎？」

得到夏玉華的維護，歸晚先是朝著鳳兒得意地回了個鬼臉，而後說道：「夏姊姊，我並沒什麼事，不過……」

他故意拖著沒說出後續的話來，神色看上去頗為神秘。

「不過什麼？」鳳兒卻是有些急了，趕緊催促道：「臭小子，有什麼話趕緊說，別賣關子了！」

「妳急什麼，人家夏姊姊都不催，真是的。」歸晚邊說竟邊往門檻上一坐，見夏玉華也在等著他的下文，這才又將後頭的半截話給說了出來。

「不過先生說了，今日妳若來了的話，讓我問妳幾個問題，姊姊若是都答對了，便讓我請姊姊進去一見。」

此話一出，夏玉華頓時喜上心頭，原本還以為今日又與往常一樣，只能再次無功而返，卻沒想到歸晚竟然給了她一個這麼大的驚喜。藉歸晚之口向她提問，看來歐陽寧終於還是給她機會了。

雖然答對了並不代表就能夠收她為徒，但至少卻是贏得了一次正式見面的機會，一次可以進一步爭取的機會。不論如何，這已經是一個相當不錯的進步，最少說明近一個月來，她每日的堅持得到了歐陽寧的認可。

鳳兒亦是開心不已，隨即連跟歸晚說話的語氣態度都改變了。而歸晚亦不客氣，一口一句他平時可沒少替夏姊姊在先生面前說好話，那模樣別提有多得意了。

「行行行，下次來，我一定給你帶好吃的，你就別耽誤時間了，趕緊給我家小姐出題吧！」鳳兒性子急，再次催促起來，不過這回臉上可是笑容滿面的，絲毫沒有先前的不耐。

「少來了，我可不是那種貪圖小便宜的人，我就是見夏姊姊每天都這麼堅持，心裡頭挺感動，所以才樂意幫忙。」歸晚才不理會鳳兒的示好，轉而朝著夏玉華獻起殷勤來。

夏玉華會心一笑，自然領了歸晚的好意，真心的謝過之後卻也關注起歐陽寧讓歸晚問的題目。

「聽好了，第一個問題來了。」歸晚臉上正色了不少，一副考官的模樣朝著夏玉華說道：「先生讓我問妳一個最簡單的，妳可知道大夫診斷病情時，最基本的方法有哪些？」

夏玉華一聽，倒真是覺得歐陽寧並沒有存心刁難的意思，對於習醫來說，這的確是再基本不過的問題了，若是連這點常識都不知道的話，貿然跑來要求拜師，當真是對這位名醫的一種極大的侮辱。

她微微一笑，鎮定地答道：「通常來說，一般大夫會用望聞問切這幾種方法來給病人進行基本的診斷。望，指觀氣色；聞，指聽聲息；問，指詢問症狀；而切，則指摸脈象。」

聽到夏玉華清晰而簡潔明瞭的答案後，歸晚肯定地點了點頭，而後又繼續問道：「第二個問題，先生讓我問妳，人為何不宜大喜大悲？」

聽到這第二個問題，夏玉華心中再次對歐陽寧給予了肯定，由易到難，由淺入深，但又並沒有超越正常的範圍。若求見之人答得出來，那麼便給一個見面的機會，若是答不出來，也只能說是自身不足了。

「人有七情，即喜、怒、憂、思、悲、恐、驚。」她依舊從容而道：「而七情又與身體內的五臟六腑息息相關，萬事皆有度，情感亦是如此，過度則會引起身體相應的地方出現虧損。大喜傷心，大悲傷肺，是以，若想身體康健，一定得多加控制自己的情緒。」

「很好！」歸晚頓時對夏玉華出色的回答表示十分滿意，連先前故意裝出來的嚴肅也跟著卸除了。

歸晚的肯定讓夏玉華不由得笑了笑，但她知道，這兩道題目都不過是些涉及到常識的東西，想來接下來的問題定會有所改變，最少一定會更加具體地與醫術有相關的範疇。

果不其然，歸晚明言，還有最後一道問題，而這個問題卻是實際病例的考問：小兒驚風的具體症狀有哪些，又當如何用藥。

聽到這個問題，夏玉華心中暗自嘆了聲幸好，雖然她並沒有半點實際診治的經驗，不過這種基本的病例卻是先前在醫書上看到過，因此心中清楚得很。

她沒有半絲的遲疑，不急不慢地說道：「小兒驚風是一種小孩子常見的病症，一般以一到五歲的幼童犯病居多。突然發病，會出現高熱、神昏、驚厥、痰鳴、兩眼上翻、凝視或者斜視的狀況，可持續數息之久甚至更久的時間，嚴重者會反覆發作，更有甚者因持續這種狀態過久而危及性命。

「治小兒驚風，可用鉤藤、殭蠶、天麻、全蠍、黃連、大黃、膽南星、浙貝母、天竺黃、牛黃、朱砂、滑石、麝香入藥，以水煎後服食，分量視小兒病症輕重而定。」

說完之後，夏玉華朝著歸晚張大嘴的樣子問道：「歸晚，我沒說錯吧？」

「對、對，分毫不差！」歸晚這才回過神來，滿是讚嘆地說道：「夏姊姊，這回我可是完全相信妳是真心來拜師習醫的了，沒想到妳竟然還有些底子，怪不得、怪不得！」

聽到歸晚的話，夏玉華不由得笑了起來，俏皮地反問道：「你這話倒是有趣，我若不是真心來拜師習醫的，那我每天來這裡做什麼？」

歸晚只笑不回答，這個時候，他很清楚地明白了，自然不可能如實告知先前他曾誤以為，夏姊姊是為了屋裡頭那個一表人才、風度翩翩的先生而來的。

「恭喜夏姊姊全部答對，現在，我可以帶妳去見先生了！」歸晚機靈的轉移了話題，轉而滿臉高興的拉著夏玉華便往屋裡走去。

鳳兒見狀，抬腳便準備跟著進去，誰知歸晚卻馬上掉頭說道：「妳不准進去，先生只說讓夏姊姊進去，可沒准妳進去。」

「我說你這小子，是不是成心要跟我作對呀！」鳳兒一聽可不依了，只當是歸晚公報私仇。

「行了，鳳兒姊姊，我可是說真的，先生的脾氣妳不知道，要是不按他的規矩，小心到時反倒影響到夏姊姊。」

見歸晚也不似開玩笑，鳳兒倒是不好再說什麼，看了看夏玉華，總歸還是有些不放心讓自家小姐一個人進去。

「既然如此，鳳兒妳就在外頭等著吧，累了的話自己找個地方坐著休息一會兒，我有歸晚帶路就夠了。」夏玉華果斷的下了指示，而後便轉身跟著歸晚往屋裡走去。

第十一章

歸晚徑直將她帶到了後院，剛剛踏進來時便有一股隱隱約約的藥香隨著風一併撲面而來，抬眼看去，發現整個後院圍出了一處占地頗大的藥園，各式各樣的藥草頓時映入眼簾，讓夏玉華有種目不暇給的欣喜。

她還是頭一次看到這麼多各種各樣的藥材同時出現在自己眼前，心裡頭說不出來的歡喜，如同找到了失散多年的朋友似的，有種特別的滿足感。如果說，上一世她會看醫書只是因為要找點事情來做以免讓自己瘋掉的話，那麼這一世短短的這段時間下來，她卻已經真心的喜歡上了學醫。救人救己，行善積德，這世間沒有比這種事情更讓她覺得有意義。

「夏姊姊，妳發什麼呆呀，先生就在那邊呢！」見身後跟著的人不知何時竟停了下來，歸晚連忙又踅了回去。

聽到歸晚的提醒，夏玉華這才回過神，點了點頭，跟了上去。

藥園最裡頭的角落裡，歐陽寧正背對著夏玉華與歸晚，在那裡打理著一株半人高的藥草。歸晚在五步之遠停了下來，朝著歐陽寧通報道：「先生，夏姑娘答對了您出的三道題，我已經將她帶過來了。」

說罷，歸晚也不等回覆，偷偷抬眼朝一旁的夏玉華示意了一下，便先行退了下去，離開了藥園。

知道眼前的人便是自己一直想要求見的名醫歐陽寧，夏玉華頓時有種微微的錯愕，從背影身形看來，歐陽寧應該十分年輕，這一點倒是與她想像中的年紀很不相符合。

而當歐陽寧轉過身來正式看向她這邊時，夏玉華更是相當意外，不由得充滿疑惑地盯著面前這個最多不過二十六、七歲的翩翩君子看得出神。

夏玉華的反應讓歐陽寧也頗為意外，這麼久以來，他見過各種各樣來求見者的不同反應，有的討好、有的激動、有的緊張、有的欣喜若狂……但帶著疑惑的出神卻還是頭一次見到。

片刻之後，見面前的女子還沒有主動出聲的意思，歐陽寧只得輕咳了一聲，提醒道：「姑娘為何這般打量我？」

聽到聲音，夏玉華這才恍然大悟，猛的清醒過來，略微有些不好意思地笑了笑。歐陽寧的聲音極為低沈，柔和而有一種特別的吸引力，甚是好聽。

「抱歉，玉華失態了，還請先生見諒。」夏玉華很快便恢復了鎮靜，朝著歐陽寧行禮解釋道：「玉華雖久聞先生大名，知先生醫術精湛，醫品卓然，卻從沒想過先生竟不過二十幾歲，如此年輕，所以方才如此吃驚。」

說起來，還真是讓夏玉華有些哭笑不得，先前她為了拜師之事，可是沒少讓人打聽歐陽寧的各種事情，卻是竟然將這個最基本的年紀給忽略掉了。也難怪，如此醫術高超，如此名聲顯赫，下意識裡，任誰都會以為一定是個經驗豐富的長者，又怎麼會想到竟會是如此的年輕。

聽到夏玉華的解釋，歐陽寧也不由得笑了笑，隨和地說道：「看來，我應該是一個白髮蒼蒼的老者才更加符合妳的想像吧。」

夏玉華微微一笑，並沒有否認，擁有如此了得的醫術，又有那般平和的心境，這世上二十來歲的年輕人還真是很難找得出幾個這樣的人來。

見狀，歐陽寧又道：「歸晚說妳答對了那三道題，如此說來，妳倒是有些醫學根底了？」

「先生所說，玉華不敢完全稱是，雖然熟讀過幾本醫書，對一些基本的醫學知識也有些瞭解，但卻僅僅只限於紙上談醫的階段，自始至終並沒有機會做過任何實際的接觸。」

她坦誠而道：「玉華知道自己資質並非奇佳，也無旁人那麼好的底子，但玉華不怕苦、不怕累，願意花費比旁人多十倍、百倍的時間與精力去努力，懇請先生給玉華一次機會，玉華一定會好好珍惜。」

「妳很誠實，也很有毅力，但是學醫並非妳所想像的那般簡單，也並非妳所想像的那般有趣。甚至可以說，這是一件極其枯燥、無聊而費時費力的事。況且，即使妳花費比旁人多十倍、百倍的精力，也不一定能夠比旁人做得更好。」歐陽寧繼續打理著手頭上的活兒，心平氣和地說著。

事實上，他所說的話更像是一種勸說，一種善意的讓人知難而退。

「我知道！」夏玉華看著歐陽寧熟練而沈穩的動作，亦跟著不急不慢地說道：「先生所說的一切，我都想得很明白了，一早便有了心理準備。而且不論如何，我都不會半途而廢；雖然我不敢說自己日後必定能夠成為如同先生這般有本事的神醫，但我一定會成為一名有品格的良醫。」

她的語氣雖然極其溫和，不過目光卻無比的堅定，就在說出良醫這兩個字之際，一直打理著藥草的歐陽寧終於停下了手中的活兒，一臉正色地看向了夏玉華。

若不是親眼所見，歐陽寧很難相信，剛才的話出自眼前這個十來歲的小姑娘之口。醫德醫德，正因為醫在前，德在後，所以絕大多數學醫之人首先追求的都是精湛的醫術，卻往往忽略了德行。而眼前這個看上去涉世未深的女子卻顯而易見的表達了她所追求的境界，醫者，德為先！

若非看到了那一刻夏玉華目光中所自然流露出來的那股堅定與真誠，歐陽寧當真會以為是有人教這她這般說。

人的眼睛不會輕易說謊，那一瞬間，歐陽寧看到了一個純淨、善良的少女站在自己面前，那雙明亮的眸子透露著與年紀完全不相符合的堅毅與執著，使得她渾身上下散發著一種獨特的光芒與力量，不由讓人也跟著動容。

「妳為何想要學醫？」歐陽寧這回認真了許多，站直身子看向夏玉華。如果說先前他只是想儘快讓這姑娘死心放棄的話，那麼現在卻是比之前多了一分原本不應該有的好奇。

歐陽寧此刻的提問讓夏玉華越發的多了一些信心，她沒有猶豫也沒有任何的遲疑，沈聲答道：「為了改變自己的命運，為了改變家人的命運。唯有如此，將來我才能夠有能力改變更多無助之人的命運。」

這樣的回答再一次讓歐陽寧吃驚不已，從來沒有人這般坦言學醫首先是為了自己，其次是家人，最後才是去幫助那些需要幫助的人。眼前的女孩在承認自己的私心之際，亦是如此的坦蕩而從容，這一點，著實讓歐陽寧大感意外。

「用所學改變自己以及家人的命運，這一點並無不妥之處，只是妳先前說至少會成為一名有品格的良醫，難道妳不覺得作為一名有品格的良醫，不是應該將懸壺濟世置於先，而後方是自己的私慾？」歐陽寧越發的對夏玉華好奇起來，他淡淡一笑。「況且，以妳及家人的身分，又何須妳如此奮力去改變什麼命運？」

歐陽寧這一回的反問格外的犀利，他的確不明白，以夏玉華的養尊處優，為何會想到什麼改變自己以及家人的命運這樣的問題，還有，就算真有這個必要，那麼，單憑一門小小的醫術又能夠有什麼作用？

可是，看夏玉華的神情，卻也並沒有半絲說笑的樣子，那樣的認真本不應該隨意質疑，只不過是因為她的身分所以才會讓人下意識的想到了這些。

「先生說得沒錯，就目前而言，我與家人似乎並沒有什麼需要改變的地方，但是，人無遠慮必有近憂，誰又能夠說得清將來的事？況且，名利富貴本就如過眼雲煙，聚散亦是平常之事。在我看來，這些都不過是水月鏡花，唯有一技之長方是真正屬於自己的財富。」

夏玉華語帶感慨，坦言道：「除去那些虛無的表相，其實我還不如一個普通人，一旦家中有所變故的話，便形同廢人，根本起不了任何的作用，只能眼睜睜的看著，卻毫無辦法。如果我能學有所成，方可改變自己將來的命運，改變了自己，才有能力去改變家人，而最終，也只有保全了自己與家人，我才能夠幫得到更多的人。這便是為何我會將為自己、為家人置於先的原因所在。」

聽到這些，歐陽寧不得不再次仔細地看向夏玉華，完全沒想到居安思危、自強不息在這個女孩的詮釋下竟然是如此的有說服力。他無法想像一個十幾歲的少女，而且是一個從小生長在富貴人家的少女，為何會有這般有深度的想法。他甚至有些慶幸今日並沒有出太過刁鑽的題目，否則的話，怎麼可能見識到在這個貪慕權位的京城裡頭，竟然也會有如此特別的小姑娘。

略帶讚許地點了點頭，歐陽寧並不掩飾自己對夏玉華的認同。「妳的想法很有趣，只是，即便如妳所說，為何獨獨只有學醫才可？學醫的話，又何必非得找我才行？」

夏玉華不想說假話隨意敷衍，因此頓了頓後這才說道：「請先生恕罪，前一個問題我暫時無法如實相告。至於為何認定非找先生學醫不可，那是因為先生不但醫術精湛，更主要的是您的醫德與人品讓玉華欽佩，唯有跟著您這樣仁心仁術的先生，方能學到真正具有靈魂的醫術。」

說到這裡，夏玉華滿臉真誠，異常鄭重地請求道：「所以，玉華真心懇請先生能夠收我為徒！」

最後這句話，並非是奉承的話，也的確是，醫術高超之人好找，醫德卓越之人也是有，但兩者都能夠做到最佳的人，卻並不多見，歐陽寧便是兩者皆備。

而歐陽寧顯然也並不認為夏玉華是在奉承拍馬屁，對於夏玉華給他的高評價只是微微一笑，坦然受之。「話都聊到這個分兒上，我似乎也找不出什麼拒絕妳的理由。」

此話一出，夏玉華頓時心中一喜，但這份驚喜還沒來得及完全擴散開來，卻見歐陽寧語氣一轉，卻又略帶抱歉地說道：「只不過我早已說過不收任何弟子，所以仍是不可能收妳為徒的。」

「為什麼？」這一回輪到夏玉華不解了。「先生一身本事，為何卻偏偏不肯收任何弟子傳承衣缽，以便能夠造福更多的人？先生現在年歲雖輕，但總歸會有遲暮老去之日，如此，豈不是太可惜了嗎？」

「各人皆有自己的考量，具體是什麼原因，請恕我無法相告。收徒一事，只能對姑娘說聲抱歉了。」歐陽寧並沒有說太多，只是簡單的回了一句。

夏玉華見歐陽寧一臉不可改變的樣子，這才明白外人所傳歐陽寧從不收徒竟然是真的。先前只當是他眼光較高，一直沒有遇到合適的徒弟人選，現在看來，這其中應該是別有隱情。不管怎麼說，既然人家有其原則與堅持，那她確實也不好勉強於人。

她微微嘆了口氣，很是惋惜地說道：「先生為人，玉華深信不疑，想來肯定是有極其特別的理由，否則也不可能作出不收任何徒弟的決定。雖然不能夠成為先生的徒弟覺得十分遺憾，但是玉華亦理解、尊重先生的決定。

「雖然無緣成為先生的弟子，不過今日一見卻也讓玉華受教不少。這些日子多有打擾，還望先生莫見怪，玉華真心謝過。」她再次朝歐陽寧行了一禮以示感謝，依舊如同先前一般敬重，並無半絲怠慢之心。

夏玉華的態度不卑不亢、從容有禮，即使是明知終將無功而返，再也沒有半絲希望可言，卻依然保持著難得的坦然與平和。歐陽寧還真是頭一次見到這樣特別的人，莫說女子，就算是男子也少有。

他不由得好奇起外頭那些與夏玉華有關的傳言來，他無法相信那些傳言所說的人真的與眼下他所看到的夏玉華是同一個人。但不論是傳言太過不實，還是有別的原因，總之眼前的少女的的確確有種超乎年齡的聰慧與魄力。

她不像一個養尊處優的大小姐，也不似普通知書達禮的大家閨秀，確切的說，她更像是一位經歷過滄桑與坎坷磨難之人，那樣的內涵與心境絕非一般人所能比擬，隱隱的竟讓歐陽寧有一絲說不出來的矛盾與複雜。

「妳不必謝我，我並沒有教妳任何東西，反倒是妳今日的言行讓我很有感觸。」歐陽寧並不隱瞞自己的想法，如實說道：「以妳的資質，只要肯下苦功的話，日後必有所成，即便不拜在我的門下，亦沒有多大的影響。」

「能得先生肯定，已然足矣，請先生放心，日後玉華定當繼續努力，無論如何也不會放棄習醫之路。」她眼神堅定，面帶微笑，那種說不出來的鬥志讓整個人看上去顯得格外耀眼。

歐陽寧突然想起了夏玉華剛剛進入藥園時的情景，他無意間側目時所看到的那個望著滿園藥草驚喜得出神的夏玉華；他知道，那樣歡喜的神情，如果不是發自於內心的話是絕對不可能裝得出來的。

見已經沒有可再爭取的餘地，夏玉華也不便繼續久留，再次向歐陽寧致謝之後便先行告辭，退出了藥園。園子外頭，歸晚正在那裡等著，見夏玉華出來後，不必問也知道結果如何。

「夏姊姊，妳也別難過，我家先生並不是覺得妳不好，只是他真的從不收任何徒弟。」歸晚安慰著夏玉華。「今日先生破例見妳一面，已經表示他對妳的認可了，妳真的別太在意了。」

「放心，我明白的。」她點了點頭，接受了歸晚的好意。

「等等！」正要走出後院時，身後忽然傳來歐陽寧的聲音。夏玉華不由得馬上停了下來，卻見歐陽寧不知何時竟追了出來。

還沒來得及出聲詢問，歐陽寧站在那裡再次出聲了。「夏姑娘，雖然我有言在先，不收任何人為徒弟，不過，我這裡有醫書千冊，妳若有興趣可以隨時來查閱，要是碰到什麼不懂的地方，我也當盡力替妳解答。」

聽到這話，夏玉華簡直有些不太相信自己的耳朵，如此說來，歐陽寧雖然在名義上沒有收她為徒弟，可是實際上卻等於已經同意了教她醫術。雖無名卻有實呀！於她而言，這簡直就是天大的喜訊，當真有種柳暗花明又一村的驚喜。

「多謝先生，多謝先生！」夏玉華喜出望外，可是這會兒除了感謝之外，自己竟然不知道可以再說什麼。

「先別謝了，這可是有代價的，以後妳得替我打理後院那一園子的藥草，這可不是一件輕鬆的活兒呀！」歐陽寧釋然一笑，這樣的解決方法的確還算不錯。

那一笑，如春風拂面，竟是這般的溫暖人心。

離開之前，歐陽寧簡單的測試了一下夏玉華的醫學底子，而後針對她的程度找出了兩本醫書來，讓她帶回家先自己看。又約定每三日讓她過來打理一次藥園，一來可以將這三天積累下來的疑問提出來尋求解答，二來也可以在打理藥園的過程中慢慢教她瞭解各式藥草的藥性功能等，積累些實際的經驗。

歐陽寧的教法與安排很是合理，既自由又十分有幫助，並且最主要的是能按著夏玉華已有的底子與資質隨時作調整，因此頗讓夏玉華稱心不已。她十分慶幸能夠碰上一位這樣的良師教導，遺憾的是自己雖感激不已，卻終究不能稱上一聲師傅。

從歐陽寧家出來的那一刻，夏玉華覺得整個京城的天空都變得格外的藍，前方的道路似乎也變得無比的寬敞。

回府之後，她將這個好消息告訴了夏冬慶與阮氏，夏冬慶聽說歐陽寧雖不能收女兒為徒，但卻願意指點學醫，自是欣慰不已。

又聊了幾句，夏玉華這才回到自己的房間，拿出歐陽寧給她的醫書先大略的翻了翻，發現裡頭所記載的內容果然都是針對她現今的根底而可以自行學習的。

特別讓她欣喜的是，好些比較難懂的地方都有一排排的小字另作注解。這書看上去有些年頭了，小字注解應該是以前歐陽寧研讀時所加注的，如此一來，倒是方便了她現在的研讀。

第十二章

一連將近兩天，夏玉華都將自己關在屋子裡捧著醫書看個不停，比起先前自己找的那些書，歐陽寧給她的書內容明顯艱深得多。她不但看得認真，還將一些不懂的疑問一一記錄了下來，以便到時可以一起提出來請教解答。

剛剛用過午膳沒多久，阮氏便帶著人過來了，見夏玉華還在那裡埋頭苦讀，連忙說道：「玉兒，妳怎麼還在看書呀？下午要跟老爺一起進宮參加宴會，得趕緊開始準備才行。」阮氏暗嘆，這孩子讀起書來竟然把別的事都給放到一旁了。幸好她不放心，怕鳳兒和丫鬟們會有遺漏的地方，所以提前過來看看，不然到時候手忙腳亂的，容易出錯不說，只怕根本就來不及了。

「趕緊放下書，時間緊著呢，咱們得快點才行。」阮氏邊說邊朝一旁的鳳兒說道：「還愣著做什麼，快去準備東西，開始給小姐梳妝打扮。」

見阮氏親自替自己張羅起來，夏玉華不好拂了她的心意，只得連忙放下書，順從地配合著。

為了參加宴會，阮氏昨日便特意給她送了一身新製的衣裳過來，款式是如今京城裡最為流行的，淡粉的顏色也很適合十五如花的年華。昨日只是約略看了幾眼，覺得還不錯，現在穿到身上更是顯出整個人特別的粉嫩而清新。

一邊妝扮，阮氏一邊在旁給夏玉華說了一些進宮後的事宜，提醒她要注意的地方。夏玉華對這些並不太清楚，因此倒也仔細地聽著，總歸不要在宮裡頭出什麼差錯。

裝扮得差不多之際，夏冬慶也過來了，看上去他已經準備妥當，只等著出發便可。阮氏是不必跟去的，因此見夏玉華已經妥當，便示意可以出發。

「時候差不多了，馬車已經在外頭等著。」他朝寶貝女兒笑著說道：「玉兒放心吧，上次妳說的那件事爹爹已經打理妥當，不論這回宴會上，皇上有何用意，為父都不會讓妳受半點的委屈！」

坐在馬車上，夏玉華倒是不由得想起了前世的一些事，想來也頗有些意思，前世裡自己竟然一次也沒有進過宮，就連陸無雙，不過是區區一個宰相的庶女，都跟著家人進宮參加過別的宴會，雖然只是遠遠的站著，連皇上的龍顏也沒看清楚過。

而她，也許是因為名聲實在太壞，也許是因為太過頑劣，父親怕她闖禍，因此從沒帶她進宮過。

馬車速度漸漸的慢了下來，透過車簾縫隙稍微往外看了一眼，發現已經到達了皇宮大門。按規矩，王侯家的馬車應召入宮時可以一直行至中門，到了那裡，所有的人都得下車步行，由專門等候的宮人引路方可繼續前行。

剛下車，夏玉華便看見又有馬車緊跟著也到達了，不用細看，她馬上便認出了那是端親王府的人到了。基於禮貌，既然明知來者是誰，他們肯定是不能夠當作沒看見一般先行離開的。

端親王夫婦在宮人的服侍下很快的下了車，而跟在後頭的則是鄭世安與雲陽郡主。身為端親王府嫡出的長子與長女，鄭世安與雲陽會跟來原本就在夏玉華的意料之中。

夏冬慶立即上前與端親王夫婦打招呼，所說的全都是場面上的那一套話，並沒有其他什麼特別之處。而夏玉華則規矩的站在後頭等著，顯得安靜而平和，連一旁的宮人都不由得多打量了幾眼。

「好些日子沒見到玉華去府裡玩了，都說女大十八變，看看這才一段日子沒見，竟出落得這般嫻靜靈秀，難怪連皇上都要特意召她進宮參加宴會，果真是大不相同了。」端親王妃不知何時將目光落到了站在後頭的夏玉華身上，也不知道是真心覺得不同了，還是順口客套一下，反正就是將眾人的注意力一下子都給引到夏玉華這邊了。

夏冬慶見狀，笑著說道：「王妃太抬舉這孩子了，這孩子心野得很，沒少讓人操心，可沒王妃說得這般好。只不過這些日子總算是懂事了一些，也讓我這個當爹的多少省了些心罷了。」

「玉兒，還不趕緊過來給王爺、王妃請安！」夏冬慶邊說邊回頭朝夏玉華招了招手，示意她上前跟端親王夫婦請安。

夏玉華自是聽命，走上前朝著端親王夫妻行禮請安，言行舉止大方得體，確是沒有半點可挑剔的地方。

「玉華姊姊如今可真成了大家閨秀了。」一旁的雲陽俏皮地說道：「改日我可得向玉華姊姊好好討教一下如何在最短的時間內長進的方法才行，省得母妃總說我沒個大家閨秀的樣子。」

雲陽說話向來都很直接，其實她倒並沒有什麼旁的心思，只是真心認同夏玉華的轉變罷了，不過聽在其他人的耳中，這多少總覺得有那麼一絲嘲笑的意味在裡頭，誰讓夏玉華以前的名聲實在是太差了呢。

「妳這孩子，胡說些什麼！」端親王妃連忙看了一眼夏冬慶與夏玉華，臉上閃過一絲尷尬，轉而馬上訓斥雲陽道：「成天沒個正經，什麼時候才能夠讓我省心些？」

端親王與夏冬慶兩人並肩走在前方閒聊著，雲陽因為剛才的事被母親給拉到身旁一併走著，夏玉華自然不能走在端親王妃的前面，因此只好跟在後頭。

走在後頭原本沒什麼，不過偏生鄭世安卻不遠不近、不快不慢的跟著，幾乎與她並肩而行；並肩而行倒也沒什麼，偏生鄭世安總不停的朝她看，弄得她心情很是不悅。可她也不好太過刻意的與鄭世安拉開距離，只得裝作什麼都不知道，目不斜視的走著自己的路。

說實話，她真的很不喜歡此刻這樣的感覺，她寧可鄭世安如同以往一般見到她就躲，也不希望他總用那樣複雜的目光不停的打量她。那樣的目光讓她覺得有些——噁心！

忽然，她的胳膊被鄭世安一把拉住，這突如其來的舉動讓夏玉華更是分外不悅。

「你做什麼？放手！」她壓低著聲音看了鄭世安一眼，並不想驚動前邊的人。

「做什麼？我還想問妳呢！」鄭世安似乎顯得有些生氣，不過卻也如同夏玉華一般刻意壓低了聲音。這裡畢竟是皇宮，而前邊的人則是雙方的長輩，驚動了他們自然誰的顏面都不好看。

他邊說邊放慢了步子，而被拉住的夏玉華也不得不跟著放慢了腳步。

「我不知道你什麼意思，趕緊放手，讓人看到了不好。」夏玉華壓著火氣低語著，稍微看了看左右，卻見倒是並沒有宮人注意到他們。

鄭世安依舊沒有放手，只不過拉著夏玉華的動作更加隱藏了些。「夏玉華，妳到底發什麼神經，難不成真打算日後再也不跟我說話，不理我了嗎？」

「這不是你一直希望的嗎？有什麼不好的？」她厭惡地皺著眉，若不是擔心引人注意，早就一把甩開鄭世安了。

真是好笑，這人性還真是夠賤的！一心一意只在乎他時，換來的不過是冷眼嘲諷與厭惡，如今不去搭理卻偏生還來招惹她，當真夠讓人噁心！

見到夏玉華目光之中流露的厭惡之情，鄭世安頓時如同被人狠狠踹了幾腳似的，還踹到了痛處。他萬萬沒有想到，以前一直被他用這種目光鄙視的人，如今竟反過來這般看他，這讓他更是接受不了，自尊心受到了前所未有的嚴重傷害。

「對，沒錯！我一直最討厭妳來煩我！」他負氣而道：「妳是真的也好、裝的也罷，最好有始有終，一輩子都別來煩我！」

「世子大可安心，我說的都是真的，日後若我再煩你的話，情願被雷劈，絕不食言！」夏玉華一臉的冷漠，沒有表情地盯著鄭世安拉著自己胳膊的那隻手。

見狀，鄭世安臉都綠了，冷哼一聲，馬上鬆開，直接甩手不再理夏玉華，快步朝雲陽她們追了上去。

夏玉華心中一陣冷笑，掏出手帕撣了撣剛才被鄭世安拉過的胳膊，而後便恢復了平靜的神情，不緊不慢的跟在後頭繼續往前行。

一路上不再有其他的插曲，到了御花園後，兩家人自然而然的便分散開來，不再同行。他們來得不算早也不算遲，不少王侯、皇親國戚都已經到了，而皇上與後宮妃嬪則還沒有這麼快到達。因此眾人紛紛結伴閒聊、賞花，在宴會正式開始前先行應酬一番。

與端親王夫婦一般，夏冬慶很快便忙著應酬，交代了一下夏玉華之後，便過去跟人交談。王侯之間三三兩兩的相談，而各家貴夫人也一樣，各自找到熟識的、交情好的相偕在御花園裡頭邊走邊看。年輕的世子、郡主們更是如此，找到自己的同伴一起賞花聊天，興致頗高，玩得不亦樂乎。

鄭世安一來便被一群人給拉走了，而雲陽亦找到了可心的同伴一併走開，夏玉華跟這些人都不熟，也不再如前世十來歲時一般喜歡去湊什麼熱鬧，因此自行挑了個安靜些的地方待著，邊看花邊順便觀察一下這些形形色色的權貴們。

那樣的熱鬧似乎跟她半點關係也沒有，這麼多年下來，她已經習慣了孤獨，內心分外平靜，並沒有什麼得失之感，有的不過是冷眼旁觀的淡然。

離她身旁不遠，一名小宮女規矩地站在那裡候著，夏玉華知道那是父親怕她第一次進宮不熟悉，所以特意喚了個宮女陪著她，有任何事都可以馬上詢問。

沒一會兒工夫，來了名太監，傳了皇上的口諭給眾人，說是皇上臨時有點事要耽擱一會兒，眾人可以先在御花園內四處玩玩，不必拘泥。

原本今日來的便都是些身分尊貴的人，再加上皇上傳了口諭，因此更是沒什麼好顧忌的，趁此機會在御花園內四處賞玩。

夏玉華依舊在人少的地方坐著休息，想著一會兒等那片紫色鈴蘭花處圍觀之人少些後再過去瞧瞧。

「妳怎麼一個人坐在這裡？莫不是整個御花園都沒有妳喜歡的地方？」忽然，身後響起一道有點熟悉的聲音。

夏玉華回頭一看，卻見朝她說話之人正是上次在雲陽生日宴上幫她說話的小侯爺李其仁。

「原來是小侯爺，玉華有禮了。」夏玉華自是起身，微微朝李其仁福了福，算是打過招呼。李其仁是公主之子，再加上本身也在宮中御前當職，因此出現在這裡倒是一點也不奇怪。

「別小侯爺小侯爺的叫了，聽上去怪彆扭的。我的朋友都叫我其仁，這樣的稱呼倒是自在得多。」李其仁走到夏玉華身旁停了下來，繼續說道：「這樣吧，我也不叫妳什麼夏小姐、夏姑娘之類的，叫玉華可以嗎？咱們也打過幾回照面了，我想應該算是朋友了吧？」

李其仁的直率、不擺架子讓夏玉華很是欣賞，她原本也是爽快之人，微微一笑，點頭便應了下來。「你若不嫌棄，我自然願交你這樣的朋友。」

聽到夏玉華乾脆而爽快的回答，李其仁顯得開心不已，指著那邊的紫色鈴蘭說道：「我瞧著妳看了那邊好久，應該是極喜歡的，怎麼不過去細賞一番？」

「人太多，我想等人少一些時再去。」夏玉華也不隱瞞，解釋道：「我不太喜歡人多，再說跟那些人也不熟，所以能夠少打交道便少打交道吧。」

李其仁再次抬眼看了看那邊，果然發現不時總有三三兩兩的人來來去去，比起其他地方確是熱鬧得多。

「要不，我先帶妳去御花園其他地方轉轉吧，皇上怕是一時半刻沒這麼快過來。這裡我熟，人少景又佳的地方還是能夠找出幾處來的。」李其仁熱心的提議著，不想總讓夏玉華坐在這裡乾等著。

李其仁一番好意，夏玉華自然明白，只不過卻不好意思麻煩人家，再者這御花園裡這麼多人，讓他們見著自己單獨與李其仁一起跑去什麼清靜的地方賞花之類的，難免又招來一些不必要的流言，想想都覺得並不是什麼明智之舉。

「不必麻煩你了，我爹爹先前也擔心我一個人不熟，所以特意叫了個小宮女跟著，讓她給我帶路就行了。」她略表感謝地笑了笑，隨後側目朝一旁看了一下，果然那名小宮女還站在那裡盯著她這邊，一副隨時待命的樣子。

李其仁倒是沒有夏玉華這麼多考量，只當她是不好意思麻煩自己。見狀，索性便朝那名小宮女揮了揮手，示意那宮女可以先行退下了。

「好了，現在那小宮女走了，我可以給妳帶路了吧？」他忍不住有些得意地笑了起來，爽朗的臉上洋溢著年輕人特有的神采。

夏玉華不由得被這樣的笑容所感染，李其仁也算是性情中人，做事沒那麼多彎彎拐拐，倒是個值得結交的朋友。人家真心誠意與她為善，自己實在沒必要一再的推辭，否則還真顯得太過矯情。

「如此，那便有勞了。」

見夏玉華答應了，李其仁很高興，伸手朝左邊方向指了指道：「走吧，我帶妳去西園那邊看看，保證妳會喜歡的。」

夏玉華點了點頭，跟著李其仁往他所說的方向走去，看什麼並不是最重要，總歸人家一片好意，不好再掃了他的興。

「其仁，你小子躲那裡做什麼？」

剛走了兩步，便聽到有人叫李其仁，停下來回頭一看，卻見三、四個年輕男子站在那邊正朝著李其仁招手。

除了鄭世安以外，其他幾人夏玉華都沒見過。不過看他們的衣著打扮便知道不是世子便是小侯爺之類的，總歸都是李其仁熟識的人。

「趕緊過來，都找你半天了！你倒好，扔下兄弟跑到一旁跟人家說什麼悄悄話呢？」有人開始打趣起來，話是朝著李其仁說的，不過目光卻都一個勁兒的盯著旁邊的夏玉華，如同抓到了什麼把柄似的，怪怪地笑著。

見狀，李其仁只得不好意思地朝夏玉華說道：「玉華，妳等我一下，我先過去跟他們打個招呼。」

夏玉華點了點頭，微微笑了笑，並沒有多說什麼，只是示意李其仁趕緊過去。

「我馬上回來。」李其仁邊走邊又回頭朝夏玉華說了一句，如同承諾似的，而後便快步走了過去。

那邊頓時熱鬧了起來，幾人圍在一堆嘻嘻哈哈地不知道在說些什麼，夏玉華看了看，也不想多去關注，正準備在原地繼續坐一會兒，無意間卻碰上了鄭世安陰沈的目光。

那樣的目光如同在責怪著她做了什麼壞事似的，夏玉華打心底感到不悅，她別過了眼，不去理會。真是可笑，這一世，她都洗心革面不再與他有任何關係了，他還有什麼資格用這樣的目光看她？她不欠他的，因此也沒必要去承受他莫名的不滿與怒氣。

見夏玉華別過眼去，一副如同沒看到似的不理不睬，鄭世安更是氣悶不已。長這麼大，他還是頭一次被人這般忽視，特別是被一個曾經成天對自己死纏爛打的臭丫頭，這樣的感受簡直可以用屈辱才能夠形容。

「世安，看什麼呢？臉色怎麼這麼不好？」旁邊有人似乎注意到了鄭世安的不對勁，順著他的目光一看，而後恍然大悟地笑著說道：「那個應該就是夏將軍的女兒吧？世安，人家現在不理你了，你不會是反倒對人家上心了吧？」

「去去去，胡說八道什麼！」鄭世安臉色更臭了，受那丫頭的氣不說，如今還要被身旁的人揶揄，脾氣會好才怪。

見鄭世安似乎真有些動氣了，另一人趕緊拉了剛才說話之人一把，勸解道：「行了，別鬧了。說正經的，也不知道今日的百花宴會不會有什麼不一樣的地方，年年不是賞花就是看那些大同小異的歌舞，實在是無趣得很。」

話題一轉開，剛才拿鄭世安說笑的世子又說道：「能有什麼不同？年年都一樣，真沒勁兒。對了其仁，你剛才跟夏家那大小姐說什麼來著呀？」

這話一出，眾人的興趣一下子跟著轉了過去，不由得都看向了李其仁，連鄭世安也馬上盯著李其仁，似乎是在等著他的回答。

「沒說什麼，我見她對這裡不熟，又沒認識的人一起玩，一個人坐那裡怪無聊的，便想帶她去四處轉轉。皇上不是說有事耽擱了，沒那麼快來嗎？反正閒著也沒什麼事。」李其仁拍了拍那人的肩膀道：「好了，你們要是沒什麼事，我先過去了，人家還在那裡等著呢。」

「嘿，你小子什麼時候這麼熱心起來了，怎麼沒見你領著我們四處轉轉呀？」那人一把拉著李其仁，笑得格外的有深意，目光還不時的往那邊坐著的夏玉華瞟去，顯得曖昧不已。

李其仁並不惱，也沒什麼彆扭的，坦然回道：「你們幾個還用得著我帶嗎？這御花園裡有多少條路都一清二楚，就別在這裡裝了。

「好了，不跟你們幾個在這裡瞎扯了，我得先過去了，一會兒宴會上再見吧。」說罷，李其仁朝幾人揮了揮，也不理身後打趣的聲音，徑直轉身朝夏玉華那邊走去。

鄭世安一句話都沒說，只是目光陰沈地盯著夏玉華與往那邊走去的李其仁瞧了一眼，而後冷哼一聲，也不跟其他人打招呼，自己轉身便朝別的地方而去。

第十三章

李其仁在宮裡當職有些時候了，因此對這裡的確熟悉得很，帶著夏玉華去的地方果真都是人少景佳，清幽而讓人賞心悅目。

就像眼前這一大片的美人蕉，雖不似先前人多的地方那些花木一般名貴，可是各種各樣的顏色實在讓人驚豔不已。夏玉華還是頭一次看到這麼多不同顏色的美人蕉，以前最多也就是見過粉色、大紅色之類的，沒想到竟然培育出了這麼多顏色各異的品種來。

正欲出聲詢問這些美人蕉是各地進貢的、還是宮中花匠自己慢慢培育出來的，卻沒想到李其仁突然神色嚴肅的朝她作了個噤聲的動作，而後快速拉著她半蹲下身躲進一旁花叢後頭。

夏玉華自然不知道發生了什麼事，不過卻十分配合的沒有出聲，安安靜靜地跟著李其仁蹲在那裡，而就在他們剛剛躲起來的同時，似乎有什麼人小聲地說著話，朝這片美人蕉方向走了過來。

「二哥，這裡行嗎？」有人小聲的說話了。

「四弟，這裡沒人，有什麼話趕緊說，咱們不能去得太遲了。」一個略帶焦急的聲音響了起來，聲音並不大，不過卻帶著濃濃的鼻音。

夏玉華透過美人蕉葉狹小的縫隙往外看去，發現兩個男子神神秘秘的站在那裡說話，神情頗為嚴肅，還東張西望的看了一下，顯然怕被人看到似的。

她雖然沒見過這兩人，不過這兩個男子均都穿著皇子服，腰間所掛玉珮亦是皇家身分所特有的，再者剛才他們兩人彼此以二哥、四弟相稱，夏玉華很快便明白這兩人應該是當今皇上的兒子——二皇子與四皇子。

對於這兩人，夏玉華沒有一點印象，上一世的記憶中也從沒有過這兩人出現。如今在皇宮裡，在這麼個時候，他們特意來到這個幽靜的地方，到底有什麼不可告人之秘呢？

她並不喜歡偷聽別人說話，更不想知道一些本不應該她知道的事，可是眼下這個狀況卻似乎由不得她了。這個時候出去的話，肯定只會引起誤會，因此也只能夠暫且無心偷聽著了。

狐疑地朝緊挨在自己身旁的李其仁瞟了一眼，卻發現那張稜角分明的臉竟然就在眼前，近得如同稍微再挨近一些便快要貼上似的。而此刻李其仁卻也正看著她，一時間，她有些窘迫，下意識的想要往後挪移拉開些兩人之間的距離。

「別動！」李其仁反應異常靈敏，馬上便察覺到了夏玉華想要做什麼，因此趕緊無聲地說著這兩字，示意她這會兒千萬別亂動。

見狀，夏玉華只得忍了下來，又見李其仁神色如常，並沒有如同她這般的窘迫，倒是顯得自己有些小家子氣了。微微點了點頭，她示意自己明白了，而後便將目光移了開來。

看來李其仁還真不簡單，果真不是一般的紈袴子弟。反應和警覺性都是一等一的，難怪年紀輕輕便能御前當職，頗受重用。正想著時，外頭四下打量完畢的兩位皇子再次出聲了。

「二哥，先前我的人看到父皇將太子給召了過去，這麼久了一直都還沒出來，而且就連劉公公都給打發了出去，看來所談之事一定十分重要。」四皇子一臉不高興地說道：「這麼個時候，你說父皇找太子到底所為何事？」

二皇子一聽，冷聲哼了一下，沒有表情地說道：「什麼事？還能有什麼事？你不知道今日的百花宴父皇特意讓夏冬慶的女兒也進宮了嗎？」

「夏冬慶的女兒？這跟她有什麼關係？」四皇子一臉的不解。

「你上次沒聽皇后說嗎，那夏冬慶的女兒已經十五了！」二皇子目光陰沈，顯得很是不滿。「依我看，父皇這是想把夏冬慶的女兒許給太子，如此一來，既可以讓夏冬慶老實一點，又等於是給太子鋪路。太子若真娶了夏冬慶的女兒，那皇儲之位還有誰能夠動搖？」

「不會吧，太子可是早就娶了太子妃的。我聽說夏冬慶就那麼一個寶貝女兒，他能答應讓自己女兒為妾？」四皇子似乎並不太看好。「更何況，父皇也不可能這般做，這不等於是下夏冬慶的臉面嗎？父皇這些日子雖是在想方設法要牽制夏冬慶，但哪有可能這麼明著去讓人不快？」

「你這麼說倒也有幾分道理。」二皇子微微皺了下眉道：「可是前些日子，我聽說皇后派人暗中打探過夏家女兒的情況，如果不是賜婚的話，平白無故的弄這麼個事出來做什麼呢？」

四皇子聽二皇子這麼一說，倒是如同想起了什麼。「二哥，小李子說前些日子內務司的人還專門呈了一幅畫像給父皇親自過目，如此看來，應該是夏家之女的畫像無疑。你說，父皇會不會是想自己……」

話說到這裡，四皇子突然停了下來，而二皇子亦很快明白了這弦外之音。

冷笑一聲後，二皇子這才出聲道：「如果真是那樣的話倒也一了百了，反正父皇是不可能把夏冬慶跟咱們這些人綁到一起的。行了，這事先別理了，你還是多注意一下咱們那幾個好兄弟的動靜。」

「太子那邊自然不必說了，老三、老七也不是省油的燈，還有那個成天病懨懨的老五，一個都別大意！」二皇子語氣很是不善，說到這些兄弟時一個個跟仇人似的，半絲手足之情都沒有。

「二哥，老五應該沒什麼威脅吧，一個病秧子還能掀起什麼風浪來，我看他連自己的小命都有些顧不上，哪有爭位的心思？」四皇子見二皇子竟然將那個平日連面都極少露的老五也算了進來，倒是覺得有些好笑，暗道二哥這般也太過小心了一些。

二皇子卻也沒有反駁，只是擺了擺手道：「老五的事你自己看著辦，反正小心些總是沒錯，行了，時候不早了，先過去吧。」

語罷，兩人不再多說，又朝四周看了看，確定無人之後，這才結伴離開。一直到確定人走遠了，躲在花叢後頭的李其仁這才拉著夏玉華走了出來。

剛才的對話，李其仁自然也聽了個清清楚楚、明明白白，雖然四皇子並沒有說完全，但那話裡的意思卻再明白不過。憑夏冬慶如今的影響與分量，自然不可能讓他的女兒嫁給已經有了太子妃的太子為側室，因此，皇上極有可能會藉今日之機納夏玉華為妃。

以夏玉華的聰慧應該也聽得明白，只不過這會兒李其仁卻是完全看不出她有半絲的異樣。神情平靜，無喜無悲亦無怒，如同剛才聽到的事完全與她沒有任何關係一般。

「玉華，剛才那兩人是二皇子與四皇子，他們……」李其仁似乎有些猶豫，片刻之後還是說道：「他們剛剛說到了妳的婚事，妳知道這回事嗎？」

夏玉華微微搖了搖頭，看向李其仁道：「如果真有此事的話，皇上又怎麼可能讓夏家提前知道。」

她的意思再明顯不過，皇上這麼做，擺明了就是想來個出其不意，當著這麼多人的面，在這樣的場合直接封妃的話，就算他們有一萬個不願意又如何？總不能夠當面抗旨，自然是不得不接受。倘若提前透露的話，再怎麼難以拒絕也能找出理由而推卻掉，皇上又怎麼可能如此失策呢。

「那妳難道就不擔心嗎……」李其仁聽了都不由得替夏玉華擔心，雖然嫁入皇宮貴為妃嬪聽上去是莫大的榮耀，可實際上一入宮門就等於將一輩子給鎖在那宮闈之中，再者皇上都已經五十好幾了，夏玉華怎麼可能心甘情願當皇上的女人呢？

見李其仁一臉的關心，夏玉華知道他是真心替自己擔憂這事，因此心中更是對李其仁增加了幾分好感。

微微笑了笑，夏玉華依舊鎮定如常。「我不擔心。」

「為什麼？難道……難道妳願意入宮嗎？」李其仁不解地問著。

「怎麼可能，莫說是我，想來世間絕大部分女子都不可能心甘情願，其中緣由你自是明白的。」夏玉華一臉肯定地說道：「只不過我心中清楚自己無論如何也不可能是那樣富貴的命，所以倒是沒什麼好擔心的。」

李其仁並不明白夏玉華為何這個時候還能夠如此肯定、如此冷靜的表示她並不擔心這樣的事情將會發生。原本還想再說點什麼，可是當看到夏玉華唇邊那絲自信而淡然的笑容時，他卻不由得閉上了嘴，不再追問。

「咱們也回去吧，估計著時辰差不多了。」他輕咳了一聲，此時此刻多少還是有些不太自在，無意中聽到二皇子與四皇子的對話不說，還牽扯到了身旁的夏玉華，自己卻又什麼也幫不上。原本是好意帶她來此，卻沒想到會碰上這樣的事。

夏玉華倒是沒有那麼在意，點頭答應了，隨後兩人便往回走，也不必多說什麼，如同有默契似的，誰都沒有再提剛才的事。

回到御花園最熱鬧的宴會場所時，皇上、皇后都還沒有來，不過二皇子與四皇子卻是已經到了。雖然隔得有點遠，但夏玉華還是一眼便認了出來。

見夏玉華總算回來了，夏冬慶終於鬆了口氣，先前與其他人應酬了一陣之後卻沒有看到女兒的身影，還擔心這丫頭會不會走得太遠因而耽誤了時辰。

「玉兒，剛才跟妳一起回來的不是清寧公主家的小侯爺嗎？」夏冬慶將夏玉華帶到了自己身後的位子上坐下，回過頭來小聲問道：「妳什麼時候認識小侯爺，為父怎麼從來沒聽妳說起過呀？」

剛才玉華與那小侯爺一道回來時，那小侯爺似乎挺照顧玉華的，應該不像是剛剛才認識的樣子。這小侯爺倒不似一般的皇室子弟，清寧公主家的家教是出了名的好，在夏冬慶看來，這小侯爺怎麼著也比那鄭世安強得多。

「爹爹別誤會，我與小侯爺不過是普通的朋友，上次在雲陽郡主的生日晚宴上認識的。」夏玉華一下便聽明白了父親的弦外之音，笑著說道：「他在宮中當職，對這裡熟，見女兒一個人待著怪可憐的，所以才會帶我四處看看。」

夏玉華神色自然，並無任何的異樣，見狀，夏冬慶倒覺得是自己有些想多了。如今正值玉兒婚事是非之時，再說難得這孩子如今這般體貼懂事，若能安心的留在家裡多陪他幾年也是好的。

就在這時，太監尖細的通報聲陡然響起，隨後皇上帶著皇后、太子，還有一些身分較高的妃嬪浩浩蕩蕩擺駕而來。

眾人連忙起身迎駕，一時間場面極其熱鬧，隱隱之間亦讓原本較為輕鬆的氛圍變得有些緊張了起來。

今日，皇上神情看起來其實頗為隨和，不過畢竟是君王，即使看上去是在笑著，落入眾人眼中亦不一定真是笑容。而夏玉華以前從沒有見過皇上，即使前世賜婚時也只是見到一紙聖旨罷了。

她的位子離皇上有點遠，但也足以看清龍顏，只是趁著側目之機微微抬頭看了一眼，卻已是看了個明白。皇上的樣貌與父親所說過的年紀頗為符合，大約五十來歲，身材微胖，五官平平，若不是那一身晃眼的明黃色龍袍，這樣的相貌扔到人群裡壓根兒就沒有半個人會多加注意。

而皇上旁邊的皇后明顯長得好看多了，雖然年紀最少也差不多四十歲左右，不過卻散發著一種女人特有的成熟風韻，華麗的裝扮更是讓她添加了幾分高貴與優雅。

趁著各妃嬪入座之際，夏玉華又悄悄的比對了一下，發現旁邊幾位皇子之中，當數坐在皇上下側方的太子長得與皇上最為接近，五官平平，氣質也很一般，好在身形還不似皇上一般臃腫，看上去比上了年紀的皇帝多少還是好看那麼一點。

而二皇子、四皇子以及旁邊另外幾位皇子長得比太子來說又還好看一些，不過遺憾的是，大多偏向他們父皇的長相，倒是白白可惜了各自母妃的美貌了。

待所有人都入席就座之後，皇上這才率先出聲，洋洋灑灑說了一大篇，語氣還算平和。

但在夏玉華聽來，不過都是些場面話，而下邊坐著的親王侯爵們則連聲附和，並沒有什麼特別新鮮之處。

而後便是輕歌曼舞輪流上場，眾人舉杯與皇上共飲同樂，不談國事，只聊家常，看上去倒是一番和樂融融的景象。

「今日默兒怎麼沒來呀？」掃視了一圈，皇上似乎終於發現應該來的皇子裡頭少了什麼人。

聽到皇上詢問，一旁的太子自然當仁不讓，馬上起身回話道：「父皇，五弟身子一向單薄，這幾天又染上了風寒，正在家中休養。昨日兒臣去看過五弟，也讓太醫診治過了，雖說有好了一點，不過他擔心病氣會影響到父皇的龍體，因此今日這才沒來。」

「嗯，這孩子一向體弱多病，如此的話，自然還是留在家裡休息為好。」皇上點了點頭，神色間倒是流露出一絲慈父的關愛。「太子素來生性仁厚，對幾個兄弟都極為關照，看到你們兄友弟恭，父皇真是欣慰不已。」

得到皇上當眾這般表揚，太子心中高興不已，連聲又道：「父皇過獎了，這些都是兒臣應該做的。」

皇上再次頷首，又道：「說起來，你們兄弟幾人如今都已長大，太子、老二、老三、老四都已經娶了正妃，父皇多少放心一些。如今老五、老七也都到了成家的年紀，倒是應該替他們好好指門婚事了。」

聽到這話，眾人皆紛紛猜測起來，皇上這意思，莫不是要準備給五皇子與七皇子選皇子妃了？

還沒來得及多想，一旁的皇后卻是笑著出聲了。「皇上，五皇子與七皇子的確是到了應該娶妃的年紀了，不過，五皇子身子向來虛弱，連太醫都說最好遲些成親為好，至於七皇子，也才剛剛二十及冠，倒也不必太過著急。」

皇后邊說邊不急不慢地看了一眼在座眾人之後，繼續又道：「先挑選一下合適的人選給五皇子與七皇子備著倒也可以。不過依臣妾看，不單單是五皇子與七皇子，這後宮裡頭也好些年沒有進新人了，皇上是不是索性將停了六年的選秀給重新擇出來辦一辦？挑幾個好的新人進宮，一來可以好好的服侍皇上，二來也能夠讓皇宮裡更加喜氣活絡一些，豈不也是好事一樁？」

這話一出，一旁的太子馬上心領神會，起身恭敬示意道：「父皇，兒臣以為母后所說極是，父皇一直以來勤於朝政，心繫黎民，如今也是時候應該再充實一下後宮，為兒臣等多添幾個皇弟，讓皇室血脈更加枝繁葉茂！」

聽到皇后與太子的話，眾人這下心中更是紛紛暗自揣測起來，皇后與太子這一唱一和的，馬上便將給五皇子與七皇子選妃一事自然而然的轉到給皇上納妃充實後宮上了，瞧那分默契，估摸著一早就商量好了的，怕是真正想納妃的是皇上自己吧！

夏玉華也不由得在心中嘲諷著，現下明眼人都看出了這戲大概唱的是哪一齣了吧，只不過大部分人並不知道這戲最後所指向的目標卻是夏家。也對，哪怕是皇上，不論做什麼總得講個師出有名，況且這樣的事由皇上親自點出自然不如讓其他人主動提及，而後來個順水推舟更為高明巧妙。

而此刻上演著這樣的戲碼，大部分的人自然都是留意著皇上那邊，不過也有人卻偷偷地朝夏玉華這邊看了過來。

李其仁這會兒是真的擔心了，皇后與太子一出聲，他就有些坐不住了，想起先前二皇子與四皇子的對話，看來還真是有這麼一回事錯不了啦！

第十四章

見李其仁看向自己，夏玉華也沒有避開他的目光，反倒微微笑了笑，一副事不關己的模樣，如此一來，倒是讓李其仁有些無奈起來。

偷偷回了一個笑容，這種時候李其仁也不好表露太多，只得又將注意力轉向皇上那邊，很是關心接下來將會發生些什麼。

誰知，就剛才這麼一瞬間，李其仁與夏玉華的舉動卻偏偏被一旁的鄭世安給看了個正著。

夏玉華主動朝李其仁淺笑、李其仁的回笑，在鄭世安的眼中成了十足十眉來眼去的曖昧樣，讓他心中不由得怒火乍起。

難怪這臭丫頭這麼突然地一改先前，還以為真是洗新革面了，原來是自以為找到了新的目標了！鄭世安恨恨的別過眼去，不再看讓他莫名憤怒無比的兩人。看來他還真是小瞧了夏玉華，原先當她愚蠢透頂，卻是沒料到不知什麼時候竟偷偷跟李其仁無恥的勾搭上了。

怪不得上次在雲陽的生日晚宴上，李其仁會替那臭丫頭說話，怪不得如今這臭丫頭見到他總一副不理不睬的模樣，怪不得……

鄭世安此刻心中一陣陣說不清楚的不滿，不單單是對夏玉華，連帶著一向較為親近的李其仁也讓他憤恨起來。雖然說他一直不喜歡夏玉華，但是這兩人背著他曖昧不明的卻也讓他覺得臉面難堪。

鄭世安的不滿與憤恨並沒有被人注意到，因為此刻皇上在聽到皇后與太子所說的話後，已是滿面笑容的出聲了。

「朕知道皇后與太子都是一片好意替朕考量，這些年來倒也的確沒有再選過新人入宮，後宮確是冷清了些。不過特意為此事而選秀倒也太過費事，勞民傷財的實在沒那個必要。」皇上滿面的隨和，此刻看上去果真如一位憂民所憂、苦民所苦的勤儉帝王一般。

「既然皇上不願太過鋪張也無妨，朝中大臣們家中都有不少品貌皆優的適齡女子，臣妾命內務府好生把關，定能選出一些讓皇上滿意的。」皇后主動提議，直接指出在朝臣之中篩選合適女子。

「嗯，皇后如此上心，朕倒是不好拂了皇后一片心意，就依皇后所言去辦便可。不過，老五與老七的婚事卻還是同樣不能耽誤了，誰家有合適的妳先選一選，之後再讓朕一併過目，兩人年紀也都到了，皇后得多替他們上上心才成。」皇上邊說邊笑意盈盈地看向七皇子，七皇子見狀，自是連忙起身謝恩。

不過，雖然皇上嘴裡說的仍是以給五皇子與七皇子挑選妃子為先，可在場之人似乎沒有誰會真把給皇上挑選新人入宮之事放在後頭。

可說來倒也有些奇怪，皇上原本也不是什麼太過好色之人，再加上如今年紀也不小了，所以好些年都沒有選過秀女了，今日怎麼突然提起這個呢？莫不是看中了誰家的女兒，所以才會藉皇后之口，抑或者真的只是覺得宮裡頭太久沒有新人，想找幾個年輕漂亮的來換換胃口？

正當眾人暗自猜測不已時，皇后又出聲了，而這一次，卻是直接將話題指向一直安安分分坐在那裡的夏玉華身上。

「對了，皇上，臣妾聽說今日夏將軍的女兒也進宮來，不知道夏將軍的女兒今年多大年紀、可有婚配了？」皇后一臉的笑意，話雖是朝著皇上發問，不過這目光卻已經明確無誤的看向了下邊夏冬慶所坐的方向。

「皇后消息倒是靈通，朕早就聽聞夏卿家極其疼愛這個女兒，卻一直沒見過。這不正好趁著今日百花宴，召了她一併進宮赴宴，想來應該是來了，就在這裡頭的。」皇上順勢也看向了夏冬慶，言辭之間如同只是隨口提起一般，並沒有半絲刻意的成分。

夏冬慶見狀，自然馬上起身恭敬回稟道：「回皇上、娘娘，承蒙皇恩，今日小女有幸一併進宮赴宴，實在是微臣一家的殊榮。不過……剛才娘娘提到小女是否已婚配一事，倒是讓微臣又想起了近日遇到的一件麻煩事，此事一直讓微臣心中鬱悶卻又不知道到底是不是真的，所以藉著今日這個良機，微臣斗膽想為小女向皇上求個恩典！」

夏冬慶的話頓時讓在場所有的人都驚訝不已，不知道一向從不輕易向皇上開口的大將軍王今日到底要替他女兒求個什麼樣的恩典。

而一些曾經聽說過夏玉華糾纏端親王府世子一事的人，則不由得猜測夏冬慶想求的恩典便是讓鄭世安娶他家的寶貝女兒。一時間，端親王一家人倒是跟著緊張起來，紛紛一臉狐疑的看向夏冬慶，神情卻是並不怎麼好看。

看到眾人神情各異的表現，皇上卻是泰然得多，微微揮了揮手道：「夏卿家乃我朝第一大功臣，有什麼事只管明言，朕自然會酌情考慮，不必如此見外。」

皇上心中微微一動，完全沒想到夏冬慶這個時候會突然提出討要恩典，雖然現在還沒有說明是什麼樣的恩典，不過有一點倒是不會有錯，那便是與他的女兒夏玉華的婚事有關，如此一來的話，怕是先前的計劃可能會受到影響也說不定了。

「多謝皇上，微臣斗膽想請皇上召欽天監正副使一併來此一趟，不知皇上可否恩准？」夏冬慶看上去一臉無奈地說著，如同真遇到了什麼天大的麻煩一般。

「夏卿家為何要找欽天監，朕倒是真有些糊塗了。」皇上看了看夏冬慶，臉上顯露出一絲好奇。

夏冬慶連忙恭敬地回答道：「回皇上，是這麼一回事，前些日子微臣偶遇一名為修繕寺廟而籌募香油錢的遊僧，出於對佛祖的虔誠，微臣主動捐獻了一些錢財。本以為只是一樁結緣之事，卻沒想到那遊僧臨走時為了感謝微臣的捐獻，因此特意給了微臣一個忠告。正是因為這個忠告，這些日子以來才會一直令微臣寢食難安呀！」

「哦，竟有這種事，那遊僧給了你什麼忠告？」皇上一聽更是來了興趣，不但是皇上，一旁的皇后、太子，還有在座的其他人均都如此。

夏玉華心中不由得微微一笑，沒想到自己父親在皇上與這麼多人面前說起假話來竟能如此繪聲繪影，簡直跟真的一般吸引人，實在是不容易。不過轉念想想，這也算正常吧，父親是武將出身，打仗時不也會有什麼兵不厭詐的說法嗎？而這裡雖然不是真正的戰場，但同樣充滿了硝煙與凶險。

「回皇上，那遊僧問我是不是有個女兒，還問我女兒的生辰八字。」夏冬慶繼續說道：「微臣當時就奇怪不已，但還是如實的將小女的情況說了出來。結果，那遊僧竟說小女命犯天狼煞星，如今又有逆紫星壓頂，運勢極其不利，他反覆囑咐微臣，說小女二十歲之前切不可婚配，否則的話，不但小女有性命之憂，而且還會連累所嫁之人整個家族的運勢。」

說到這裡，夏冬慶重重的嘆了口氣。「皇上，聽到這種事微臣哪裡能夠安心？這好好的女孩子家，要等到二十歲之後才能婚配，那不是黃花菜都涼了嗎，哪裡還能找到什麼好人家？可倘若那遊僧所說是真的，我又怎麼敢拿自己家女兒的性命，還有親家家族的運勢作賭注？所以，我想來想去還是得找個精確的法子，確定這遊僧所說的話到底是真是假才行；如果是假的，那就最好不過，可萬一是真的，自然也不敢拿女兒的性命開玩笑。」

話說到這裡，眾人這會兒可都完全明白了，難怪夏冬慶這般著急，事關他最疼愛的寶貝女兒的終身幸福，做父親的又怎麼可能不急呢！

在座之人忍不住紛紛討論了起來，有的說這種事寧可信其有不可信其無，而有的則說那遊僧肯定是個跑江湖騙人的，無非是想著多騙些錢財之類的。

皇上沒急著出聲，反倒是一旁的皇后有些忍不住了，直接朝夏冬慶問道：「夏將軍，那遊僧可有名姓？依本宮看，會不會是想藉此事誆些錢財之類的？」

「回稟娘娘，微臣先前也這般想過，不過那遊僧並沒有說過可以拿錢化解之類的，就是囑咐千萬不要在二十歲之前給小女婚配嫁人便行了，還說二十歲之後，煞星自然移位，壓頂的逆紫星也將散去，萬事皆可平安。」

夏冬慶想了想又補充道：「嗯，對了，那遊僧說他法號離散，在江南古剎萬佛寺修行。」

「哎喲，竟然是離散高僧，看來這事可是假不了啦！」

「是啊，我也聽說過離散這位高僧，莫說是江南，就是整個中原那可都是頗有名望的，想來這樣的高僧是不可能信口胡說的。」

下邊馬上有不少人開始發表意見，這離散確是個名聲很大的僧人，否則的話，這麼些皇室親貴怎麼可能有不少人都知曉呢。

就連一旁一直沒有出聲的端親王都開口了，直接朝著夏冬慶說道：「夏將軍，離散可是位得道高僧，如果你所遇之人果真是他的話，那麼他說的話你一定得聽！想來他也是與你有緣，你夏家這次也算是因捐獻而得到了高僧的額外指點，可算是無上的幸運呀！」

端親王的話一出，眾人更是交相稱是，連連點頭。自古算命相術這樣的東西便都是寧可信其有、不可信其無的，更何況如今說出這番話的還是位得道高僧，因此更沒有誰會再質疑這一點。

夏冬慶見狀，心中暗自盤算，是時候添上最後一把火讓皇上死心了。於是他再次朝皇上拱手而道：「皇上，微臣心裡總是有些不甘心，所以這才想著請欽天監的正副使一併前來給小女算算以作確定。遊僧是否真的是高僧離散，這個時候也無法再去查證，而欽天監的人精通五行八卦、對天象也有著專門的研究，雖不一定如高僧這般厲害，但生辰星宿這些卻是一定不會弄錯的。」

皇上心裡頭也正對此事有所懷疑，他才剛剛想著要納夏家女兒為妃以此牽制夏冬慶，卻不曾想到夏冬慶竟然在這麼個關鍵時候提出這麼個說法來。

他點了點頭，朝一旁的太監吩咐道：「傳朕口諭，讓欽天監正副使速來此處見駕。」

看到這裡，李其仁心中明顯鬆了一口氣，現在他總算知道夏玉華為何一直那般鎮定、平和了，定是夏冬慶提前得到了什麼風聲，所以已經早早想好了應對之策。雖說夏玉華要以耽誤五年韶華為代價，不過相較於入宮為妃、搭上一輩子的幸福來說，這樣的代價卻也值得。

他不由得微微笑了笑，抬眼看去，卻發現欽天監的人已經奉旨趕來了。

弄清楚是怎麼回事之後，欽天監的正副使先是向夏冬慶問清了夏玉華的生辰八字，而後兩人在一旁也不知道用什麼方法測算了一番，還不時小聲的商量了起來。

眾人見狀也都不催促，畢竟這種事是急不來的，況且連皇上先前都說了務必弄準確，所以自然不可大意。

「怎麼樣，有結果了嗎？」等了一會兒，皇上這才朝兩位正小聲商量著的正副使出聲詢問。

這兩人雖然不似那個得道高僧有名氣，但是在這方面的本事也是數一數二的，而今日偏就商量了這麼久還不曾有半點結論，倒是讓他有些不耐煩了。

見皇上發問了，兩人終於停了下來，正使隨後上前兩步，恭敬地朝皇上行禮道：「啟稟皇上，微臣與副使按照夏將軍所說的生辰八字皆各自測算過，目前意見也比較一致，不過為保險起見，微臣與副使還想親眼見一見夏將軍的女兒，見過之後，方可作出最後的定論。」

聽到這個要求，皇上倒是沒有什麼異議，正好今日夏玉華也來了，這會兒應該就在下邊坐著，所以也不會有半點麻煩的地方。

「夏卿家之女何在？」皇上直接朝夏冬慶這邊看了過來。

見狀，夏玉華走到宴會會場中央，朝著皇上所在的方向，半低著頭從容行禮道：「臣女夏玉華見過皇上，願吾皇萬歲萬歲萬萬歲！」

她的言行舉止、禮儀規矩均都沒有一絲一毫可以挑剔的地方，連皇上都不由得有些詫異，什麼時候夏冬慶竟然教出了一個這樣的女兒來。

「夏玉華，剛才的事，妳可曾聽妳父親提及過？」皇上終究是貴為一國之君，並不如同底下眾人一般將情緒都表露在外，反倒是故意顯露出一臉的威嚴朝著夏玉華問道：「如果這事是真的，妳心中作何感想？」

夏玉華心中已然有數，不急不慢地答道：「回皇上，臣女在此之前已然知曉此事。因為臣女而令父親寢食難安實在是臣女不孝，臣女備感不安；而如今，又因臣女之事驚動皇上，實在更讓臣女惶恐無比。臣女萬分感激皇上體恤，不論此事是真是假，臣女都將永存感激之心。」

她的回答越發的讓眾人刮目相看，在聖駕面前，如此淡定從容、談吐有序，對於一個十來歲的小姑娘來說，這樣的表現實在是讓人嘆服。

李其仁嘴角的笑容越發的擴散，從第一次見到夏玉華起，他便覺得這個小丫頭不簡單，如今看到她在皇上、還有這麼多皇室親貴面前，依然能夠這般鎮定的處理好一切，表現得不卑不亢、大氣凜然，當真更是讓他覺得驚豔無比。

而原本心中還對夏玉華惱火不已的鄭世安，此刻也不得不承認這樣的夏玉華已經完完全全脫胎換骨；可是想起如今夏玉華對他的態度，鄭世安不由得又是一陣煩躁，他皺起了眉頭，心中暗道，若是以前的夏玉華便能如此的話，那麼一切似乎就完全不同了。

聽到夏玉華的回話，皇上也不由得點了點頭。「果真是個十分不錯的孩子，是朕孤陋寡聞了，竟不知夏卿家的寶貝女兒如此出眾。倘若那遊僧之言屬實的話，妳便得等過了二十歲之後才能商議婚嫁，如此一來，倒真是得委屈妳了。」

「蒙皇上誇讚，臣女實在受之有愧。只是，臣女並不覺得有任何委屈之處。能夠提前知曉天機，避禍積福已是天大的幸運，不過虛度五載年華，即可換取自己以及其他人的平安，臣女自是心存無限感激。」夏玉華依舊從容不迫地應答著，那份超乎年紀的氣度，讓她整個人散放著一種說不出來的光芒。

說話之間，那兩個欽天監的官史終於上前回稟，說是已經得出了最後的結論。見狀，皇上點了點頭，示意正使可以當眾公布，而所有的人則馬上將注意力都轉移到了正使身上。

「回皇上，微臣與副使一致認為，離散高僧所說之言完全屬實。夏小姐在二十歲之前的確不宜談論婚嫁，否則夏小姐本身性命有恙不說，同時也會嚴重影響到所嫁之人整個家族的運勢，輕則由盛轉衰，重則家破人亡。」正使一臉的慎重，語氣亦無比的嚴肅，看上去讓人也跟著不由得緊張了起來。

而皇上聽到後，微微皺了皺眉，片刻後問道：「如此，可有破解之法？」

「回皇上，微臣與副使都認為並沒有任何人為破解之法，最好的辦法便是等夏小姐二十之後再論婚嫁，一切不幸方可自行解除。」

正使再次確認，並且轉而朝一旁的夏冬慶看去，勸說道：「夏將軍，下官所言非虛，還請夏將軍務必慎而重之，切莫存有半絲僥倖心理，否則害了夏小姐不說，也會連累到別的人家。」

夏冬慶聽罷，一臉的無奈，嘆了口氣道：「既然連欽天監的正副使都說是真的，那我還有什麼不信的道理呢！雖然擔心女兒的婚事，可是相比起來，自然還是性命最重要，更何況明知如此又怎麼能去連累別的人家。」

皇上見狀，不由得與坐在旁邊的皇后、太子分別對視了一眼，而後便揮手示意欽天監的正副使可以先退下了。

「事既如此，夏卿家倒也不必再多想了，如你女兒所言，能夠提前得知，進而避禍積福這已經是天大的幸運了。朕相信，憑卿家愛女如此出色，就算是遲幾年再論婚嫁照樣也會有好的人家匹配。夏愛卿當寬心才是。」

皇上此刻也只好打消先前的計劃，事到如今，不論真假都只得信之。意欲牽制打壓夏冬慶自然還可以找其他辦法，但皇室江山的命運卻是萬萬禁不起這樣的玩笑。

「多謝皇上寬慰，微臣感激不盡！今日因小女之事，讓皇上如此勞師動眾，實在是讓微臣頗為不安，唯有日後繼續盡心效忠皇上，保家衛國方可報皇上之隆恩！」夏冬慶快步上前，立於夏玉華身前，邊說邊恭敬的朝皇上行跪拜大禮，以謝隆恩。

而夏玉華自然也得跟著一併叩謝，一番隆重的行禮之後，皇上這才示意夏家父女免禮。等夏家父女歸位之後，百花宴總算是再度恢復原樣，宴會也繼續進行下去。

從皇宮回去後的幾天內，夏玉華收到了好多封請柬，全都是京城各權貴家的千金派人送來，邀請她參加各式各樣的茶會小宴的。在上流階層中，女子一般來說出門的機會特別少，所以茶會小宴便成了各家女眷較為熱衷的聚會。

自百花宴以後，夏玉華的名聲似乎有了很大的扭轉，因此沒幾天工夫便收到了許多邀請帖，一來無非是想看看如今的夏玉華是不是果真如傳言所說的脫胎換骨了，二來藉機拉近些關係也總是有好處的。

第十五章

從那厚厚的一疊請柬中，夏玉華抽出了平陽侯府的請柬留置下來，將其他的請柬重新遞回給鳳兒道：「鳳兒，過些天咱們去平陽侯府轉轉，其他的就不去了。妳去備些禮物，親自到各府裡都送上一份，替我婉言表達謝意，也表示歉意。」

前世她剛剛嫁給鄭世安時，參加過一次宴會，當時在陸無雙的暗中鼓動下，宴會上每個人都將她當成仇敵似的看待，沒有一個給她好臉色看。唯有平陽侯府的大小姐杜湘靈過來跟她說了幾句話，雖然也不過是幾句客套的場面話，可是在那種所有的人都聯合起來排斥她的時候，還有人敢於冒著被責怪的風險安慰她，卻也實屬不易。

所以，她可以拒絕任何人的邀請，卻唯獨不能夠推辭平陽侯府的，當作是還前世的人情也好，抑或者這輩子也總得有一、兩個場面上的朋友也罷，總之這個茶會小宴她一定會去的。

鳳兒一聽，連連點頭應下，這樣的安排自然是最好。如今她家小姐忙得很，哪有那麼多的閒工夫家家都去。

收回了神，她開始繼續整理這兩天看醫書時所記錄下來的問題與想法，以便明日去先生家時可以好好利用時間學習。

前兩次去先生家裡，歐陽寧對她的學習能力十分驚嘆，不過六、七天時間，她便將第一次帶回來的兩本醫書給看了個透澈，不但掌握了書本上所說的全部內容，而且還提出了許多有見解的想法與觀點，實在是讓人驚豔不已。

這樣的學習速度與效率，若非有著過目不忘的記憶能力以及非凡的領悟力，那是根本無從做到的。除了看醫書學習這一方面之外，在藥草的辨識上，夏玉華亦表現出了驚人的天賦，凡是歐陽寧所介紹過的都能夠一次記下所有的特徵、功效等等，而且還能舉一反三，學習能力令人瞠目。

其實，夏玉華自己也覺得神奇無比，雖然前世她是看了好些醫書，有一些底子，可是並沒有過目不忘的記憶力，而如今不論她看什麼東西，都可以看一遍便記住，並且悟性也特別的好，腦袋裡如同有著湧之不盡的靈感似的。

她也完全弄不清為何會這樣，一開始還左思右想難以心安來著，慢慢的倒也釋然了。不論是什麼原因，總之對她來說，這都是一件天大的好事。她本就起步比別人要晚，如此一來，倒是可以彌補不少時間上的不足，而她唯有再加倍的努力，方可不辜負這份有如天賜的優勢。

正忙著，門口有了些動靜。夏玉華沒有抬頭，邊忙邊順口問著：「鳳兒，有什麼事呀？」

聽到她的詢問，進來的人卻沒有出聲，夏玉華覺得似乎有些不太對勁，抬頭一看，才發現根本不是鳳兒，而是很少到她這裡來的弟弟夏成孝。

「成孝，原來是你呀！」夏玉華見弟弟站在一旁有些進退兩難的樣子，連忙放下手中的筆，上前拉著顯得有些拘束的弟弟過來。「姊姊還以為是鳳兒呢，快過來坐。」

夏成孝順從的跟著夏玉華到一旁坐了下來，見姊姊似乎對他的突然到來並不生氣，而且還很高興似的，小臉上這才露出了開心的笑容。

「娘親說姊姊每日讀書很刻苦，讓孝兒沒事別來打擾姊姊。」成孝到底是個孩子，也不會拐彎抹角，張嘴便說道：「可孝兒早就想過來看姊姊，所以趁著娘親不在，就悄悄過來了，姊姊會不會不喜歡孝兒這麼做呀？」

聽到成孝說的話，夏玉華不由得舒心一笑。「怎麼會呢？姊姊最喜歡成孝了，成孝能夠過來看姊姊，姊姊開心還來不及呢！」

她是真的開心不已，邊說邊出聲讓外頭候著的丫鬟趕緊重新端些好吃的茶點過來給成孝吃，成孝還是頭一次進到夏玉華的房間，因此左看右看的，顯得很感興趣。

孩子總是特別容易放開胸懷來，見姊姊真心親近自己，氣氛更是一下子熱絡了許多，兩姊弟說說笑笑的，好不愜意。

「姊姊，妳的香囊裡裝的是什麼香料呀？」突然，夏成孝似乎對夏玉華隨身所攜帶的香囊好奇了起來。「這香味好特別，不過很好聞，比娘親身上的香味好聞多了。」

夏成孝的話頓時讓夏玉華疑惑不已，她記得清清楚楚，自己身上隨身攜帶的香囊裡頭並沒有放任何的香料，而只是當初為了方便收著高僧給她的石頭，特意讓鳳兒給做的。

她連忙將香囊摘了下來，放到鼻子下細細嗅了一會兒，發現果然有一股若有似無的幽香，淡而清新，頗讓人覺得舒暢。只不過許是因為平日她都隨身攜帶著，天天聞著早就已習慣，所以並沒有怎麼引起她的注意。

可若是她沒記錯的話，當初這塊石頭剛剛拿回來時，並沒有香味呀！夏玉華心中頓時更是納悶不已，她想了想，索性打開香囊，將裡頭的石頭拿了出來細細察看。

「咦，姊姊，這香囊裡頭怎麼有塊石頭呢？」夏成孝驚訝不已，發現姊姊果然沒有騙他，香囊裡頭根本沒放什麼香料，而不過是塊普通的石頭罷了。

「成孝，你聞聞，剛剛你所說的香氣是不是跟這塊石頭上的味道一樣？」夏玉華自己聞過之後，又將石頭遞到夏成孝鼻子前讓他確認一下。

夏成孝點了點頭，又認真聞了聞那塊石頭，果然發現香味就是從這上頭傳來的。「對，沒錯，姊姊身上的香氣就是從這塊石頭上散發出來的。」

夏玉華左右又看了看，卻發現手中的石頭除了有些異香以外，並沒有其他特別的地方，外形也與先前一模一樣。她想了想又朝弟弟問道：「成孝，以前你聞過姊姊身上有這樣的香味嗎？」

成孝一聽，直接搖了搖頭，認真地說道：「沒有……前些天咱們一家人一起吃晚飯時，姊姊還拉著我坐，我當時離得也很近，不過卻並沒有聞到姊姊身上有什麼香味。」

間。

聽了成孝說的話，夏玉華略微遲疑了一下，而後便將石頭放回了香囊裡重新掛到了腰

「姊姊，這石頭是從哪裡來的呀，怎麼這麼特別？」夏成孝見夏玉華又將那塊有香氣的石頭放進了香囊重新佩戴好，便又說道：「我也想要一塊這樣的石頭，香香的可好聞了。」

聽了這話，夏玉華笑著說道：「成孝乖，這塊石頭並沒有什麼特別的，可能是以前在香料裡頭放得久，所以染上了香氣。成孝喜歡的話，按理說姊姊不應該小器的，可是這塊石頭是姊姊一個特別重要的朋友讓姊姊暫時保管的，所以姊姊才不能夠將它送給成孝，成孝會不會生姊姊的氣呀？」

「當然不會啦！」夏成孝也笑著搖了搖頭。「娘親說過，君子不奪人所愛，成孝是要做君子的。更何況這是姊姊朋友的東西，只是讓姊姊暫時保管而已，並沒有說已經送給姊姊了，姊姊自然要替朋友好好保管才對，不能夠隨便轉送於人的。」

「成孝真懂事！」聽到夏成孝竟說出這麼一番有見地的話來，夏玉華當真開心不已，暗道自己這弟弟竟如此聰慧而有骨氣，果然有夏家男兒的氣魄。

真心誇讚之後，她將丫鬟送上的茶點拿給夏成孝吃，又隨口問道：「成孝已經七歲了，爹爹給你請的是哪位夫子教你讀書識字？」

關於這一點，夏玉華還當真不知情，上一世她是壓根兒就不想看到梅姨與這個弟弟，所以他們的這些小事自然也不會知道，而重生之後，她成天忙東忙西的，也還真沒有好好關心

過這些。

「還沒有請，現在是娘親在教我識字讀書。」夏成孝如實地回答著。

「為什麼？」夏玉華一聽，倒是奇怪不已，像他們這樣的權貴人家，男孩子一般六歲就開始請夫子啟蒙了；成孝這般聰明，為什麼爹爹到現在還沒有給他請夫子，而只是讓梅姨自己這般隨便的教一下呢？

夏成孝見姊姊一副擔心的樣子，便連忙解釋道：「爹爹說好的夫子太少，那些有真才實學的，要麼不屑於教我這樣的小娃娃，要麼就早早的被其他人家給請了去。所以爹爹想把我送到皇室學堂去讀書，因為那裡有許多好的夫子，而且每隔幾天還會有宮裡頭的太傅過來教授知識。爹爹已經打點好了，再過幾天成孝就要去那裡上學堂了。」

「哦，原來是這樣！那便好，那裡的夫子都是最好的，日後成孝可得好好學才行。」夏玉華一聽倒是放下心來。

這皇室學堂是宮裡頭專門為皇室宗族的子弟開設的學堂，所以夫子自然也都是挑最好的安排，太傅們也會輪流著去給那裡的學生授課。前世的時候，梅姨一直都只是妾的身分，所以成孝這樣的庶子自然是沒有資格去那種地方上學的，可這一世隨著梅姨被扶為正室，成孝身分變成了嫡出長子，自然也就有資格了。

「姊姊只管放心，成孝一定會好好學，絕對不會給咱們夏家丟臉的。」夏成孝一臉的堅定。「娘親說，我是夏家唯一的兒子，日後要撐起整個家，只有成孝有出息，長大了才能夠保護好爹爹、娘親還有姊姊不被人欺負！」

「你娘說得真好，看到成孝這麼懂事、這麼棒，姊姊覺得好開心！」夏玉華一臉欣慰地摸了摸弟弟的頭，一種說不出來的暖意在心中流淌。

原來，守護好家人並不只是她一個人的想法；原來，她這一路並不孤單！有這麼好的弟弟、這麼好的家人一併努力，一切都會越來越好的！

第二天，夏玉華再次如約來到歐陽寧家。歸晚開了門後便興沖沖的拉著她直接往歐陽寧的書房而去，邊走邊不時的嘮叨著這兩天所發生的一些瑣碎的小事。

夏玉華倒也理解，歸晚本就是話多的性子，可這個家裡頭總共就幾個人，歐陽寧向來也不是什麼話多的主，而其他那幾個僕人壓根兒就沒法跟歸晚說到一處去，所以這小子怕是悶得慌，一見到她來便抓緊著時間說個不停，如同竹筒倒豆子一般。

「夏姊姊，我就送妳到這裡了，妳自己進去吧，先生在裡頭呢，我還得去準備配些藥，下午要跟先生去看一個重要的病人。」歸晚一臉的抱怨。「夏姊姊，妳都不知道先生成天就只對著那些藥呀、書呀、偶爾看個病人什麼的，一句多餘的話也不跟我說，真是無聊死了，一會兒妳要走時記得去藥房找我玩玩哦！」

夏玉華笑著點頭應了下來，其實不必歸晚提醒，她都已經知道要怎麼做，因為每次來，歸晚都會說這些話。

雖說歸晚不過是個十歲的孩子，但夏玉華倒是一點也不煩他，反而每次都會如約去藥房找他，一來答應了人家就得做到，二來每次去其實歸晚也都會跟她說一些配藥方面的事情，邊玩還能邊學不少東西，也算是一舉兩得。

待歸晚走了後，夏玉華這才敲了敲書房的門，聽到裡頭傳來請進的聲音後這才推門而入。

今日歐陽寧似乎是有些心事，見夏玉華來了，並沒有如前幾次一般馬上便檢測這兩天她的學習情況，反倒是讓她先行在一旁坐著。

夏玉華也不急，如言在一旁坐了下來，片刻後發現歐陽寧從她進來開始，始終都沒有抬頭看她一眼，而是不停的翻閱著身旁一大堆的醫書，似乎是想從醫書裡找出什麼重要的東西，神情也比平日要嚴肅許多。

見狀，夏玉華自然也不敢出聲打擾，坐在那裡老老實實的等著，只是心中卻奇怪不已。不知道先生到底遇到了什麼難題，像他這樣學識淵博的人竟然也要如此費勁的去查閱這麼多的醫書。盯著其中幾本離得近些的粗略看了一眼，發現都是些極其罕見的藥學古籍，想來上邊記載的內容也都是一些極其特殊的病例之類的。

正想著，原本埋頭苦讀的歐陽寧終於從那一大堆書海之中抬起了頭，左右看了看這才看向夏玉華坐的地方。

「玉華，有個問題，我想聽聽妳的想法。」歐陽寧沒有任何的客套，直接開口問道：

「如果一個人長年患病，但並不是什麼疑難雜症。在確定病症後，對症下藥且反覆治療一段時間後卻依舊沒有起色，妳覺得會是什麼原因？」

歐陽寧突然提出的問題讓夏玉華很是意外，一來，她根本沒有想到先生會沒有任何徵兆的向她提出這樣的問題；二來，她意識到這一次先生應該並不是為了考她，而是真的遇到了讓他也覺得棘手的病例。

如果說是什麼疑難雜症的話，那還好說一點，畢竟就算是再出名的神醫也不可能無所不能。可是照歐陽寧剛才的描述，只不過是比較普通的症狀，並非什麼太過罕見的，而且也確定了症狀，但經他這位堂堂的神醫之手反覆治療後卻都並無起色的話，那麼這件事的確是有些複雜了。

想了想後，夏玉華倒也並沒有什麼忌諱，直接回答道：「如果真如先生所言的話，那麼依我看應該有兩種可能性：第一可能是誤診，診斷失誤因而用藥也隨之出錯，所以病情自然是不會有起色的。不過，憑先生的醫術，誤診的可能性幾乎為零。」

「那倒也不盡然，雖然我再三認真的診斷過數次，但世事並無絕對，連我師父那般出神入化的醫術有時都難免出現誤診，而我自認為暫時還是無法超越他老人家的，畢竟誤診有時候也不僅僅只是醫術的問題，與其他的一些環境、細微的外在因素，以及患者自己的身體內在狀況都有著密切關聯。」歐陽寧搖了搖頭，若有所思道：「也許妳說得對，我下次去時應該再仔細地診斷一番才行。翻看了這麼多古籍，也沒有找出半絲的頭緒，莫不是真的一開始便被什麼誤導了？」

聽到歐陽寧如同自言自語的話，夏玉華這下完全可以確認剛才所說的就是先生現在診治的患者；而能夠讓先生頭疼的病例，這倒是讓她頗感興趣。只是先生沒有再問她第二種可能性是什麼，她倒也不好馬上出聲。

索性不由得跟著思索了起來，片刻之後夏玉華腦海思路越發的清晰，於是便試探性地朝歐陽寧問道：「先生，我想問一下，那名患者已經被先生診治多久了？」

「嗯……差不多四個月了吧。」歐陽寧看了夏玉華一眼，不知道她問這個有什麼用意。

「那這四個月來，他是不是一直都有服用先生所開的藥方？」夏玉華繼續問道。

「對呀，不但服了藥，而且每隔七日我便會替他做一次銀針治療，從沒間斷過。」歐陽寧肯定的說著，看向夏玉華的目光卻不由得閃過一絲光芒。

雖然夏玉華學醫的時間不長，底子也比較薄，不過他卻見識過夏玉華在這方面的天賦與獨特的悟性，這會兒她會如此詢問，想來定是發現了些什麼。

果然不出歐陽寧所料，聽到歐陽寧的回答後，夏玉華微微笑了笑，而後再次說道：「那先生再回想一下，這幾個月下來，那名患者的病除了沒有起色之外，還有沒有其他什麼不好的新症狀出現，或者病情有沒有比以前更加嚴重？」

歐陽寧一下子被夏玉華的話給點醒，他馬上猜出了這話中的涵義，而後頗有一種當局者迷的感悟。「我明白妳的意思了！如果是誤診的話，那麼四個月下來，病情除了沒有起色之外，會因為延誤正確的診治而變得越來越糟糕才對；況且若是誤診，誤食其他的藥物必定也會引起新的症狀才對，所以有沒誤診並不難判斷。」

夏玉華點了點頭，肯定地說道：「如此說來，先生現在所診治的那名患者應該並沒有出現更差的狀況，所以換言之，先生肯定沒有誤診。」

「妳分析得很對！」歐陽寧並不掩飾對夏玉華所表現出來的睿智的欣賞。有的時候，人的思維很容易走進一個瓶頸，被困在裡頭半天都出不來，也找不到正確的方向，而這會兒工夫，夏玉華讓他有種豁然開朗的感覺。

想到了先前夏玉華所說，發生這種情況有兩種可能性，而第二種可能性是什麼，還並沒有提及，於是歐陽寧從堆滿書籍的書桌前走了過來，來到夏玉華身旁的椅子坐下，並替她倒了杯水，而後分外慎重地說道：「玉華，剛才妳說還有一種可能，能否細說一下？」

見狀，夏玉華點了點頭徑直說道：「先生，我曾聽府中一個老僕人說過一件事。這老僕人有一次發現自己的孫子正在吃一種含有毒素、會讓人腹疼難忍的野果子，嚴重的話還有可能會致人死亡。當時他嚇得要命，抱起孫子就想去找大夫。

「可是他的小孫子卻大聲告訴他，說是自己經常吃這種果子，根本就不會有什麼事。老僕人先前還不信，後來聽孫子說他這回都已經吃了七、八顆，要是有事早就不是現在這般模樣。老僕人半信半疑，只得暫時先觀察情況再說，可後來才發現，他孫子說得一點也沒錯，一、兩個時辰後孫子都沒有任何的不妥，之後更是如此。」

夏玉華接著說道：「後來這才知道，原來他的小孫子很早前就開始吃這種有毒的野果子，頭一次吃時並不知道有毒不能吃，只覺得味道還不錯，吃後肚子雖是有些不太舒服，卻也沒有往果子有毒這方面去想，後來慢慢的吃得多了，壓根兒半點感覺都沒有，就跟吃普通的果子一樣。」

說到這裡，夏玉華停了下來，不再繼續，她發現歐陽寧正在思索著，顯然憑歐陽寧的才智，應該已經明白了她的意思。

果不其然，歐陽寧突然伸出手揮了揮，而後頗為興奮地哦了一聲道：「我明白妳的意思了！」

第十六章

這是他今日第二次說這句話，而看向夏玉華的目光越發的讚賞不已。他並非古板的老先生，不會因為一個晚輩的再次提醒而感到有失顏面，反而更加堅信當初自己換個方式收下夏玉華這麼個有天賦的好苗子是多麼的明智。

「每個人的身體對各種藥物的反應輕重都不盡相同，而且最重要的是，人的身體會漸漸的對一種經常性攝入的東西產生某種特定抵抗或者說適應，特別是一些體質比較特殊的人。就像那個小孩一樣，因為長期食用那種含有毒素的果子，反倒讓他完全適應了那種毒素，不再產生任何不適的反應，而那毒素也完全不會再對那孩子產生任何的作用。」

歐陽寧沈聲繼續說道：「服用藥物也是一樣的道理，某些患者體質比較特殊，長期服用相同的藥物後，身體內部可能會產生一種抵抗力，讓這種藥效對身體不再具有任何的作用。這就是為何我的患者一直治了這麼久卻依舊沒有起色，但也沒有惡化存在的極大可能！」

夏玉華微笑著點了點頭，表示自己正是此意，雖然她並不能夠完全確定，但是這樣的可能性卻是能夠解釋得通，並且是可能性最大的一種原因。

「如果真是這樣的話，那我便有了新的治療方法，想來這回應該可以有所突破了！」歐陽寧很是滿意地說著，而後又特意朝夏玉華說道：「等這個病例完全治癒後，我便可以將這個方法整理出來，運用到其他的一些病例上去，待完全確定無誤後再總結歸納出相應的經驗來，讓其他醫者也可以運用在實際診治上。」

歐陽寧在醫術上嚴謹的態度，以及毫不藏私、與天下醫者共用經驗的德行再次讓夏玉華欽佩不已，她很慶幸自己能夠跟著一個這樣的醫者學醫，更慶幸能夠從他身上學到很多做人的道理。

解決了這個頭疼的事情後，歐陽寧開始詢問起夏玉華這兩天的學習心得來，相互交流了一會兒後，歐陽寧給夏玉華解答了幾個疑惑，並且對夏玉華的所思所得做了補充與肯定，當然也再次驚嘆於這個姑娘在學醫上的天賦。

「玉華，等下次再來時，估計目前妳手上的兩本書應該已經讀透了，到時我不再給妳限定挑選書籍，妳可以自行選擇，我幫妳略作把關便可。」歐陽寧邊說邊起身走到旁邊的書架，指著左邊那一個書架裡頭最上面兩層的書，繼續說道：「這兩層的書全都是醫術分類較細的書籍，妳可以根據自己的興趣選擇要從哪一方面先著手。

「至於下面這兩層的，全都是一些疑難雜症的書，等妳將上邊兩層的消化掉之後，便可以著手從這裡頭挑書看了。」他指著下頭兩層的書說道：「不過，若是妳在研究別的什麼病例過程中遇到一些麻煩的話，倒是可以先從這裡頭對症查閱一下也無妨。

「還有那邊書櫃裡頭的，全都是古籍，如今，怕是擁有這些書的人不多了，如果有朝一日妳能夠將我這書房裡頭的書全都讀透的話，那麼這天下怕也再難找到幾個能夠超越妳醫術之人了！」

歐陽寧的話，讓夏玉華不由得更是生出一陣強烈的慾望，如果說當初選擇學醫最主要的目的是為了改變命運的話，而現在她卻已經是一心一意的喜歡上了，能夠在醫學上達到先生所說的高度，那麼對她來說也是畢生最大的願望之一了。

看到那一整個書架上比什麼都珍貴、稀少的醫學古籍，她的心中有一種說不出來的興奮感，而就在目光掃過最邊上那一排書的時候，她突然想起了什麼，遲疑了一下還是朝歐陽寧問道：「先生，您珍藏的各類古籍裡頭，有沒有介紹一些奇怪石頭的書呀？」

「玉華，妳問這個做什麼？」歐陽寧略顯奇怪地問道：「難不成，某些奇怪的石頭與治病有關係嗎？」

「不，先生，我不是那個意思。」夏玉華簡單回道：「這個與治病沒有任何關係，只不過是自己一些其他的喜好罷了。」

夏玉華沒有說得太過具體，比如石頭偶爾會發光，而後突然又有異香這類的，她都沒有說，畢竟如果說得太詳細的話，以歐陽寧的聰慧難免會猜到些什麼，雖然依他的品性應該不會太過於追問，不過萬事還是小心些為好。

「原來是這樣，我還以為妳是發現了什麼與醫術有關的東西。」歐陽寧微微一笑，繼續說道：「我這裡雖然也收藏了一些醫書以外的稀有雜書，不過卻沒有提到什麼奇怪的石頭這樣的書籍，怕是沒辦法幫到妳了。」

「沒有自是無妨，我也不過是想起才隨口問問。」夏玉華見狀自然也不再提這事，心想還是老老實實的等著機緣到來的那一天算了，左右許多事都是急不來的，既然高僧說過讓她好好保管，那日後必定會有謎底揭開的時候。

兩人又聊了一會兒，大部分都是與醫術有關的知識，而後又一起去了藥園，繼續以實際藥草來講授與辨識。夏玉華優異的學習能力早就已經不是什麼新鮮事，所以按照她的程度，歐陽寧自然而然又增加了講授的東西，因材施教。

徹底理解了歐陽寧最後所教的一些東西後，夏玉華露出了一抹愉悅的笑容，她打算著過些天也在自己家裡頭的後花園闢出一塊空地來，慢慢開始種些藥草之類的，如此一來不但方便研究，也對日後實際診治大有好處。

「很好，今日就到這裡吧，以妳這樣的學習速度，再過一些時日我打算帶著妳一起出診，到時妳可以在一旁學些真正的經驗，這對妳來說會進步得更快。」

歐陽寧說出自己的打算，帶著夏玉華出診，可以讓她更直接的接觸病患，對日後實際行醫有著非常的大作用。而以夏玉華的天資，想來也用不了多少時間便可以單獨上手了。

聽了歐陽寧的話，夏玉華顯得更加開心，如此一來，她可以在學習的同時開始嘗試著接觸到真正的病例，與一般的學醫之人相比，她等於是一下子省了不少的時間。

「謝謝先生！」衷心地笑了笑，她也只能說聲謝謝，日後要更加努力的學習才能夠不負先生的厚望。

從歐陽寧家回來後，夏玉華果然馬上找來僕人在後花園裡頭圈了一大塊地，重新整出來準備闢為藥園。

藥草的種籽大部分都是從歐陽寧那裡得來的，開頭幾天歐陽寧還派了歸晚過來幫忙，因此沒幾天工夫藥園倒是初見成果。

接下來就沒什麼活兒，頂多就是土壤比較乾的時候澆澆水、偶爾施施肥就行了，至於哪種藥草要澆多少水，歸晚也都反覆叮囑了夏玉華，等芽苗冒出頭之後，打理起來就要精細得多了。

見藥園子已經打理得差不多了，夏玉華便沒有再讓歸晚過來幫忙，更多的時候，她喜歡在看完書，略作休息的時候跑去藥園子裡頭看看，估計著有些藥草的嫩芽差不多要長出來了，心裡頭竟不由得生出一陣陣如同做母親般的喜悅之感。

「小姐，妳還在這裡呀？這都什麼時候了，還不回房換洗梳妝，今日咱們可得去平陽侯府赴宴的，妳是不是全給忘記了？」鳳兒上前替夏玉華拍了拍身上不小心沾到的泥，心想幸好自己過來提醒，否則這主一準將這事給忘到九霄雲外去了。

果然，聽了鳳兒的話，夏玉華這才記起今日得去平陽侯府參加小宴，不由得哎呀一聲，拍了拍腦袋，趕緊跟著鳳兒回房去換衣梳洗。

很快便收拾妥當，夏玉華帶著鳳兒一道前往平陽侯府。等她們到達時，其他人都已經到了。

平陽侯府家的千金杜湘靈，比夏玉華大上兩歲，去年年底時已經訂了一門親事，兩家頗為門當戶對，不過因為對方還須為爺爺守孝一年，因此婚事得延到明年。

而這一次的小宴，杜湘靈顯然是花了一些心思的，原本辦這種小宴也有比較各家誰的心思更巧的成分在裡頭，所以不論是哪一家來辦，都會盡力辦得新鮮、有趣些。

今日的小宴被安排在侯府波瀾平靜的小湖湖畔，楊柳成蔭，繁花似錦，頗有一種面朝清湖、風過花香的美感。而杜湘靈也沒有如同其他人辦的小宴一般將座位安排得規規矩矩的，而是挨著湖畔園景的地勢特點，三三兩兩安放了一些小茶几與凳子，看上去便沒那麼刻板，又方便來的客人各自可以找相熟些的朋友一起圍坐，拉近了彼此距離，同時也讓氣氛活絡了不少。

夏玉華的到來自然受到了眾人的關注，杜湘靈親自起身迎接，言語中頗為熱情。見夏玉華似乎挺給自己面子的，更是開心，當著其他客人的面直接拉著夏玉華坐到了自己身旁。

「杜姊姊，玉華今日出門時碰到了點小事所以來遲了，還請杜姊姊見諒。」夏玉華雖然知道自己並沒有真正遲到，不過因別的客人都早她一步到了，再怎麼說總還是得說一聲，以示對主人家的尊敬。

杜湘靈連忙笑著說道：「無妨無妨，其實玉華妹妹並沒有遲來，剛好準時到達，實在不須有什麼抱歉。而且今日這小宴本就是大夥兒一起聚聚、玩玩，沒有那麼多說法的。」

眾人一聽，也紛紛附和著。這一回倒是並沒有什麼人特別針對夏玉華說道什麼的，而且對她也頗為客氣，笑臉相迎的與對待其他人沒有什麼不同。

夏玉華亦含笑的朝其他客人再次一一點頭，以示感謝，目光掃了一圈之後，發現杜湘靈此次請的人都是些官家小姐，並沒有看到雲陽郡主等皇室身分的人，一時間心中倒也對這種小宴的類型區隔更加的清楚了一些。

目光掃過最後一個角落時，發現陸無雙果然也來了。以她們兩人的身分，偶爾在一些場合上碰到那是再正常不過的，夏玉華並不在意，只要陸無雙不自討沒趣的話，她也不會主動做些什麼。

不過有些人似乎還真是不識相，夏玉華才剛剛這麼想著，卻聽陸無雙竟馬上出聲道：「還是杜姊姊的面子大呀，不像我們這些沒面子的小角色，聽說夏大小姐這次可是推掉了其他所有人的小宴邀請，唯獨來參加杜姊姊的小宴呀！」

任誰都聽得出陸無雙這語氣之中的攻擊性，而且這些人亦都知道陸無雙與夏玉華之間存在的恩怨糾葛，所以場面很快便安靜了下來，眾人都自行閉上了嘴，置身事外旁觀了起來。

夏玉華的改變顯然已經贏得了不少人的認可，而私底下，這些人對於陸無雙的重新認識肯定也是不會疏漏的。不過，對於她們來說，即使明明覺得陸無雙這般說法是在主動找事，可場面上也不會有誰因為一個與自己並不怎麼熟的夏玉華而跳出來當面跟陸無雙過不去。

更何況，平日閨中生活總是無聊至極，好不容易有這樣的機會親自看人家鬧鬧矛盾，也不失為一件挺讓她們感興趣的事。

「夏……小姐！」陸無雙故意拖著長長的音，語氣怪怪地說道：「原本我還打算不計前嫌，趁著請妳去我那裡參加小宴的機會，修補一下咱們兩人之間的關係，現在看來，倒真是我自作多情了。」

不計前嫌?!夏玉華聽到這個詞，不由得露出了一個很是嘲諷的笑，沒想到陸無雙竟然還敢當著這麼多人的面顛倒是非黑白，果真是人至賤則無敵呀！

杜湘靈一看這苗頭不對，自然得出面打圓場，在她家的小宴上若是讓這兩人鬧出什麼難堪來，那麼她這個主人也是說不過去的。「無雙，瞧妳說的這話，敢情是吃起杜姊姊我的醋來了，都是好姊妹，還是莫開這些傷情分的玩笑，引起誤會可就不好了。」

「誤會？有嗎？我不過是說出事實罷了，怎麼就成了我的不是呢？」陸無雙卻並不買杜湘靈的帳，繼續說道：「只是有些人勢利之心作祟罷了，瞧不上身分不如她的，自然也沒什麼可奇怪的。」

「無雙，玉華不是妳說的這種人！」見狀，杜湘靈心裡頭有些不舒服了，雖然陸無雙說的不是她，可是在她的場子上這般爭鬧不休，那也是完全沒有給她面子。

「杜姊姊，所謂人心隔肚皮，有些人是什麼樣的誰又清楚呢？妳看看我不就是最好的例子，原本一心一意的待人，到頭來卻硬是被人給抹黑擠兌，這世上的人，誰又說得清楚誰呢？」陸無雙邊說邊恨恨地看著夏玉華，如今她們之間早就是完全撕破了臉皮，倒是沒必要跟她客氣。

杜湘靈聽到這話，臉色不由得有些變了，正想出聲說陸無雙兩句，卻聽夏玉華聲音不大不小的響起來。「陸小姐今日看上去似乎火氣有些大，估計是肝火旺盛吧，還是得注意一下身體才行，否則肝火太旺是很容易嘴臭的。」

這話一出，眾人皆忍不住笑了起來，卻是沒想到夏玉華這般厲害，罵起人來連半個髒字也不帶。

而陸無雙頓時火冒三丈，直接站了起來，指著夏玉華大聲斥責道：「夏玉華，妳真以為妳是個什麼東西？竟然還敢罵我？」

夏玉華見狀也不惱，不慌不忙地說道：「我是人，本就不是東西，而且妳也別惱，我也沒說妳不是個東西！」

這一下，眾人笑得更明顯了，而陸無雙則被氣得半天都說不出話來，好一會兒這才不顧形象的大喝一聲道：「夠了夏玉華，我知道妳嘴巴厲害，我承認我說不過妳！我也知道妳壓根兒就瞧不起身分比妳差的人，可是妳別得意得太早，像妳這樣自以為是的人，遲早會受到教訓的！」

陸無雙的憤怒與指責頓時讓眾人的笑聲不由得停了下來，大夥兒漸漸意識到，看來今日這兩人之間的矛盾可是擴大了。不過相對於儀態盡失的陸無雙來說，此時的夏玉華明顯占了上風，冷靜沈穩，半點沒有被影響到。

這倒是讓眾人不由得更加注意起夏玉華，畢竟剛才陸無雙的話無疑是赤裸裸的挑釁與威脅，就連杜湘靈都只得放棄了原本打圓場的意思，索性看著夏玉華，看她如何去應對。

而夏玉華依舊不氣不惱，只不過看向陸無雙的目光比起之前來要銳利得多，那樣的鋒芒不由得給人一種天生的威嚴感。

「陸無雙，自以為是的人是妳，不是我。請記住，我現在早就已經不再是以前的夏玉華了，如果妳夠聰明的話，最好不要再給自己找難堪。我雖不會主動去找別人麻煩，但是並不代表可以任由人擺布、欺負！」

夏玉華白了陸無雙一眼，在陸無雙準備回擊的同時，卻馬上看向了其他的人，目光放柔和了不少，繼續說道：「關於小宴之事，之所以推掉了其他家小姐的邀請，並不是我看不起人，而是因為我不太擅長與太多的人打交道，怕自己性子太悶影響到其他人的興致，所以並不是很喜歡參加這樣的聚會。至於今日卻前來杜姊姊家，那是因為我與杜姊姊比較熟一些罷了。說這些，也不一定要強求大夥兒相信，只不過是不想讓人乘機挑事罷了。」

聽完夏玉華特意的解釋，有人倒是說起公道話來。「其實這種事也不一定非得都參加的，以前我也因為種種的原因推掉過不少的小宴。況且這次我也邀請過夏小姐，她也推掉了，不過卻特意派了貼身丫鬟，還送了禮物親自來說明的，能做到這個分兒上也很不錯了。」

「是啊，我也是……」又有兩、三個人附和著說了起來，顯然都是被夏玉華推掉的那幾位千金。

見眾人似乎都開始幫夏玉華說話了，陸無雙臉面更是掛不住，衝著那些人不滿地說道：「幾樣禮物就將妳們給收買了，這好人還真是容易做！我勸妳們一個個還是睜大眼看清楚些再說吧，別到時跟我一樣，後悔都來不及！」

眾人聽了都不再出聲，雖然有幾位頗為不喜陸無雙此刻的態度，不過此時多一事不如少一事，沒必要為了夏玉華而跟陸無雙再去爭執什麼。

「夏玉華，妳就別再裝了，是好是歹，老天爺比誰都看得清楚！」陸無雙隨即看向夏玉華，臉上露出一抹分外嘲諷的笑，不屑地說道：「我勸妳做人還是本分些好，如今還只是二十歲前不能婚嫁，如果再這麼下去，說不定可就不只二十了。這還沒談婚事就會剋夫家了，不是報應是什麼呀！」

「無雙，妳這話可就太過分了！」這一回杜湘靈實在是有些聽不下去了，以前還覺得陸無雙是個很不錯的人，卻沒想到竟是這般刻薄惡毒。

「玉華，妳別往心裡去，這壓根兒就是兩碼事，根本就不搭邊，別聽她的。」杜湘靈轉而又連忙安慰夏玉華，畢竟被說成這樣，任誰都會受不了。

可讓杜湘靈意外的是，夏玉華卻並沒有表現出什麼憤怒無比的樣子，甚至於儀態神情還與先前差不多，只是無形中看向陸無雙的目光多了幾分嘲諷之色。

「沒錯，我是得等過了二十才能談論婚嫁，可是這又有什麼關係呢？難道妳真的以為嫁得早就一定嫁得好嗎？」夏玉華不怒反笑，朝著陸無雙搖了搖頭道。「不論我什麼時候嫁人，最少我知道自己絕對不會給人做妾，也不會隨隨便便只聽媒妁之言便嫁給一個自己連面都沒有見過的人。我可以嫁得不富貴、嫁得不風光、嫁得不怎麼體面，但是我一定會讓自己嫁得幸福！」

這一席話頓時讓所有的人都目瞪口呆，除了震驚於夏玉華的個性與勇氣以外，更多人則是發自內心的羨慕，因為她們都清楚夏玉華有一個多麼寵愛她的父親，對夏玉華來說，這種事自然沒有什麼不可能。

就在眾人還沒有完全回過神來之際，夏玉華卻再次朝著陸無雙一字一句毫不客氣地說道：「反倒是妳陸無雙，如果妳實在是有閒情替別人操心的話，倒不如多想想自己日後的終身大事吧！我可以肯定，妳可能嫁得富貴、可能嫁得風光、可能嫁得體面，但是妳卻不一定嫁為正室，也不一定嫁得幸福！」

最後這話如同針一般扎到了陸無雙的心上，她是庶出，是這些在場小姐之中唯一的庶出。這麼些年來，因為家人的疼愛，旁人的追捧，連她都差一點忘記了自己是庶出的事實，夏玉華的話完完全全的揭開了她藏在心中的傷疤，讓她幾乎快要無法呼吸。

「妳、妳可真夠惡毒！」她的胸口劇烈的起伏著，死死地盯著夏玉華，卻異常傲慢地說道：「沒錯，我是庶出，可那又怎麼樣？我雖是庶出，卻是相府唯一的女兒，是父親的掌上明珠！誰說庶出嫁人就一定得為妾？一定不能得到幸福？妳也太小瞧我陸相府了吧！」

「之所以說妳不一定嫁為正室、不一定嫁得幸福，並不是因為什麼嫡出、庶出的問題。要知道古往今來，不少庶出女子照樣也能富貴榮華、揚眉一生。所以關鍵不在於庶出，而是品性！」夏玉華漠然說道：「我不想再與妳作口舌之爭，也請妳管好自己的嘴，不要成天沒事找事，自取其辱！」

最後一句自取其辱完全讓陸無雙顏面蕩然無存，她早就氣得不知道如何反駁，又看到身旁其他的人竟都不約而同的用異樣與不屑的目光打量著自己，還小聲的議論著什麼，一時間更是再也沒辦法在這個地方待下去了。

「夏玉華，今日之辱，我陸無雙記住了！」她停了好半天才陰惻惻地說出這麼一句，而後不再理會任何人，冷哼一聲，徑直轉身離去。

見狀，在場之人卻沒有一個人出聲挽留。經過今日一事，眾人心中自是有了一番衡量，看清了不少事物不說，對夏玉華的心智與氣度卻是更加的佩服起來。

而杜湘靈亦是如此，原本她就有些受不了陸無雙的胡鬧，一早就站到了夏玉華這一邊，如今鬧事之人走了自然反倒覺得清靜太平。

看到陸無雙憤然卻無可奈何離去的背影，夏玉華心中閃過一絲說不出來的快感。她知道那個惡毒的女人一定不會就此善罷甘休，不過她一點也不害怕，反倒隱隱有種說不出來的期盼，因為同樣的，她也不會輕易放過任何如此對待她的人！

第十七章

小宴結束之後，杜湘靈親自送夏玉華到了門口，原本也不想多事的，不過在夏玉華上轎前還是忍不住說了出口。

「玉華妹妹，今日之事的確是無雙不對，不過……」她略微猶豫了一下，而後才說道：「不過妳日後說話什麼的還是稍微委婉一些才好，萬一無雙真因此而記恨於妳，豈不是給自己樹了這麼一個麻煩嗎？依我看，無雙這人也不是什麼好惹的主。」

聽了杜湘靈的話，夏玉華不由得微微一笑，心裡頭很是感激，她知道杜湘靈是真心替她著想，否則也不會跟她說這些話，畢竟她們並不算特別熟識。

「杜姊姊，謝謝妳的關心，妳能夠跟我說這些話，我心裡真的很高興。這說明了妳是真心真意為我好。」她拉著杜湘靈的手說道：「我這人性子向來比較率直，也不喜歡掩飾。人不犯我，我不犯人，可人若犯我的話，我也不會忍氣吞聲；更何況，即便我今日不這般直接對嗆，而是很婉轉的處理，妳認為陸無雙就會見好而收，就會因此而不再找我的麻煩嗎？

「當然不是！」不待杜湘靈回答，夏玉華自己接著說道：「我與她之間的梁子早就結定了，倒不如藉機殺殺她的傲氣，讓她收斂一點，同時也等於告訴其他人，我並不是那麼好刁難的，其實這樣倒也不錯。」

見夏玉華跟自己說得如此直白，並沒有半點的隱瞞，杜湘靈自然知道夏玉華這是信任她的表現，並且真心的將她當成朋友看待，因此點了點頭又道：「其實我也覺得妳今日的做法並沒有什麼不對的，只不過日後在外面其他別的場合時，還是得稍微注意一些較好。且不說陸無雙，對其他人什麼的都一樣，說話時儘量婉轉一點，總歸是不會有錯的。」

「杜姊姊的話，玉華記住了，日後待人接物方面會儘量注意一些。杜姊姊對玉華的心，玉華也記住了！」夏玉華再次舒心一笑，並沒有拒絕杜湘靈的好意。

聽到夏玉華這般說，杜湘靈臉上的笑意更濃了。自這次小宴之後，她對夏玉華的好感可不只是增加一些些，而見夏玉華對自己也是如此，心中更是開心不已，因此又特意囑咐夏玉華日後有空時多過來走動走動。

坐上軟轎，夏玉華微閉著雙眼養神，剛才與陸無雙所針鋒相對的場面再次在腦海中回轉。她的嘴角不由得掛上了一抹笑意，說實話，對於今日自己的表現，她真的覺得很是滿意。而她亦清楚，以後，她一定可以做得更好！

軟轎慢慢穿行在回府的路上，將近傍晚時分，街上頗為熱鬧，行人來往時閒聊攀談的聲音、街邊小販吆喝的聲音，都讓閉著眼睛坐著轎內休息的夏玉華感到很愜意。正漫不經心的聽著，忽然外頭傳來馬蹄聲響，由遠及近，而後很快便超越了過去。

街上偶爾有人騎馬經過是很正常，因此夏玉華也沒在意，不過，沒一會兒的工夫，轎子竟然不知何故停了下來。而這個時候，不用鳳兒出聲，她都知道還在街上，並沒有到達家門口。

睜開眼，正欲挑簾查看，詢問發生了什麼事，卻聽外頭響起一道頗為耳熟的聲音。「轎中所坐之人可是夏家小姐夏玉華？」

這人所說的話雖然聽上去像是頗為正經嚴肅而十分規矩的，不過卻隱隱帶著一絲歡快的笑意，一時間倒是更讓人覺得是一種故意而為的小玩笑。夏玉華頓時心中有數，馬上挑開簾一看，果然是小侯爺李其仁。

「怎麼是你？」她邊說邊起身準備走下轎，一旁的鳳兒見狀，連忙上前扶了一把。

雖說距離上一次見面已經挺久了，不過夏玉華倒是對眼前的李其仁沒有半點陌生感，又見他此時一臉含笑地看著自己，不由得也露出一抹笑容。

「就知道是妳，所以這才特意掉轉馬頭在路中間等著。」李其仁調皮地笑了笑，雖然看到夏玉華很高興，不過卻還是合乎禮儀的保持著一定距離，牽著馬站在原地並沒有再上前。

「你倒是神準了，我坐的軟轎可是再普通不過的，這樣你也能認出來？」夏玉華心情大好，李其仁似乎有一種天生的爽朗氣質，使得跟他接觸的人也不由自主的會感覺到輕鬆愉快。

「轎子是沒認出來，不過……」李其仁故意賣了個關子，頓了頓後這才看向一旁的鳳兒道：「妳的丫鬟我倒是認出來了。」

聽到這話，夏玉華這才想起，上次在端親王府的幽靜園子裡時，鳳兒是跟她一起，而李其仁也確實見過一次。

「記性倒不錯。」她誇了他一句，而後這才想起這個時候怎麼會在大街上碰到李其仁，於是又道：「你這是要去哪裡，今日不用當職嗎？」

「要當職，不過這會兒已經換班了，前兩天約了個朋友，正準備赴約，沒想到這麼巧看到了妳的轎子，也沒多想便下馬攔了，妳不會怪我吧？」李其仁笑咪咪地說著，心中快速數算了一下，自從上次在宮裡見過之後，他們都已經整整一個來月沒有見過了吧！

「那還真是巧了，正好我今日去了趟平陽侯府，沒想到在回去的路上碰到熟人了。」夏玉華語氣輕快地說著：「既然你有約，那趕緊去吧，別讓人久等了。」

見狀，李其仁倒也不好再繼續跟夏玉華多聊，一來他的確是趕時間，二來在這大街上這麼待久了確也是不怎麼好，他自己倒無所謂，夏玉華總歸是個女孩子，多少還是得顧慮一下她才行。

「嗯，那我先走了。」他扯了扯手中的韁繩準備上馬，又朝夏玉華說道：「過幾天我若是得空了再去妳府中走走，妳可得好好招待我才行哦！」

其實李其仁還真是想多跟夏玉華再說說話，好不容易這麼巧竟在路上碰到實在是運氣好，只可惜偏偏這會兒要去赴先前定好的約會，而且自己本來就已經有些遲了。若不然的話，他還真想找個地方坐下與夏玉華好好聊聊。

「小侯爺大駕光臨，我怎麼可能不好好迎接招待？」夏玉華只當李其仁是在跟她開玩笑，自然也沒有怎麼放在心上，畢竟這主成天都在宮裡頭當職，哪來那麼多閒工夫往她家裡跑。更何況，如果他當真要來，她也是沒有不好好招待的道理。

套用李其仁之前說過的話，他們也算是朋友了。

聽了這話，李其仁顯然非常高興，連連滿意地點著頭，而後掉整馬頭方向，翻身上馬。

「對了，有件事差點忘記問妳了！」還沒啟步，他似乎突然又想起了什麼，連忙轉過頭去問道：「玉華，妳會騎馬嗎？」

夏玉華是武將之女，以往性子又是最喜歡玩的，雖說前世琴棋書畫樣樣不通，不過要說騎馬還真算得上是她唯一拿得出手的本事了。只不過好端端的，李其仁問她會不會騎馬做什麼呢？

「騎馬還成，以前爹爹有教過我的。」她點了點頭，略帶不解地問道：「不過，你問這個做什麼？」

聽到夏玉華說會，李其仁馬上露出一副不出所料的神情，笑著說道：「早就猜到妳應該會這個的，畢竟妳爹爹可是大將軍王，多少也會教妳一些這些方面的本事。」

他顧自高興不已，一臉小小的得意，卻是全然將夏玉華後頭所問的問題給忽略了。

「你別光顧著自己樂呀，我會不會騎馬到底有什麼關係呢？」見狀，夏玉華不由得笑了起來，暗道這李其仁還真是個有意思的人。

「哦，瞧我這記性！」李其仁不由得伸手拍了拍自己的腦門，不好意思地說道：「是這樣的，下個月，太子準備去皇家獵場打獵，打算召集皇室宗族、朝中重臣家的子嗣一併參加，這個時節皇家獵場的風景可是一年裡最佳的，到時咱們可以比賽騎馬！」

聽到這個，夏玉華更是笑意盈盈，現在才月初，離下個月還早著呢，李其仁這性子還真是有些急了。

「小姐，這小侯爺可真是有趣得緊！」見李其仁已經騎馬離開，一直在旁邊沒有敢出聲的鳳兒這才上前扶住夏玉華說道：「奴婢瞧著他對小姐妳挺不錯的，聽說小侯爺好像還沒有訂親呢！」

「別成天胡說八道，我們不過是普通朋友而已。日後若再聽到妳議論一些不應該議論的事，我便讓梅姨將妳打發去做粗活算了。」夏玉華板著臉訓了鳳兒幾句，這丫頭現在是越發的沒規矩了，所以她這才故意這般說，也藉機讓這小丫頭稍微注意一些，畢竟就算自己並不會真的責怪，但若是讓別的人聽到了，總是會給她惹來麻煩，何況這對於鳳兒也不是什麼好的習慣。

鳳兒一聽，這才發現自己一時失言了，不由得馬上吐了吐舌頭，一副低頭知錯的樣子，不敢再多嘴瞎說了。

過了些日子後，再次去到歐陽寧家時，他讓歸晚搬出了一個木頭假人，那木頭假人跟真人差不多大小，身上各處位置密密麻麻的畫著許多大大小小不一的點點，每一個點的旁邊都標注了名稱。

夏玉華很快便明白這是一個人體穴位圖示，比起以前書本上所繪的來說，明顯要更具體而精準得多。前幾天，她正好看了一本與人體穴位有關的醫書，沒想到歐陽寧這麼快便做好了教習這方面內容的準備。

她也沒有多想，專心的開始對著那個木頭假人研究起穴位來，歐陽寧先前原本有話要跟她說的，見她這麼快便看得入了神，索性沒有再出聲打擾，讓她自己先研究完了再說。

朝一旁的歸晚揮了揮手，示意讓他先去忙自己的。歸晚見狀馬上會意，輕輕地退了出去。歐陽寧找了本書坐在一旁慢慢地看了起來，偶爾抬頭看一下夏玉華這邊，見這姑娘一臉的專注與入迷，嘴角亦不由得露出一絲滿意的笑容。

時間不知不覺的過去了，等到夏玉華將目光從木頭假人身上的那些穴位移開時，這才發現自己竟然有些頭暈目眩的感覺。

身子一歪，夏玉華感覺自己都有些站不穩了，身後突然有雙大手伸了過來，及時扶住了她，而這會兒她才意識到自己站得太久了，連腳都有些發麻了。

「小心，先過來坐坐吧。」歐陽寧扶著夏玉華在一旁的椅子上坐了下來，頗為嚴肅地說道：「勤學是好事，不過也應該注意身體，不要一下子操勞過度。」

先前他在旁邊看了好一陣子，本想出聲讓這丫頭先休息一會兒的，但看到她那般入迷最後還是忍住了，只是乾脆連書都放到一旁，隨時關心留意著，就是怕她出現剛才這種情況。

果不其然，還真是料中了，好在自己眼明手快，否則這丫頭怕是免不得要摔跌、撞傷了。

「謝謝先生。」夏玉華坐下緩了緩神後，這才出聲道謝。如今感覺已經好了不少，看來日後還真是得多注意一些才行。

歐陽寧走到一旁倒了杯水遞給夏玉華，接著又說道：「妳有些血虛，不過應該不算嚴重，一會兒我開個方子，妳回去讓人抓幾帖藥，喝上兩個療程調理一下就沒事了。」

接過水，夏玉華喝了兩口，而後搖了搖頭道：「還是算了吧，苦苦黑黑的東西我向來最不喜歡了。先生都說不嚴重了，那就還是別喝藥了，回去後，多吃些補血的膳食便可。」

看到夏玉華邊說邊鼓著腮幫子，一臉極不情願的樣子，如同已經被人灌了苦苦的藥似的，歐陽寧不由得笑了起來。在他看來，這個時候的夏玉華才最像個十五歲的少女，富有活力又露出罕見的稚氣，甚是可愛。

「既然妳怕苦，那就算了，用膳食調養也是不錯，雖然相對慢一些，不過對身體卻是更好。畢竟藥是三分毒，能夠少用藥，便少用藥吧。」他同意了夏玉華的話，轉而問道：「現在好些了沒有？」

「沒事了，先生不必再擔心。」夏玉華放下手中的杯子，指著那木頭假人身上的穴位圖，興奮地說道：「先生，這個真的好具象，比起看書本上的圖要容易得多，剛才我對著先前書上看的整理了一遍，這會兒腦子裡清楚極了，跟印記了進去似的。」

「妳本就天資極高，熟記下這些穴位的位置並不難。不過，人體穴位精妙無比，大致位置雖然一樣，但還是因人而異，穴位位置也會出現一些細微的差別，所以光對照這些並不夠，最主要的是還是得日後多進行實際的訓練才行。」

歐陽寧邊說邊伸手在自己身上隨意的指了幾處穴位，繼續說道：「不僅要如同熟悉自己的雙手一般熟悉各個穴位的位置，並且每個穴位對身體能夠產生什麼樣的作用，以及如何去掌控它，這些都是妳日後要熟知的東西。因為弄清楚這些之後，妳才有資格學習針灸之術。」

聽到針灸兩字，夏玉華整個人更是興奮不已，她早就知道歐陽寧最擅長於針灸，能夠得到他的真傳，光想都是一件令人無比激動之事。

「先生是打算要教我針灸之術嗎？」她開心地問著：「我真的可以跟先生學針灸嗎？」她的眼睛亮閃閃的，一眨一眨滿是期待地望著歐陽寧，那神情就像個小孩子即將要吃到最好吃的糖果似的，讓人也不由得跟著心生期盼。

「自然，不學針灸，妳怎麼能成為一名合格的大夫呢？」歐陽寧亦被夏玉華眼中的快樂與興奮所感染，笑著說道：「妳等一會兒，我去拿樣東西。」說完，歐陽寧便徑直起身朝書房裡面走去，沒有再多作解釋。

第十八章

夏玉華也不知道歐陽寧到底是去拿什麼東西，不過已經得到了先生如此肯定的答覆，早就樂開懷了，自是沒有多餘的心思去考慮其他。

她在心裡暗自盤算著，等學好了針灸，一定要下番苦功研究出一套治療的方法來，徹底將父親這些年因征戰而累積的那一身極難治癒的慢性頑疾給根除掉。

別看夏冬慶不過四十多歲，可是因為長年征戰累積了不少的舊傷，打仗時醫療條件又很有限，因此不少傷都落下了些病根。雖然外觀看上去還好好的，可是一旦遇上一些惡劣的天氣，或者特定的條件，那些舊傷處便會疼痛難忍。

這幾年看了好多名醫，也吃了不少的藥卻都沒有什麼進展，夏玉華原本想請歐陽寧給父親瞧瞧的，可是夏冬慶卻怎麼說都不肯，只說也就這樣了，誰看都是一樣，徒然浪費時間。

父親的性子就是那樣，所以夏玉華也沒有辦法，只好想著等日後自己精通了針灸，再配合藥物親自給他醫治。這樣的話，父親就算是再不願意也是得答應的。

正想著，卻見歐陽寧已經從裡頭走了出來，他手上拿了一個盒子，也不知道裝著什麼，不過看上去並不重，而且他的神情格外小心，應該是比較貴重的東西。

歐陽寧將盒子放到了夏玉華座位旁的几案上，卻並沒有急著打開，而是看著夏玉華說道：「以妳的能力，怕是過不了多久便可以開始有系統的學習針灸了。要學針灸，一副合手的銀針是必不可少的，我們雖沒有師徒之名，不過卻已有師徒之實。這些日子以來，妳學東西勤快又聰慧，進步神速，我也從沒有實質獎勵過妳。」

說到這裡，他停了一下，面帶微笑的將那几案上的盒子往夏玉華這邊稍微推了推，繼續說道：「如今，這一副銀針便當成是對妳這些日子以來優異表現的獎勵，就送給妳了！」

夏玉華怎麼也沒想到這裡頭裝的竟然是一副針灸用的銀針，更沒想到歐陽寧會將其送給自己。雖然還沒有打開，可她看得出來，這盒子裡的銀針一定是極其特別的，否則歐陽寧也不可能這般小心謹慎的保管著，並且如此鄭重其事的交給她。

一時間，她也不知道說什麼好，見歐陽寧一臉鼓勵的示意她打開盒子，這才點了點頭，小心翼翼的伸手將盒蓋打了開來。

看到那一整套妥切存放在針灸袋中的各式銀針時，夏玉華的心不由再次激動地跳動了好幾下，那種親切感與喜愛感由心底湧出，無與倫比。

「這是我學成的時候，我師父送給我的，這麼多年以來，我一直都仔細的珍藏著，除了偶爾拿出來看看，倒是很少用過。」歐陽寧說道：「這是當年我師父請託最頂尖的鑄造師打製而成的，費了不少的心血，用起來必定十分得心應手。」

聽到這話，夏玉華臉上的笑容反倒不由得收斂了，她抬眼看向歐陽寧，連忙說道：「先生，既然這是您師父留給您的，那您還是自己收著吧，我不能夠……」

「無妨，東西放著不用也是浪費，怪可惜的。而且以妳的天資，日後一定不會讓這一套銀針埋沒。」歐陽寧打斷了夏玉華的話，繼續說道：「更何況，妳也算是傳承我師門一脈醫術之人，師父他老人家若是知道的話，也是會同意的。」

歐陽寧說得真誠無比，而聽他這麼說，夏玉華倒是不好再推辭。她想了想，片刻之後才鄭重的點頭說道：「請先生放心，玉華日後一定不會辜負先生所望，亦不會辜負您師父特意送給您這一套銀針的心意。」

歐陽寧很滿意地點了點頭，對於夏玉華，他是絕對有信心。他相信，憑藉眼前這個女孩的勤奮與天資，用不了多久便能夠在醫學上有所造詣，而日後或許還會超越他，甚至於超越他的師父也不是什麼不可能的事。

只不過，相對於這樣的成就來說，他似乎更願意看到夏玉華活得跟個普通女孩子一樣，沒那麼多的心事，沒那麼多的包袱。雖然他並不明白像她這樣出身的女子，到底是什麼原因讓她有這般強烈的憂患意識，可無論如何，人活一世不容易，能夠輕鬆一些還是盡可能讓自己輕鬆一些的為好。

「玉華，在學醫上我知道妳一定不會有任何的問題。只不過，既然妳稱我一聲先生，那麼有些話我還是想告訴妳。」

歐陽寧看向夏玉華，目光格外輕柔，神情極顯慈愛，頓了頓後，繼續說道：「不論妳想學什麼，做什麼，努力總是沒錯的。不過，先生希望妳能夠過得輕鬆一些，對自己稍微好一些，不要給自己背負太大的重擔。畢竟，妳也不過是個十五歲的孩子，況且，不論有什麼事，妳有家人、還有我都在妳身旁，我們都會幫妳的。」

一席話，頓時讓夏玉華心中感動極了，重生這段時間以來，她一直都將自己完美的掩飾在沈穩與平靜之中，從來都沒有輕易的洩漏過一絲一毫心底的沈重。

而她的所作所為亦的確達到了自己想要的效果，始終沒有人察覺出什麼異樣。直到今日，這位形同她師父的先生，從來沒有多問過她半句與學醫無關的事情，卻不知何時起竟一眼就看穿了她的內心。

那分真實無私的包容與寬慰，那分如同父親般的關心與理解，都讓夏玉華感動無比。她的身上的確背負了太多的東西，只是根本沒有人知道，亦沒有人能夠明白。

而如今，聽到歐陽寧這一席話，她有種說不出來的欣慰與滿足，更覺得自己所做的一切都已經值得了。

「謝謝！」片刻之後，她卻只能說聲謝謝，雖然心中有著千言萬語的感觸，可是她依然不能跟任何人說起心中的秘密，哪怕面對的是對自己如此信任並且器重的先生。

歐陽寧見狀，也不再多說，他知道夏玉華心如明鏡，有些話不須要多說；而且很顯然的，從她剛才臉上瞬間一閃而逝的動容來看，這個女孩的確是深藏著無數的心事，他能做的不多，只希望最少在他這裡的時候，能夠讓這孩子儘量的過得輕鬆自在一些。

「試試這套銀針吧，看看合不合手。」他將話題轉移開來，含笑的示意夏玉華去看盒中的銀針。

對於歐陽寧默默的體貼，夏玉華更是感激不已，見狀，亦連連點了點頭，將注意力重新轉移到那套銀針上。

伸手小心地拿起一根，她細細地看了一會兒，而後在手指之間輕柔的轉動，感受著銀針本身的質感，一連又換了幾根試拿，均都感覺極佳。

「果然不愧是頂尖鑄造師所製，的確非同一般。我自己其實也早就備妥了一套，不過卻是極其普通，跟這套完全沒辦法比。」她一臉輕快的笑容，不知不覺中，她在歐陽寧面前已不再刻意表現得那般過度沈穩，而是多了幾分原本的真性情。

說著，她突發奇想，拿起銀針便朝著自己手腕上一處並不怎麼重要的穴位扎去，似乎是想試一試。

「住手！」歐陽寧一見，連忙伸手抓住了夏玉華拿著銀針的手，沒有讓她扎下去。他邊阻止邊趕緊說道：「玉華，妳還沒正式學過針灸，此刻不可隨意亂來。別看是什麼不打緊的穴位，可萬一弄得不好，那也是要出事的！」

夏玉華不由得被歐陽寧嚴厲的制止給嚇了一跳，她連忙不好意思地解釋道：「先生，我只是突然想試一下，不過是個沒什麼緊要的穴位，以為不會有什麼事的，所以……」

她看了一眼歐陽寧此刻還緊緊拽著自己的手，知道這一次還真是太過魯莽了，害得先生都嚇了一跳。

看到夏玉華的目光，歐陽寧這才發現此刻自己還沒有鬆開手。見狀，他連忙鬆開了手，心裡不由得怔了一下，不過卻並沒有表現出什麼異樣來。畢竟也是個成熟穩重之人，並沒那麼容易將情緒表露在外。

「好了，以後別亂試了，等日後正式學過之後，我在一旁看著時才能夠試針，明白嗎？」他再次強調了一遍，這種事可不是鬧著玩的，因此不免多叮囑了兩句。

聽了這話，夏玉華自然老老實實地點頭應下，再也不敢輕舉妄動，讓先生擔心了。

歐陽寧將銀針重新收好，卻沒有打算讓夏玉華回去時便直接帶走，一來學針灸的時候也總歸是在這裡才用得上，二來經過剛才的情況後，他還真有些不太放心。

見狀，夏玉華心知肚明，自然也沒說什麼，微笑著看歐陽寧重新將那副銀針放回盒子裡收好。

臨走時，她這才想起大後天有事不能夠如約到先生這裡來上課，因此特意朝歐陽寧先行請了個假。

狩獵那天，夏玉華穿了一身水藍色的騎裝，配上新製的皮靴，整個人看上去顯得格外清爽俐落。考慮到一準要騎馬，因此連髮式都只是梳了個最簡單又不易散落的，脂粉一律不施，省得到時因流汗而脫妝，要多難看有多難看。

剛走到家門口，正好平陽侯府的馬車也來到。前幾天杜湘靈便派人過來傳了信，說是如果夏玉華方便的話，今日她們就一起結伴同行。

這樣的提議，夏玉華自然沒有理由拒絕，索性連馬車也沒有備，直接與杜湘靈共乘，一來有個伴，二來彼此也能夠親近一些，給足了杜湘靈面子。

上車後，杜湘靈一直不停地打量著夏玉華今日的妝扮，臉上的笑意透露出毫不掩藏的欣賞。如果說上一次在小宴上看到夏玉華淡妝素描如出水芙蓉，那麼今日這渾然天成的清新與一身騎裝的英姿，又是另外一種與眾不同的美感。

「玉華不愧是將門之後，瞧這一身騎裝穿在身上多麼英氣不凡，估摸著一會兒可得讓那些世家公子、皇室子弟們眼珠子都看得掉下來。」杜湘靈打趣著，不過心中還真是十分看好夏玉華今日這一身簡單而具有吸引力的裝扮。

聽到這話，夏玉華一臉無辜地說道：「杜姊姊就別尋我開心了，我這人太懶了，反正是去狩獵場，先前也約了朋友一併騎馬，索性就簡單舒服些為好。」

「我可不是尋妳開心，這京城裡頭，哪個人不是看慣了各色紅顏嬌容，敢像妳這般素顏迎人的還真是不多。」杜湘靈細細地看著夏玉華的五官，稱讚道：「其實頭一次看見妳時，並不覺得妳長得十分美，不過卻越看越耐看，特別是妳有一種與眾不同的氣質，讓人不由自主的想多看妳一眼。」

「行了，杜姊姊，長這麼大，今日我可是頭一次聽到有人這麼誇我。我知道杜姊姊喜歡我，所以怎麼看都覺得好，其實，我自己心裡頭有數，論長相，杜姊姊可是強了我不知多少，妳就別再讓我虛榮心過度膨脹了。」

夏玉華不在意地笑了起來，自己的相貌自己還是知道的，她最多也就是個五官秀麗罷了，莫說是五官精緻得幾近完美的陸無雙，就算是眼前的杜湘靈，也長得比她好看。

聽了夏玉華的話，杜湘靈卻是越發的認真了起來，她拉著夏玉華的手說道：「玉華，我真的沒有說好話討好妳的意思，妳年紀還小，有些東西未必看得如姊姊這般透澈。這男人看女人，可跟咱們女人看女人不一樣，長得極美，固然容易讓人動心，可是真正要想讓男人為之傾心，那可就不單單是一個美字做得到的。妳呀，是還沒有發現自己身上那股獨特吸引人的氣質，等日後時間長了，妳自然就會明白的。」

杜湘靈倒不是要故弄什麼玄虛，只不過有些東西的確是無法用具體的言語說得清楚，而隨著年歲與情感經歷的增長，自然而然便會明白。如同她自己一般，以前總認為陸無雙應該是整個京城裡長得最為出色的貴女，而現在看到了夏玉華，卻完完全全的改變了以前的想法。

見狀，夏玉華只得再次笑了笑，並沒有再對這番話想太多。

真也好、吹捧也罷，反正她知道杜湘靈不會有惡意，索性也以開玩笑的口吻回道：「如此的話，杜姊姊倒是提醒了我，看來以後我出門最好還是濃妝豔抹算了。」

杜湘靈一聽，自然明白了夏玉華的意思，因此也不由得跟著笑了起來。她一早就看明白了，如今的夏玉華不比從前，再也不是那個喜歡出鋒頭，成天纏著世子鄭世安、衝動不懂事的小姑娘了，而是凡事保持低調，儘量不張揚的行事作風。

只不過，這丫頭似乎並不知道，如今的她已經脫胎換骨，即便什麼也不做，那種自然而然流露出來的從容與睿智，卻是無論如何也無法隱藏起來的。

兩人倒也默契，沒有再繼續剛才的話題，杜湘靈也知道夏玉華不是個話多之人，因此只是時不時的說起了一些京城裡的趣事給她聽。

到達目的地時，獵場外頭已經停了不少馬車，看樣子她們來得並不算早。剛一下車，夏玉華便看到李其仁已在不遠處等著了。

看到夏玉華從馬車上走了下來，李其仁顯得很興奮，抬步便想走過去，不過很不幸的是，還沒等他走近，先前從幾輛馬車上陸陸續續下車的各家小姐卻比他快了一步，直接朝著夏玉華那邊圍過去。

見狀，他只得暫時停下腳步，在一旁等候適當時機。畢竟人太多了，他若是貿然過去的話，怕是反倒給人家增添一些不必要的麻煩。

其實，李其仁看到的那些千金小姐們並不是衝著夏玉華而去的，那些小姐都是與杜湘靈私交甚好的，見到杜湘靈來了，自然是要過去打招呼。

而她們對於夏玉華也極為客氣，一來如今不少人都已經重新調整了對這位爭議頗大的夏家大小姐的看法；二來見夏玉華跟杜湘靈結伴而來，肯定也是得給杜湘靈幾分薄面。

打過招呼之後，一行人說說笑笑著準備進去，這幾位小姐裡頭，跟夏玉華一般穿騎裝的一個也沒有，她們大多都與杜湘靈一樣，不會騎馬，因此今日來這裡也就是玩玩，看看熱鬧罷了。

「玉華，是不是有人在等妳呀？」杜湘靈眼尖，一下馬車便看到了一直往這邊瞧、目光緊隨著夏玉華的李其仁。她小聲的在夏玉華耳邊說道：「我見那小侯爺都看妳老半天了，你們認識嗎？」

夏玉華順著杜湘靈的目光看去，果然看到李其仁正往她這邊瞧。她點了點頭，朝著杜湘靈說道：「認識，算是朋友了，上次約好今日一起騎馬的。」

「哦，原來是這樣！」杜湘靈故意哦了一聲，而後吃吃地笑了，聽到走在前頭的幾個朋友催她，便先應了一聲道：「妳們先走，我很快就會跟上來的。」

說罷，她又看向夏玉華道：「好了，原本怕妳一個人來沒意思，所以特意拉妳一起作伴，卻是沒想到妳早就約好了人。既是這樣的話，我就不打擾妳了，妳趕緊去找他吧，看他那樣子應該已經等好久了。」

「杜姊姊，妳別想歪了，我跟他只是普通朋友，沒有其他什麼的。」夏玉華略帶無奈地搖著頭解釋，看杜湘靈那一臉別有深意的笑容，她便知道肯定是誤會了。

可這種事越是解釋越是沒用，杜湘靈拍了拍夏玉華的手背，一臉敷衍地說道：「好好好，我可什麼都沒說，反正我先走了，妳說什麼便是什麼吧，一會兒再見哦。」

說完，她也不理夏玉華滿臉的無辜，笑笑地看了看站在那邊的李其仁，而後便頭也不回的帶著婢女先走一步了。

見狀，夏玉華只好無奈地搖了搖頭，沒有再多想其他。反正她向來也都不怎麼在意旁人的這些說法跟看法，更何況杜湘靈也並無惡意，實在沒必要去太過在意了。

見夏玉華落了單，李其仁很快便走了過來，滿臉的笑意。

一下車時，他便看到了夏玉華一身騎裝，英姿不凡，與之前見到的各種氣質又是完全不同，讓人再次眼前一亮，真不知道這個丫頭到底有多少讓人驚豔的地方。

「玉華，妳今日的裝扮真是不錯，很好看！」他毫不掩飾地誇讚著，目光中流露出來的亦是純粹的欣賞。

聽到這麼坦誠的誇讚，夏玉華倒也沒什麼不好意思的，笑著回答：「好不好看倒是次要，既然上次都約好了要騎馬，那自然還是穿騎裝方便一些。」

李其仁一聽，連連點了點頭，見後頭似乎又有人來了，便朝夏玉華說道：「我們邊走邊說吧，狩獵還沒這麼早開始，現在咱們先去馬場挑馬，一會兒去西面山坡那邊騎馬，那邊的野花全開了，什麼顏色都有，可漂亮了。」

前往馬場的途中，三三兩兩的不時有人經過，李其仁與夏玉華一併同行多少還是讓其他人不由得頻頻回頭、側目好奇的打量，不過礙於身分，卻是沒有誰敢當面議論什麼。

好在李其仁與夏玉華都是坦蕩之人，並沒有太過於理會。李其仁順便又將今日狩獵時的一些節目跟夏玉華說了一下，讓她心中有個數，若有什麼需要也好早些做安排。

他說得簡潔卻又完整，夏玉華很快便弄清楚了。原來，在太子與其他人正式去狩獵之前，還會安排一場賽馬活動，這也算得上為正式狩獵作個暖身，也能夠活絡一下氣氛，畢竟真正狩獵時，也不是人人都能夠跟著去的；女子自然是不必說，還有一些身體不算太好、或者馬術不佳的，一般也都不會跟著去湊那個熱鬧。

而等太子一行人狩獵回來後，傍晚時分便是最為熱鬧好玩的分享盛宴，奴僕到時會將眾人狩獵得來的獵物做成各種美食，供今日來這裡的人一併享用；而獵得獵物最多的人還能得到太子的獎賞——能夠在盛宴上實現一個願望。

當然，這個願望自然也是有所限定的，不過具體有些什麼限定，夏玉華也沒有多問，反正也不會與她有什麼直接的關係。

李其仁其實早就幫夏玉華挑好了一匹個性溫順的棗紅色小母馬，只不過卻並沒有說出來，一來是想看看兩人的眼光是不是差不多，二來他還是想以夏玉華自己的看法為主，而將他的安排當作備用也無妨。

到了馬場後，負責看守的人替他們帶路，今日已經有不少貴主子過來挑過馬了，因此自然得跟著提醒一下，哪些馬是已經被人給選定了的。

第十九章

來回走了一圈，這馬場裡的馬還真是不少，夏玉華先粗略的看了一遍，將那些並不適合自己的馬先行剔除掉，最後才從剩下的那些馬裡面挑選自己中意的。雖然她的馬術還算可以，不過終究是女子，力氣還是小了一些，再加上真正算起來，她已經好多年沒有騎過馬了，所以怕是會有些生疏。

未必得挑最好的馬，而是得挑最適合自己的，也不必太高大，性情得溫順一些，如此才好駕馭。按照這個原則，夏玉華倒是沒怎麼多費精力，很快便看中了一匹棗紅色的小母馬。

她上前試著先摸了摸馬身，只見那匹小母馬果真溫順得很，又稍微用力的拍了幾下，而後很滿意地點了點頭。

見狀，一旁的李其仁開心地說道：「是不是挑中這匹了？」

見夏玉華將目光停到這匹馬的身上時，他便知道他們的想法肯定是一樣的了，再看她滿意地點頭頭，因此更是不會有任何的問題。

「嗯，就這匹吧，應該比較適合我。」夏玉華朝李其仁說完，便看向守在一旁的看馬人道：「這匹馬還沒有被人挑走吧？」

看馬人一聽，連忙討好地說道：「小姐眼光真好，這可是一匹上好的純種進貢馬，最特別的地方就是耐性十足而且脾氣溫順。小的一看就知道小姐是懂馬而且在行的人，先前有個姓陸的小姐過來，硬是挑了一匹高頭大馬，看著是挺威風，可是根本就不適合她，一看就知道她肯定不懂這些。」

這看馬人嘴巴還真能說的，一下子說了一大串，誇夏玉華的同時還連帶著將另外一個人給扯出來對照著評比了一番。

夏玉華一聽，倒是下意識的便將這看馬人嘴裡的陸小姐聯想到陸無雙。陸無雙也會騎馬，這點她自然是知道的，最主要的是以陸無雙的性子，就算明明知道這些道理，怕也是會去選一匹好看的，而不是其貌不揚的。

「那就是說，這匹馬還沒有被人挑走嘍？」沒有多去理會陸無雙的事，夏玉華淡定地朝看馬人道：「那我就選這匹了。」

「小姐放心，這匹馬小侯爺一早就過來替您給選好了。小姐若是不要，我們才敢讓別人挑去，小姐要的話，自然是給您備好這匹的。」看馬人倒也機靈得很，不愧是長期替這些貴人們當差，什麼事情看一眼便心中雪亮得很的。

「原來你早就過來幫我挑好了？」夏玉華一聽，頓時看向李其仁說道：「看來咱們倆的眼光倒還是挺一致的。」

李其仁見狀，臉上的笑容分外的燦爛，他沒有馬上回答，而是先從懷中摸出一點碎銀子朝那看馬人扔去，說道：「現在就將早上選的兩匹馬上好馬鞍，我們這就要用！」

就在那看馬人拿著賞銀歡天喜地的去備馬時，李其仁這才朝夏玉華解釋道：「我來得比較早，自己先過來挑馬時，看到這匹棗紅色的馬很是溫順，想來比較適合妳騎，所以便讓人給先預留著了。」

說到這裡，他連忙擺了擺手道：「不過先前我真的只是打算給妳做個備用的，最終妳要選哪匹自然還是妳自己拿主意的好，只是沒想到咱們倆竟然都挑中了同一匹。」

李其仁嘿嘿一笑，心中別提多開心，剛剛本想馬上告訴夏玉華這匹馬就是他提前替她選好的，可又擔心夏玉華不信，倒是這看馬人機靈，趕著幫他說了出來，如此一來夏玉華自然不可能不信的。

聽了李其仁的話，夏玉華誇讚道：「你想事情周到，因人而異挑選馬匹，注重內在而非表相。這樣瑣碎的小事都能夠如此認真的對待處理，想來大事上定是能夠做得更好，難怪皇上這般器重你，王侯子嗣這一輩中，你可算得上是佼佼者了。」

夏玉華的誇讚倒是讓一向爽朗的李其仁有些不好意思起來，他撓了撓頭道：「不少人誇獎過我，不過頭一次聽妳這般誇我，我還真是有些不太習慣。」

說罷，還配上兩聲當真聽上去有些尷尬的笑，那憨狀可掬的模樣，頓時讓夏玉華也忍不住笑了起來。

片刻之後，夏玉華這才笑意盈盈地說道：「既然你這般靦覥，看來日後我可得多誇你才行。」

兩人這般你一言我一語的說笑著，很快便走到了馬場門口，看馬人將已經備好的馬牽了過來，恭敬的準備服侍兩人上馬。

夏玉華試了試剛拿到手中的馬鞭，而後準備翻身上馬，打算先與這匹棗紅色的馬兒彼此熟悉一下，待會兒真正騎起來才不至於太過生疏了。

看馬人殷勤地正準備上前去侍候夏玉華上馬時，李其仁揮了揮手，示意看馬人到一旁待著，自己親自上前扶她。

夏玉華見是李其仁，倒也沒說什麼，朝他笑了笑，大大方方的借了一把力，直接翻身上馬，動作倒也俐索流暢，一氣呵成。

「不錯嘛，看這架勢就沒得說了。」李其仁予以肯定地點著頭，臉上的笑容越發的燦爛。

「你都說了是架勢而已，騎著馬轉幾圈應該沒什麼問題，旁的自然是沒辦法跟你們比的。」夏玉華並非謙虛，事實上兩世加起來這麼些年沒有練過了，她還真不知道馬術還保留了多少的水平。

「無妨，這樣已經足夠了。」李其仁邊說邊扯了扯自己手中的馬鞭，也準備上馬。「我們先慢走一會兒，等妳跟馬兒比較熟悉之後再跑不遲。」

說完，他一個俐落的翻身，直接便跨上了馬背，半絲多餘的動作也沒有。對他來說，騎馬是再平常不過的事，而他的馬術亦是一流的，在夏玉華面前，自然更是信心十足。

兩人騎著馬正準備先慢慢蹓馬再出發，可還沒走兩步，卻見一名僕從模樣的中年男子喘著氣朝他們這邊跑了過來。

「小侯爺，可總算找到您了！」那僕從邊說邊行禮，臉上的神情如同大大地鬆了一口氣。

「什麼事？」李其仁一時沒認出這人是誰家的僕從，只不過倒是覺得有些眼熟，應該是在哪裡見過的。

「回小侯爺話，奴才是端親王府的，雲陽郡主正四處讓人找您呢。」那僕從趕緊回話道：「郡主請您趕緊過去一趟。」

「雲陽？」李其仁看了看僕從，這才想起以前在端親王府見過這個人。「她找我有什麼事嗎？」

這個時候，雲陽命一些人四處找他做什麼呢？李其仁不由得反問了一聲，下意識地看了看一旁的夏玉華。

僕從一聽，又道：「小侯爺，郡主沒說什麼事，只是讓小的找到您後傳話請您趕緊過去。」

「若是沒什麼要緊事的話，我一會兒再去吧，反正再過半個時辰就要開始賽馬了，你回去告訴郡主，說到時我再去找她。」李其仁這會兒並不太想將原本便不怎麼空閒的時間再挪出一些以做他用，如果不是雲陽的話，他會直接讓這僕從等著就行了。

那僕從聽了李其仁的答覆，當場便滿面為難地哀求道：「小侯爺，您就別為難小的了，您也知道郡主的脾氣，小的要是這樣回去回覆的話，怕是郡主也不會依的呀！」

其實這雲陽郡主倒也不是個不講理的主，只不過一旦生起氣來拿下人撒撒氣什麼的倒也常見，就算運氣好沒被挨罵，但主子不舒心，他們這些奴才在一旁能夠有什麼好日子過呢，這顆心比什麼都懸得高著呢！

「其仁，既然郡主找你有事，那你便先過去一趟吧，若真有什麼急事的話，豈不是誤事了。」夏玉華摸了摸馬背上的鬃毛，繼續說道：「趕緊去吧，正事要緊。」

「這個時候應該沒什麼正事吧？」李其仁微微嘀咕了一句，不過卻還是聽從了夏玉華的話，轉而朝那僕從說道：「行了，我知道了。」

說罷，他又揮了揮手，示意那僕從先行退到一旁候著。

說實話，這個時候他實在是不太情願去別的地方，不過卻也擔心雲陽真有急事，因此一臉無奈地朝夏玉華道：「玉華，雲陽是個急性子，估計也沒什麼大事，不過還是聽妳的，我先過去一趟，不會太久，去去就回。」

夏玉華很理解地點了點頭，再次說道：「你去吧，郡主肯定是有什麼急事，否則也不會這麼急著派人四處找你了。」

「我很快就會回來的，要麼妳先在這裡跟馬兒熟悉熟悉，等會兒我再來找妳？」李其仁怕夏玉華一人騎馬不太安全，因此並不是很放心。

夏玉華知道李其仁是擔心她，便笑著說道：「你放心吧，我的馬術雖然不如你，可是普通的騎馬還是沒問題的。雲陽那兒有事的話，你也別急著往這邊趕，一會兒我自己騎馬去你所說的開滿了野花的小山坡就行了。」

聽到這話，李其仁稍微想了想又道：「那也行，一會兒我再去那裡找妳好了。妳騎慢點，別太快了。記住，最遠就到那裡，別再跑去其他地方了，當心安全，我會儘快去找妳的。」

見李其仁依舊不太放心的叮囑著，夏玉華突然覺得眼前這個稚氣未脫的男子似乎一下子變成了老頭子似的，叮囑個沒完。

她有些想笑，不過礙於李其仁臉上分外認真而關心的神色，還是忍了下來，一副非常聽話的模樣點了點頭，示意他可以放心而去。

「鳳兒，照看好妳家小姐，別讓她騎太快了，也別跑太遠了，一會兒我就會去找妳們的，知道嗎？」李其仁似乎還是有些不太放心，轉過頭又交代著一旁的鳳兒。

鳳兒自然是連忙點頭稱是，李其仁見狀正尋思著是不是再從馬場這邊找個馬術好些的奴僕跟著，不過還沒來得及提議，卻被夏玉華給打斷了。

「其仁，我又不是小孩子，會照顧好自己的，你就別這般擔心了，快些去吧！」夏玉華心中暗想趕緊去吧，若再不去，這雲陽郡主指不定給急成什麼樣子了。

見狀，李其仁這才只好打消剛才的念頭，點了點頭後，騎馬跟著那名僕從快速離開。

李其仁走後，夏玉華騎著剛剛挑中的馬，在馬場外頭的空地上小跑了幾圈，感覺還真是不錯，不知不覺的，速度也快了起來。

「鳳兒，妳就在這裡等著吧，反正妳用走路也是跟不上的。」夏玉華扔下這句話後，便騎著馬兒直接出了馬場，往先前李其仁已經指給她看過的方向而去。

出了馬場後，她一路往西，直接朝著李其仁所說的那處開滿了各色野花的山坡而去。時間還早，一路上也沒什麼人馬，倒是通暢無比，大自然的鳥語花香不時襲來，讓馬背上的她心情很是放鬆。

風不大，太陽雖然出來了，卻並不會太過強烈，總之不論從哪方面來說，今日的確是個騎馬賞景的好日子。夏玉華騎得很盡興，所有美好的一切，甚至於規律的馬蹄聲都如同音律一般，讓她暫時拋開了一切的世俗，沈浸在這分難得的愜意之中。

沒多久的工夫，李其仁所說的那處開滿了各色野花的山坡便出現在她眼前。她很快拉住了韁繩，讓馬兒停了下來，騎在馬上藉著較高的視野朝四周眺望打量。

這個地方的確相當漂亮，除了各色的野花遍地開放之外，綠草、藍天、白雲、清泉、林蔭竟以一種特殊的方式完美的結合在一起，呈現在她的面前。每一樣東西彷彿都有了生命似的朝著她招手。

一時間，她感到前所未有的激動，隱藏在內心深處的靈魂真正地回到了十五歲的時候。翻身下馬，她直接將韁繩隨意的拴到了一旁的小樹幹上，而後徒步在這如畫一般的美景中穿梭。

拴馬時，她發現對面林子邊上好像也拴了兩匹馬，好景有人共賞倒也不是什麼出奇之事；只不過放眼看去，卻並沒有看到其他人的身影，想著這地方這麼大，來人估計可能已經是到山坡那邊玩去了。

夏玉華也沒有想太多，看著這裡的一切，她邊走邊忍不住微笑，心情無比的放鬆。雙手隨意觸碰著身旁的花花草草，鼻子時時嗅著清新的空氣、皮膚亦不斷感受著帶有花香的微風，這樣的感覺讓她無法不沈醉。她索性閉上了眼，伸開雙臂盡情的用心去感受著這裡的一切，如同自己亦已經融入其中，變成了這美景中的一部分。

她微微昂首、面帶微笑，濃密的睫毛偶爾輕輕顫動，雖然閉著眼，卻彷彿比先前睜著眼時見到了更美的風景。

她不知道這一刻的自己有多麼的恬美，如同大自然中的精靈一般顯露出最為純淨的平靜與寧和，同時亦是回歸到了心底深處那個最為率真的自我。

好一會兒，她這才睜開眼睛，放眼遠望，滿足的深呼吸了一下後，這才開始繼續漫步前行。她並沒有固定的方向，只是憑著感覺隨意走著，看到喜歡的花便順手摘了下來，想著到時還可以做成一個簡單的花環也是不錯。

沿途看到的花越來越多種類，而讓她覺得意外的是，竟然在這裡看到了一種極其少見的蘭花品種依蘭。上次她在一本醫書上看到過對依蘭花的介紹，最主要的一項藥效就是在於可以讓人情緒放鬆，感到愉悅，如果再加上幾種其他的藥草，便可以做成藥效極大的催情之物。

夏玉華並沒有伸手將那朵孤伶伶夾雜生長在其他花叢中的依蘭摘下，又走了一小段路，手上摘的花越來越多，她覺得有些累了，正想著就地而坐休息一下時，卻隱隱聽到什麼不太對勁的聲響。

下意識的朝著聲音傳來的地方走去，那聲響也變得越來越清晰，似乎是從前邊山坡上那處花叢後方傳來的。仔細聽那一陣陣的聲音，頓時不由得讓夏玉華停止了腳步，一下子竟不由自主的臉紅了起來。

男人興奮無比的喘氣聲，女人異常銷魂的呻吟一陣又一陣斷斷續續的傳了過來，任誰聽到，只怕都無法再保持最初的淡定。

夏玉華怎麼可能猜不到那山坡後頭會是什麼樣的場景呢？只是沒想到竟然會在這種地方撞上別人的好事，幸好沒有被發現，要不然還真是不知得尷尬成什麼樣子。

她連忙轉身，準備離開，不論是誰都好，都不想為了一件本不是故意的打擾而生出什麼是非來。只不過，就在她剛剛轉身的瞬間，那女子呻吟之際突然很魅惑的喊出了一個人的名字：世安！

難道會是他們?!夏玉華神情頓時出其不意的鎮定了下來。想了想後，再次轉過身去，悄悄的走近了些，半蹲著坐下，而後伸手稍微將擋在前面的一些花草輕輕的扒開了些。

視野一瞬間變得清晰可見，不遠處一對正在激情纏綿的男女赫然映入眼簾。

果然是鄭世安與陸無雙兩人！她的嘴角不由自主的掛上了一絲說不出來的嘲諷，真沒想到跑到這種地方來竟然也能夠碰到這樣的好戲。

上一世還不知道他們是何時勾搭到一處的，現在看來，怕是早就有了曖昧不明的關係，難怪當年鄭世安一跟她成親後，便那般迫不及待的將陸無雙給風光的迎娶進門。原來早就是「郎情妾意」，只是上一世自己眼睛太瞎了而已。

這兩人此刻正吻得天昏地暗，絲毫沒有察覺到不遠處竟然會有人偷看。鄭世安將陸無雙壓在身下，一副情慾迷離的模樣，如同恨不得將身下不時扭動的嬌軀連皮帶骨吃進肚子裡似的。

而陸無雙亦是媚眼如絲，主動配合，一雙玉臂早已掛在鄭世安的脖子上，盡情的與之纏綿。她嘴裡不時逸出激情的呻吟，如同最具誘惑的美酒讓身上的男人為之沈醉。

很快的，鄭世安便不再只是滿足於現狀，他騰出一隻手十分精準的握住了陸無雙胸前的柔軟，隔著一層衣服大力的搓揉著，那酥軟無比的觸覺更是讓他熱血沸騰。

這種事，鄭世安並不是沒有做過，雖然還沒正式成親，可在他這樣的年紀，府中有通房丫頭已經不是什麼新鮮事了；只不過，那些通房丫頭不論是姿色、還是其他方面自然都無法與眼下的陸無雙相比，面對一個被周遭男人所公認的尤物，試問又有幾個男人能夠抵擋得住這樣的誘惑。

他十分有經驗的挑逗著著身下的人，漸漸的將游離的大手伸進了陸無雙的衣裳之中，毫無阻隔的一把握住了那豐盈的酥胸，盡情的搓捏著，而陸無雙此刻越發的暈迷，連自己身上的衣物已然被解開了都並不在意。

雪白的雙峰傲然挺立，白得讓人眩目，鄭世安此刻將另一隻手亦覆了上去，瘋狂撫摸著，而原本親吻櫻唇的嘴已然開始轉而含住了其中一朵粉紅色的花蕾。

第二十章

鄭世安的動作並不溫柔，隱隱還帶著一種野性的粗魯，可這樣的感覺卻更加讓身下的嬌軀情慾高漲。望著陸無雙那一臉的順服與渴望，鄭世安男人的本性越發的得到了滿足。

他下意識地加強了吮吸的力度，而後一隻手開始順著陸無雙平坦的小腹往下滑，十分急逼的想給自己下身脹硬的慾望尋找一個出口。終究是個血氣方剛的年輕男子，這種時候又怎麼能夠有幾分耐性呢？

而就在他準備進入之際，陸無雙終於從意亂情迷之中清醒了過來，她似乎也發現事情有些不太對勁了，身子猛的顫動了一下，整個人瞬間想起了許多事。

「不，停下！」陸無雙下意識的一把將身上的人給推了開來。慌亂地伸手將身上凌亂不已的衣物整理了幾下，遮住了胴體無盡的春色。

而鄭世安根本沒有想到會來這麼一齣，一時間半點心理準備也沒有，還真被陸無雙給推了個正著，一屁股坐翻在地，樣子極其狼狽。

「無雙，妳做什麼？」他的神情極為難看，一張臉黑得不成樣子，胯間的慾望雖還是非常強烈，可是心裡頭卻已然沒有了半點繼續的興致，剩下的只是惱怒與不爽。

陸無雙還是頭一次見到鄭世安這般對她，一時間委屈不已，眼淚瞬間便落了下來，模樣十分楚楚可憐。

其實，剛才她真的也很喜歡那樣的感覺，喜歡與鄭世安親熱，極想成為他的女人。可是，她心中卻十分清楚，如果現在便將身子給了他的話，那麼日後若想讓他明媒正娶、成為他的正室，就真的是不太可能了。

原本她便是庶出，以她的身分若想成為端親王府的世子妃，就算花費不少的力氣還不知道能不能夠順利如願；若是讓人知道自己已經失身於鄭世安，那就更加只有當妾的分兒了，正室之位是想都別想了。

所以，為了日後自己的名分與幸福，現在她必須堅守住這最後的關卡，她得讓鄭世安對她著迷、對她愛戀，但是卻一定得掌控好這個尺度與分寸才行。娘親說過，男人都是這樣，越是得不到的便越是心裡惦記，越是到手了的，便越是不會珍惜。

所以，在正式嫁給鄭世安之前，她必須得守住這最後的底線，否則的話，自己本就不多的籌碼會更加少得可憐，而成為世子妃的夢想也將越來越遠。

「世安……你、你怎麼可以這樣對我？」她嚶嚶地輕泣著，語氣無比的委屈。「雖然……雖然我很愛你，可是、可是我一個清清白白的身子也不能夠在這種地方……要是讓我父親知道了……我……」

說著，她別過頭去，不再看鄭世安，心中估摸著等鄭世安的慾火消褪之後，便應該不會再對她這般凶巴巴的，也不會再因為剛才被她那一推而生氣了。畢竟男人在那種時候突然被喊停，的確也是一種折磨。

果然，陸無雙料得不錯，冷靜了一下後，鄭世安倒是不再那般衝動，再加上看到陸無雙哭得這般傷心，一時間也有些內疚了起來。雖說剛才是情不自禁，不過她說得對，這種事對於女孩子來說又豈能太過隨便呢。

剛才是他太過衝動了些，一下沒忍住險些就在這種地方要了她，若是傳出去的話，對陸無雙的名聲可是致命的打擊。

「好了，妳別哭了，是我不對，是我太急了些。」他伸手將哭得梨花帶雨的陸無雙攬到了懷中，輕聲安慰了兩句，心中卻升起一陣莫名的空洞。

突然間發現，情慾褪去之後，他竟然對陸無雙似乎也失去了往日的興趣，若不是剛才覺得自己的行為的確是太過了一些，他還真是不想這般費勁的去安慰她。

看到這兒，躲在一旁的夏玉華不由得一陣作嘔，鄭世安的虛偽，陸無雙的心計這下全看得清清楚楚，這兩人還真不愧是一對狗男女。她不由得又是一陣冷笑，剛才鄭世安被推開時的那種憤怒與不滿實實在在的表露出了這人心底的自私。

而陸無雙的心思她也明白得很，無非是既想用自己的美色勾住鄭世安，又不想這麼快被他給搞定。以陸無雙庶出的身分，想成為鄭世安的正室原本就十分勉強了，若是婚前失貞的話，那自然是再無半點當世子妃的希望了。

陸無雙倒也不算傻，這個時候還知道守住底線，最大程度的不讓自己失去價值，只不過，她覺得這樣就真的能夠達成所願嗎？

夏玉華的目光漸漸的變得嘲諷無比，她倒是很想知道如果這兩人一旦成功的偷吃了禁果之後，又會變成什麼樣子呢？

正想著，卻聽那邊又傳來了對話聲。

「世安，咱們的事你打算什麼時候跟王爺與王妃提呀？」陸無雙嬌滴滴的聲音輕柔響起，語氣中帶著一絲淡淡的埋怨。

「什麼事啊？」鄭世安鬆開了攬住陸無雙的手，有些不解地問著。

陸無雙一聽，頓時有些不太自然的眨了眨眼，而後面色泛紅、低眉側目地含羞說道：「就是、就是婚事呀，我都快滿十六了，前些天父親還提起要給我物色好人家的事。」

「婚事？」鄭世安不由得神情有些恍惚，似乎並沒有陸無雙想像中的那種興奮勁，片刻後這才說道：「這個遲些再說吧，妳也知道我前些日子才從太子那兒謀得了一份好差事，總得做出點樣子再說吧。李其仁如今都在御前當職了，我卻一事無成，現在哪裡有心思考慮婚事。」

聽到這話，陸無雙頓時如同被人倒了一大盆涼水從頭到腳涼了個徹底，她忍不住質問道：「世安，你跟我說實話，你是不是壓根兒就沒想過要娶我？是不是因為我是庶出，所以你覺得我的身分配不上你？可我好歹也是相門之女，又對你情深義重，你可不能騙我！」

「說什麼呢，妳知道我向來不注重這些的。」見陸無雙似乎生氣了，鄭世安並不著急，慢條斯理地說道：「只不過妳也得弄清楚，我的婚事又不是我自己一個人就能夠拿得了主意的，日後尋到合適的機會，我自然會跟父親提的。不過，雖然我不在意妳是嫡是庶，可是父親他們卻不一定，若娶妳做側室自然是沒什麼問題的，只是若想為正室的話，怕不是這麼容易的事。」

「說來說去還不是嫌棄我是庶出嗎？」陸無雙眼眶再次一紅，淚珠兒說掉便掉了下來。「你以前是怎麼說的？你說你絕對不會讓我受半點委屈的，難道都忘記了嗎？」

見狀，鄭世安顯得有些不太耐煩了，他皺了皺眉道：「妳急什麼？我又沒說什麼，那不都是我父親他們的想法嗎，妳也是名門之後，祖先傳下來的規矩也是很清楚的。如果妳是他們，會這麼輕易讓自己兒子娶個庶女為世子妃嗎？所以，我這不也是為妳好嗎，想著遲一些，等我有所建樹的時候再跟他們提，自然這說話的分量不就能不可同日而語了嗎？」

這話雖聽起來倒是有理，可陸無雙也不是傻子，一下子便聽出了鄭世安並沒有真的將這事給放在心上，她一時心裡更是憋屈得不行，想也沒想便脫口而道：「遲一點、遲一點，那你是要遲到什麼時候？一年、兩年，還是三年、五年？你是男人自然不在乎早成親還是晚成親，可我哪裡等得了？」

她氣呼呼地說道：「你當所有的女人都是夏玉華嗎，過了二十歲才能論婚嫁？本小姐可沒她那麼缺德要遭此報應，連老天爺都看不過眼這才懲罰於她的，我沒事好好的，幹麼非得弄得跟她一樣？」

「無雙，妳說話積點口德行嗎？」聽到這樣的話，鄭世安頓時有些不高興了，以前看著陸無雙總是那般溫柔賢淑又知書達禮的，最近怎麼變得這般心胸狹窄又蠻不講理了？

「我不過實話實說而已，怎麼就成了沒口德了呢？」陸無雙見鄭世安竟因為夏玉華而訓她，一時間更是臉色都變了，黑著臉說道：「世安，這些日子你在我面前可不是頭一次向著夏玉華說話了，你不會是喜歡上那個臭丫頭了吧？」

「胡說什麼？別成天疑神疑鬼的，我怎麼可能喜歡那個煩人精！」鄭世安下意識的一甩手，直接否認了陸無雙的話，也不知道打哪裡來的火氣，整個人煩躁得不行，邊說邊站了起身。

他拍了拍身上不小心沾到的草屑，板著一張臉整理起身上凌亂不已的衣裳，不再理會陸無雙。

「可你現在並不覺得她是煩人精了！」陸無雙也在氣頭上，順勢便駁了回去，卻是壓根兒也沒想到自己竟然會當著鄭世安的面說出這樣的話來。

原本鄭世安不想再理會陸無雙的無理取鬧，收拾妥當後便要直接回去，可陸無雙不依不饒，突然而來的這麼一句話，頓時不由得讓他怔了一下。

沒錯，現在夏玉華的確不再是以前那個煩人精了，至少都不會再來纏著他，甚至於連看都不願意再多看他一眼。

一想到這裡，鄭世安心中的無名之火更是旺盛起來。他狠狠的瞪了陸無雙一眼，而後板著臉一言不發，直接轉身便離開。

見狀，一直氣呼呼的陸無雙可是完全傻了眼，馬上意識到自己這回可是真的讓鄭世安觸了霉頭，先前的衝動瞬間全都消失得無影無蹤。

她心中清楚，不論如何，自己若是想如願以償的話，絕對不能夠讓鄭世安對她心存不滿的，否則的話，她便連這最後的一點優勢也會失去；再者，為了一個該死的夏玉華而讓他們之間起了這種不必要的爭執，實在是太不值得了。

不論什麼時候，她只會更加的記恨夏玉華，卻唯獨不可能對鄭世安有半絲的怨恨，畢竟剛才亦不過是一時衝動罷了，若是稍微冷靜一些，她也不會再去選擇之前那種只會讓自己扣分的處理方式。

「世安，對不起！」她連忙起身，一把從後面抱住了鄭世安，整個人瞬間又恢復成往日的柔弱與溫順。「對不起，剛才是我不好，我太心急了，加上心情不好，一時胡說八道。我知道錯了，以後也不會再這樣不講理了，你別再生我氣了好嗎，要是你還生我的氣，我一定會恨死自己的！」

最後一句，她的聲音夾帶了一絲自然的哽咽，主動的示弱與順從亦讓她更加顯得楚楚可憐。

鄭世安見狀，倒也不好再這麼不理不睬了，對於男人來說，只要給足了他們面子，其他的倒也沒什麼不好說的了。

「算了，不說這些煩心事。時候不早了，咱們回去吧，一會兒差不多要開始賽馬了。」回過身，鄭世安看了一眼陸無雙，神情不再那般難看，也算是一種和解的意思。

只不過，也沒有再如先前來時一般去牽陸無雙的手，而是自行抬步準備往回走。見狀，陸無雙心中又是一沈，自然很不高興，卻也不敢再表露出任何其他不好的情緒來，只得嗯了一聲，老老實實的跟在後頭。

而此刻，一直躲在旁邊暗中偷看的夏玉華也意識到這兩人即將離開，這便意味著若是她再不趕緊找個地方躲起來的話，怕是很快就會被他們發現。

快速朝四周看了看，她連忙起身半彎著腰閃到一旁的樹幹後，雖然這棵樹幹不怎麼粗，躲著也不一定能夠將她整個人給完全藏匿好，可是這一會兒的工夫附近也的確再沒有更好的選擇了。

好在這邊的方向還稍微有那麼一點優勢，再加上鄭世安與陸無雙兩人均是想著各自的心事，根本沒有多留意四周，也沒有想到這麼個地方、這麼個時候還有什麼旁的人前來，所以兩人徑直走下山坡，壓根兒就沒有往夏玉華躲著的這邊瞧過來。

一直到兩人下了山坡走遠了，夏玉華這才稍微鬆了口氣，不過她並沒有急著馬上離開，而是遠遠望著山坡下面那兩個有些模糊的身影，騎上先前看到的那兩匹馬完全離開之後，這才從樹幹後走了出來。

重重地嘆了口氣，正準備離開之際，她突然感覺到身後似乎多了什麼東西，猛的一回頭，夏玉華不由得驚呆了，嘴巴頓時張得大大的，一副想說什麼但卻半天都沒有反應過來。

她覺得全身一陣冰涼，真不知道現在自己看到的到底是幻覺還是真實，明明空無一人的地方，怎麼可能平空出現一個人——一個活生生的、還衝著她笑的男人！

剛才這裡除了她以外，絕對沒有別的人才對，而這裡也不可能再這般完美的藏得下第二人，夏玉華當真是嚇了一跳，好一會兒這才找回了自己的聲音，勉強鎮定下來。

「你、你是誰？你怎麼會在這裡？」對於這個不知道何時從天而降的男子，她實在是無法保持平時的淡定與從容，連語氣都不由得有些不太流暢。

「我就是我呀，妳害怕什麼？怕我是鬼呢，還是因為我看到了妳剛才偷看那對男女，所以心中有所擔憂？」男子一臉笑意，語氣頗為輕鬆，並沒有因為夏玉華的反應而有半絲的不妥。

眼前的男子約莫二十二、三歲，長得倒是濃眉大眼、英俊不凡，只不過臉色卻顯得很蒼白，那是一種長年患病所特有的蒼白，這樣的蒼白無形中倒是讓原本應該剛硬的五官一下子柔和了不少。

他的個子很高，大約比夏玉華高出了快一個頭還多，只是略微有些偏瘦，原本按他這體型雖不算結實，可也不應該太過單薄才對，但也不知道怎麼回事，這麼大的個子如今卻偏偏給人一種莫名的羸弱感，似乎風再吹大一些都有可能將他給吹跑似的。

聽了這話，夏玉華反倒不由得放鬆了一些。想了想後，她神色完全鎮定了下來回道：

「我既不擔心你是鬼，因為鬼不會大白天跑出來嚇人，我也不擔心你後面所說的，因為我看到了什麼你剛才也都看到了，甚至應該說比我看得還要多。你都不擔心，我又有什麼好擔心的呢？」

「有意思，有意思！」男子頗有興趣的打量著眼前的夏玉華，喃喃自語的連說了兩聲有意思。

先前這名女子乍看到他突然出現在身後，雖然也嚇了一大跳，不過很明顯的並沒有因此而完全亂了手腳，反倒是在最快的時間內馬上冷靜了下來對他進行觀察與分析。而她剛才的回答亦機靈而沈穩，表明了這個女子的確有著異於常人的膽識與心智。

他還是頭一次見到面對這般突發之事而能如此臨危不亂、鎮定沈穩的女子，再回想起先前這女子一個人在山坡下邊草地上獨自漫步冥想時那種恬美、純淨的另一面，因此這才忍不住連道了兩聲有意思。

見狀，夏玉華也不敢貿然作出太多反應，一來這人身上雖然沒有穿戴什麼象徵身分的配件，不過卻也隱隱有種與生俱來的貴氣，二來這裡畢竟是皇家獵場，尋常之人根本是不可能進得來的。

所以，即使她一時間並不能夠確定這人的身分，卻也知道肯定不是什麼普通人。而眼下這裡又只有他們兩人，又不宜過於衝動才對。

往四周看了看，而後又抬眼往上看了一下，夏玉華很快便想明白了剛才這人一直躲藏在哪裡，她用目光朝那棵樹上頭示意了一下，說道：「你先前就是一直躲在這裡？」

男子沒有否認，卻也並不完全認同夏玉華的說法，他搖了搖頭。「不是躲，我是光明正大的坐在那裡休息，只不過你們都沒有注意到我罷了。順便說一下，我才是第一個來這裡的人，而後是他們，最後才是妳。」

「原來如此。」聽了這解釋之後，夏玉華倒也沒什麼好說的了，人家先來待在這裡的確也沒錯，本就沒什麼義務要跟後頭來的人打招呼。「那倒是我打擾閣下了，如此真是不好意思，我先走一步了。」

說罷，她轉身便想要離開，不論這人是誰，反正她還是趕緊離開為妙。只不過才剛剛走了兩步，卻聽到身後那個男子的聲音再次響起。

「妳就是他們嘴裡所說的那個夏玉華，對嗎？」男子的聲音顯得很不經意，如同自言自語，而且似乎也並沒有打算聽到夏玉華的回覆，繼續說道：「剛才他們提到妳的名字時，我注意到妳臉上的神情明顯有著完全不同的變化。夏玉華，我很好奇，妳現在真的不再喜歡鄭世安了嗎？」

夏玉華聽到這話後，不由停了下來，頓了頓後，她回過頭去，平靜地看著那個男子說道：「是又如何、不是又如何？喜歡又如何、不喜歡又如何，五皇子，你不覺得自己管的事有些太寬了嗎？」

這一次，她沒有再客氣，而是直接指明了男子的身分。其實，從一開始看到他時，她並不太確定這人便是太子與那二皇子、四皇子嘴裡所說的成日病懨懨的五皇子鄭默然，畢竟他的長相跟那幾個皇子的差異也太大了一些。

直到剛才轉身準備離開的一瞬間，她才完全肯定了下來，因為這人不但有著如旁人所說的病弱的特徵以外，她還看到了他身上掛著一個有些眼熟的香囊，而相同式樣與繡工的香囊，她曾經偶然間在太子與其他幾個皇子身上看到過。

「妳果然很特別。」五皇子鄭默然見自己被夏玉華給認了出來，倒也沒有否認，而是並不吝惜的誇道：「真想不到，夏冬慶竟然會生出一個這樣的寶貝女兒來。」

輕笑了一聲後，也不知道是話說得太多了，還是身體又出現了些什麼不適，臉色竟然越發的蒼白了起來，他再次看了看夏玉華，而後小聲說道：「妳先走吧，有人來找妳了。」

第二十一章

看到鄭默然一副不太舒服的樣子，出於醫者的本能，夏玉華本想詢問他是否需要幫助之類的，不過又聽他說有人來找自己，一時間覺得有些意外。

下意識的順著鄭默然語畢後目光看去的方向，發現山坡下面果真有人騎著馬正往這邊奔馳過來。雖然隔得有些遠，可一眼望去，她還是認出了騎在馬上的人正是李其仁。

再回頭時，五皇子竟然又如先前突然出現一般再次突然消失了，她連忙往樹上看了看，卻並沒有發現人影，四處放眼望去，這才看見五皇子已經沿著另一條小道往相反的方向走了好遠的距離。

「這速度還真是夠快的！」喃喃嘀咕了一句，夏玉華心中倒是驚訝不已，以鄭默然剛才那種多說幾句話似乎都有些累的身體狀況，竟然能一下子有如此快的反應與速度，倒真是讓她有些搞不清狀況了。

說來，這五皇子倒也算是眾皇子中的一個特例了，看來看去，就數他長得與皇帝最不相像，難得他長得像生母一樣漂亮，只可惜這副身體並不太爭氣，就連二皇子他們都暗中說他是個病秧子，估計著應該是天生體弱的。

夏玉華並沒有替其把脈，不過道理卻很簡單，生在皇家擁有絕佳上好的醫治與調養的條件，身體卻還是一直都如此羸弱，估計著應該是先天性的，怕是很難根治。

看著漸漸走遠的背影，夏玉華不由得搖了搖頭，一時間對這個特立獨行的五皇子完全摸不著頭緒。上一世的印象中，對這個五皇子根本完全不了解，也沒有過任何的照面，卻沒想到，這一世隨著一連串命運的改變，她的際遇中竟然會出現這麼多原本沒有出現過的人。

正想著，忽然聽到李其仁叫她的聲音從山坡下傳來，估計著是沒看到她，所以這會兒正四處找人。

她連忙回過神來，不再去想這些，轉而趕緊應了一聲，而後往山坡下走去與李其仁會合。

「玉華，玉華！」李其仁看到夏玉華後，連忙邊喊邊快速翻身下馬跑了過來，見玉華人好好的出現在自己眼前，如同總算是鬆了一口氣似的。

剛剛過來時，只看到棗紅色的馬拴在那裡，卻並沒有看到夏玉華，因此李其仁不由得一陣擔心，生怕她出了什麼事，所以這才會扯開嗓子喊她的名字，好在才叫了兩聲便聽到了她的回應。

「我在這兒好好的呢，看把你急得跟什麼似的。」夏玉華看到已經跑到自己面前有些上氣不接下氣的李其仁，說道：「你還好吧？」

「沒、我沒事，就是剛才沒看到妳，一時有些著急罷了。妳怎麼就一個人呀，鳳兒呢，她怎麼沒跟著一起來？」李其仁連忙擺了擺手，臉上的表情瞬間再次變得有些緊張，這裡雖然應該不會有什麼危險，可是玉華一個女孩子家的沒有半個人照看總歸是不妥當的。

「鳳兒不會騎馬，我讓她在馬場那裡等著，反正她兩條腿也是追不上的。」她微微一笑，並沒有太在意。

聽罷，李其仁很抱歉地說道：「對不起，我隔了這麼久才過來。雲陽……她……」

「沒事，反正我一個人在這裡也玩得挺盡興的。」夏玉華自然不會去追問李其仁怎麼去了這麼久，更不會過問雲陽與他之間的那些事。「是不是賽馬快開始了？我們趕緊回去吧。」

這賽馬的項目怎麼能少得了李其仁呢，因此夏玉華自然而然的便將會讓李其仁有些不太自在的話題給轉了開來。

她沒有跟李其仁提起剛才看到鄭世安與陸無雙激情的一幕，也沒有提到五皇子鄭默然，而是當作什麼事也沒發生一般，自在的抬步往回走。

見狀，李其仁只得點了點頭，聽從夏玉華的話，兩人一併往回走。其實他心裡頭真的覺得很惋惜，雲陽那裡根本就沒什麼多大的事，無非就是鬧著玩罷了，早知道他就不去了，害得這會兒工夫只能夠急著往回趕了。

走了一小段路，夏玉華卻突然停了下來，也不知道是巧合還是怎麼的，她竟鬼使神差地走到了先前發現那朵依蘭花的地方。

「怎麼啦？」見她停了下來，李其仁也跟著停了下來。

「我看這些花挺漂亮的，想摘幾朵帶回去。」夏玉華先前摘的那些花，早就在偷看鄭世安與陸無雙時給不小心弄丟了，因此這會兒手中是空空如也。

李其仁一聽，連忙笑著說道：「我幫妳一起摘吧。」

「不用，我自己來就行。」說著，夏玉華便從面前那一大片花叢中，看似隨意的挑了好些不同顏色的花摘下來放在一起，而那朵依蘭也理所當然的與其他的花一起到了她的手中。

很快的，她停止了摘花，看了看手中的幾束花道：「夠了，我們回去吧。」

兩人很快便騎上馬從原路返回，有李其仁在一旁，夏玉華倒也不由自主的加快了些速度，比起來時騎馬的感覺，這會兒倒算是有了點策馬奔馳的樣子，更加讓她覺得暢快淋漓。

回到馬場時，鳳兒果然還老老實實的等在那裡。見自家小姐回來了，連忙開心的上前問長問短，如同多久沒見了一般。

李其仁將馬交給了等候的侍從，讓他們先行牽到一會兒要賽馬的地方去做好準備。而夏玉華則將剛剛摘來的那幾束花交給了鳳兒，讓她好生保管，一朵花兒也不許少。

鳳兒還是頭一次發現自家小姐對藥草以外的嬌花嫩草也感興趣，一時間好奇不已，不過有了之前的教訓卻是不敢再多嘴詢問，安安分分地照做便是。

眼看著賽馬差不多要開始了，李其仁與夏玉華也沒再耽誤，隨即便往賽馬場趕去。到達的時候，果然已經聚集了不少人，連太子等人都已經來了。

見到李其仁與夏玉華兩人一併前來，不少人都不約而同的看了過來，眼神之中免不了好奇與猜測。兩人雖然並不在意旁人的目光，不過李其仁卻很體貼的先行了一步，往自己的朋友群那邊走去，而夏玉華則亦很有默契的往適合自己待的地方而去。

夏玉華剛剛走到杜湘靈旁邊，便感覺到有一道分外刺眼的目光盯著她看，下意識的抬眼朝那目光射來的方向看去，發現竟然是雲陽郡主。

正納悶自己什麼時候惹到了這主，讓她不高興了，卻見雲陽對上她的目光後，當即很不滿的避了開來，轉而看向不遠處的李其仁，雖然依舊還是不太高興，可明顯卻沒有了先前盯著她那時的敵意。

夏玉華很快便明白了過來，敢情雲陽一定是誤會了什麼，再看一旁陸無雙嘴角滿是挑釁的嘲笑，頓時更是心中有底。想都不用想，這女人定然是唯恐天下不亂跟雲陽胡說八道了什麼，所以雲陽才會這般露骨的對她表示不滿。

「玉華，妳不是跟小侯爺去騎馬了嗎，剛才我怎麼還看到小侯爺在那邊教雲陽郡主騎馬呀？」杜湘靈見狀倒是有些不太明白了，小小聲地說道：「雲陽郡主好像對妳有什麼意見似的，還有，剛才陸無雙似乎跟雲陽悄悄說了什麼話。」

「沒什麼事，杜姊姊只管放心吧。」夏玉華也不好怎麼跟杜湘靈解釋，便故意將話題轉到其他方面。「一會兒有哪些人參加比賽呀？」

見夏玉華似乎並不願意多提，杜湘靈也是聰明人，便不再追問，順勢回答道：「除了太子以及幾位皇子外，今日來這裡的世家子弟基本上都參加了。我聽說最後還特別安排了一場女子賽馬，雲陽、陸無雙她們都會參加，玉華，妳要不也去比一比？」

「我？」她一聽，笑著拒絕道：「不必了吧，剛才都已經騎著玩了，過過癮就行，參加比賽什麼的倒是沒必要了。」

聽了這話，旁邊一個跟杜湘靈頗為交好的貴女笑著搭腔道：「夏小姐，一會兒怕是妳不想參加都不行了。」

「為什麼？」夏玉華不解地看向那貴女，不明白她所說的是什麼意思。

不只是夏玉華不明白，就是杜湘靈也沒弄清楚到底這話是什麼意思，雖說是比賽，也不過是一場遊戲罷了，又不是什麼一定得完成的任務，還能有什麼不想參加都不行的說法嗎？

見夏玉華與杜湘靈均是一臉的疑惑，那貴女這才笑著解釋道：「是這樣，起先雲陽郡主纏著太子爺說是一會兒狩獵時也要跟著他們一起去。太子一時興起，便答應說只要雲陽郡主能贏了最後那場女子賽馬，便同意讓她一起去狩獵。不過前提是，今日來這裡凡是會騎馬的貴女們都得參加，所以，妳也是避不了的。」

聽了這話，夏玉華這才一副了然的神情，點了點頭表示感謝後卻也沒再說什麼。既然凡是會騎馬的都得參加，那就沒什麼好說的了，反正上場去充個數就行了，她自然是不會真的拚全力來跑，要跟誰去爭什麼高低之類的。

況且，既然大家都知道雲陽一心想贏，亦是沒有誰會不識趣地去跟雲陽爭這個高低，因此一會兒都不過是形式上的上場玩一下罷了，倒也無妨。

比賽很簡單，就是從起點到終點，看誰先到達便算贏了，因為人數比較多，所以先分成了五個組分頭進行比賽，而後每組勝出的第一名再一起進行最後的一場決賽，從而決定最後的輸贏。當然這只是針對男子賽馬的規則。

聽先前那位貴女說，太子已經派人粗略的計算了一下，這裡會騎馬的貴女最多也就五、六人，再刪除太子妃不會參加以外，連雲陽郡主也就一共五人，一組直接便可以決出勝負。

而過沒多久，比賽便正式開始，眾人都興致勃勃地觀賽，不時三三兩兩的議論著那些正在參加比賽的人，並且替各自喜歡或者交情好的參賽者吶喊助威。

李其仁在第一場便出賽了，而且很快地就以懸殊的差距拿下了這一場的優勝，與鄭世安還有另外三人一起進入了最後的決賽。

最後一場決賽顯然比起之前的幾場初賽來說要激烈得多。眾人對最後優勝者的預測也開始有了不同的看法，當然呼聲最高的還是集中在李其仁與鄭世安兩人身上。

夏玉華掃了一眼四周眾人的反應，發現絕大部分女子都是支持鄭世安，而反觀其他男子則正好相反，多半都認定李其仁才會是最後的贏家。甚至還有人開始私下下起注來，氣氛一度變得異常的緊張。

「玉華，妳說最後到底誰會贏？」看著已經準備就緒，隨時便要開跑的那幾人，杜湘靈亦是興致盎然，連連輕推了一下夏玉華，詢問她的看法。

誰會贏？當然是李其仁了。夏玉華心中沒有絲毫猶豫便作出了判斷，這跟她對這兩人的個人好惡沒有任何關係，而僅僅是從客觀公正的能力上來分析。別說是鄭世安，怕是這裡所有的人能夠贏李其仁的都不見得有幾個。

只是她並沒有明說，微微笑了笑道：「一會兒就知道了，杜姊姊何必這般著急呢？」

說話之際，她敏銳地感覺到似乎有人正在看她，而那目光的主人隱隱讓她有種說不出來的怪異感。

快速抬眼看去，靈敏的直覺讓她準確無誤的捕捉到了那道目光的主人，只是那麼短短的一眼，她便馬上裝作若無其事的移開了目光，轉而看向別處。

鄭默然！竟然是那個看上去孱弱不已的五皇子！雖說有那麼一些覺得唐突，不過夏玉華這次卻並不太過意外。好歹經過剛才小山坡的偶遇之後，這會兒在這賽馬場再次看到她而打量一眼也是極為正常之事。

雖然只是那麼快速的瞥了一眼，不過夏玉華依然看了個大概，鄭默然這會兒並沒有跟太子以及其他幾位皇子待在一處。許是身子素來不好的緣故，因此他倒是一早舒舒服服地獨坐在一處人少的地方，自顧自清閒地喝著茶，打發自己的時間，如同完全置身事外之人一般安逸無比。

原本以為自己沒有多加理會，鄭默然應該也會很快地將目光移開，可是卻沒想到他並沒有如此，而是繼續不聲不響地打量著夏玉華。

雖說他的行為並沒有引起任何人的注意，可是卻讓夏玉華感到十分的不自在，那種被人盯著看的感覺如同芒刺在背，讓人無法裝作什麼都不知道一般。

終於，她實在無法再裝作無所謂了，忍不住抬眼朝鄭默然看去，並且快速朝他瞪了一眼，以表示自己的不滿。誰知這鄭默然倒還真是讓人完全摸不清頭緒，竟然在夏玉華抬眼看他的瞬間便作出反應來，如同沒事人一般安然自若的移開了視線。

夏玉華頓時愣住了，這樣的狀況還真是她始料不及的，她甚至有些懷疑起自己來，莫不是先前她感覺錯誤？鄭默然根本就沒有一直盯著她看，抑或者所看的人根本就不是她？

只不過，她也很快便恢復了淡定，無論如何，反正這會兒沒有人再那般打量她就行了，她覺得自在了不少。而後，在杜湘靈的提醒下，她的注意力也漸漸的轉向即將開始的比賽。

一聲鑼響，五匹駿馬頓時如同脫弦的箭一般衝了出去，五個人的馬術都不差，不過李其仁與鄭世安卻明顯要更勝一籌。兩人很快便將其他三人甩到了後頭，兩匹馬齊頭並進，這讓所有人的視線焦點一下子便不由自主的停留在這兩人身上。

跟其他人不同，夏玉華似乎並沒有那麼關注這場比賽的過程，在她看來，鄭世安就算一開始能夠努力保持不被李其仁甩開，但是最後第一個到達終點的卻一定是李其仁。這會兒先不說其他別的原因，單單從這兩人此刻臉上的神情便足以看出。

鄭世安顯然遠不如李其仁那般從容、輕鬆，一看就知道已經用上了十成的實力，而另一個如今最多只用了七成，自然結果便不言而喻了。

而最後事實證明，夏玉華的預料半點都沒有差錯，當李其仁率先衝過終點後，她聽到了兩種截然不同的聲音，男人們覺得理所當然的歡呼聲，還有不少女子異常惋惜之聲。

很顯然，鄭世安絕對要比李其仁更贏得女子的青睞與關注，這一點夏玉華並不意外。上一世她便很清楚鄭世安在京城裡所有少女心中的分量與魅力，而比起那些為之傾倒的少女來說，自己更是越發的瘋狂。

堪稱完美的外貌、尊貴的身分，以及光鮮的衣著裝扮，這個男人的確具有一切吸引眾人目光的條件，不過這都只是金玉其外，至於內中乾坤又將如何，恐怕也只有前世的她用自己的親身經驗感受過才能夠明白。

對於這樣的結果，李其仁顯得很高興，卻並沒有任何的得意之色，相反的還頗為謙遜地同鄭世安等人說道了幾句，雖然聽不清到底說的是什麼，可那神情卻絕對沒有半絲的張揚與誇耀。

而相對於李其仁的大度與謙和，鄭世安在度量上則顯得有些落了下乘，雖然他也沒有說什麼，不過神色卻不怎麼好看，別人跟他打招呼時也是愛理不理的，隱隱還有些想發脾氣的感覺。

這也難怪，一直都以天之驕子自稱的人，向來都自視甚高的人，如今當著這麼多人的面竟然輸給了李其仁，這面子上又怎麼會覺得好過呢？哪怕他明知自己的馬術的確輸人一籌，但心中卻依舊無法接受這樣的結果。

眾人也似乎意識到了鄭世安的不高興，連太子都看在了眼中，當即便笑著出聲安撫、鼓勵了兩句，直誇鄭世安今日也是表現得相當不錯，特別是馬上的風采無人能及。

馬上風采無人能及？夏玉華在心底不由得一陣冷笑。再無人能及那也只是風采，這裡是賽馬場，不是青樓，比的是實力，而不是那些沒用的花架子。

不過，鄭世安倒還是頗為受用，神色漸漸好了不少，而場上則開始準備最後一場女子比賽。

雲陽、陸無雙，還有其他幾位也被指名參加比賽的貴女很快都已經換好了裝束上場做準備，夏玉華倒是沒什麼好準備的，直接拿過馬鞭便走了過去。

「玉華，我讓人幫妳牽了先前妳騎過的那匹馬來參加比賽。」李其仁並沒有特意靠近夏玉華，而是在夏玉華差不多走到他身旁時才快速對她說道：「別騎太快了，注意安全！」

夏玉華沒有說話，她朝著李其仁笑了笑，表示自己明白，讓他放心。走到那匹棗紅色母馬身旁，夏玉華伸手摸了摸馬兒，算是跟這個先前相處過的朋友打聲招呼。而那匹馬果真很有靈性，似乎認出了夏玉華，竟然親暱地朝她蹭了蹭，低鳴了兩聲以示回應。

第二十二章

夏玉華與馬兒的親暱動作自然引起了一些人的注意，不少人都清楚這裡的每一匹馬都是馬場裡頭的，即使一大早過來早早與馬相互熟悉，也不是誰都能夠這般快的跟馬建立這般好的默契。

而所有的注視目光中，當數鄭世安最為突出，倒不是其他什麼原因，只是因為那匹棗紅色的馬太過讓他印象深刻。若是他沒記錯的話，先前從那處山坡下來騎馬離開之際，他似乎看到了這匹棗紅色的馬拴在另一邊的小樹上，他還特意四處看了一下，卻並沒有看見附近有任何人。

當時走得急，再加上心裡頭又想著別的事，因此也沒有太過在意，下意識的以為騎那匹馬之人應該是去了這片山坡的別處玩，畢竟那地方太廣闊了，沒看到人也是很正常的。

可現在，他竟然發現夏玉華與這匹馬如此的熟悉，難不成，上午騎馬去山坡那裡的人便是夏玉華嗎？

想到這裡，他心中不由得一陣說不出來的滋味，也不知道自己到底在擔心什麼，反正就是莫名的竟有一種作賊心虛的感覺。

同伴之中，似乎有人發現了鄭世安的不對勁，便伸手稍微推了推他道：「世安，你怎麼啦？」

這一下，鄭世安才猛的被驚醒過來，他側目一看，發現跟他說話的是江顯，便連忙搖了搖頭直道無事。

江顯也沒有再多想，轉而將目光移到了場上佳人陸無雙的身上。他的確相當垂涎她的美色，若不是上次無意中看到陸無雙跟鄭世安兩人似乎有什麼說不清、道不明的曖昧關係，他還真想讓家人去相府提提親。

女子賽馬自然要比起先前那班大男人賽馬更具有看頭，更何況場上這幾位參賽者姿色都不錯，特別是陸無雙這樣被公認為京城第一美人，更是讓不少男人都有種熱血沸騰的感覺。

除此之外，雲陽的俏麗亦很有味道，還有以前一直不怎麼被眾人看在眼裡的夏玉華，這一次卻是讓人眼前一亮。

漸漸的，越來越多的人開始將目光投向夏玉華，此時的她沒有一絲的妝容，給人一種清水出芙蓉、天然去雕飾的感覺，一身合適的騎裝、沈穩鎮定的神情更是讓她看上去有種說不出來的英姿。

這樣的夏玉華雖然完全無法與美豔的陸無雙相提並論，可是卻越看越有味道，越看越忍不住再去打量。

場下之人這會兒是各有各的想法，談笑議論之聲也越發的熱烈起來。當然與先前不同，他們都是毫無例外的討論著場上即將開始比賽的這些個漂亮少女，沒有誰會去關注這場比賽最後的結果。

與場下的熱鬧不同，場上準備著的這幾位參賽者顯然並沒有那麼高漲的興致。

雲陽今日一反常態，不怎麼搭理人，除了偶爾與一旁的陸無雙小聲說上兩句話之外，其他人卻是理都沒理，特別是對於夏玉華，看都沒有看一眼，一副不屑一顧的樣子。

至於陸無雙，倒是一直保持著甜美的微笑。當著這麼多人的面，她自然更是得表現得淑女一些，因此也沒什麼過多的舉動。其他兩位貴女亦是如此，分外規矩的等著開始比賽。

夏玉華就更不必說了，原本就不是話多的主，現在更是淡定如水，除了與那匹一會兒將與她一併參加比賽的馬兒偶爾嘀咕兩句外，其他的倒真如一副事不關己的模樣，從容得緊。

就在比賽即將開始之際，陸無雙這才一臉笑意盈盈地朝夏玉華小聲說道：「夏玉華，沒想到妳現在是越來越懂得如何裝扮自己了，今日這一身穿得確實挺引人注意的。可是……」

她故意頓了頓，臉上的笑意越發的親切，看在其他那些不明白真相的人眼中，還以為她正在有說有笑的跟夏玉華聊著什麼開心的事情一般。

見夏玉華並沒有什麼太過明顯的表情變化，陸無雙繼續甜甜地笑著說道：「可是妳終歸還是資質差了一些，再怎麼樣標新立異也沒辦法掩過我的光芒。不過妳放心，本小姐今日心情不錯，所以大發慈悲幫妳一次，一會兒我一定會讓妳有大放異彩的機會。」

陸無雙這番裝腔作勢的，無非就是想激怒夏玉華，想讓其他並不明白真相的人產生誤解，所以夏玉華自然也不會稱某人的心、如某人的意。

「收起妳的慈悲吧，讓佛祖知道的話會很生氣的。」她神情不變，不緊不慢地說道：「況且，不是每個人都像妳一樣喜歡什麼大放異彩，這樣的機會妳還是留著自己慢慢享用即可。」

「是嗎？不過今日可由不得妳！」陸無雙輕笑一聲，柳眉輕挑，眼中閃過一絲快意，看著夏玉華的目光卻變得越發的甜美動人。

「由不得我嗎？」夏玉華反問一聲，隨後亦跟著演戲似的甜甜一笑道：「陸無雙，別總是這麼多壞心眼來找我的麻煩，當心自取其辱！」

最後幾個字她故意說得格外的清晰，幾乎是一字一字的說出來的。不論陸無雙想做什麼，反正她都不會讓其輕易得逞；既然總有人不願意收手，那她倒是要看看最後誰才能真正笑得出來！

聽到自取其辱那四個字的一瞬間，陸無雙臉上頓時閃過一抹恨意，這還真是新仇加舊恨一起湧上心頭，讓她更是憤恨無比。

一時間，臉上的笑意連裝都有些裝不下去了，為了不讓自己在這麼多人面前失儀，她只得儘快結束這場沒有任何意義的對話。嘴巴再厲害又如何？一會兒她會讓夏玉華知道得罪她的後果！

「走著瞧！」她扔下了三個字，不再理會夏玉華，轉而走到自己的馬匹旁，直接翻身上馬準備比賽。

一聲令下，雲陽郡主果然一馬當先，策馬直接飛馳而出，那樣的氣勢倒真是大有當仁不讓之姿。夏玉華自然沒有著急，按照自己的速度不緊不慢的跟在後頭跑著，保持著自己既不會對雲陽形成任何的壓力，卻也不會落到最後一個。

不過很快的，她便發覺有些不太對勁的地方，側目一看，陸無雙竟然跟著她的速度緊挨著她一併前行，並且絲毫沒有想要超越她的意思。

心中馬上警覺了起來，以陸無雙的性格，自然是要想方設法超過她才對，可卻偏偏沒這麼做，反倒是緊挨著她跑，這的確不合常理。

夏玉華當即作出反應，加快了些速度想拉開兩人的距離看看陸無雙會如何，而很快的陸無雙則也馬上調整加速，繼續保持與她並肩而行的狀況。

見狀，她下意識的感覺到了危險，因此只得繼續加速，並且拉緊韁繩讓馬兒往邊上跑，儘量拉開一下兩人之間的距離。

可事情似乎不那麼簡單，正當她擔心這樣的速度跑下去會不會超越前邊的雲陽郡主時，卻突然聽到身後的陸無雙異常誇張的尖叫聲響起，那樣的驚慌失措似乎是被什麼東西嚇到了似的。

側目一看，卻見陸無雙所騎的那匹馬也不知道到底發生了什麼事，瞬間如同失控了似的，直接往她這邊衝撞了過來。

夏玉華心中暗叫一聲不好，腦海馬上浮現出先前陸無雙所說的那些話，當即便明白這一定是故意的，只是她萬萬沒想到陸無雙竟然會做出這種兩敗俱傷的事情來！

來不及多想，她本能的策馬飛馳，想全速避開，不讓陸無雙的馬撞到她。可事與願違，「砰」的一聲悶響，陸無雙的馬很快便直接撞上了她的馬，而就在兩匹馬撞在一起的同時，她似乎看到了陸無雙臉上閃過一絲惡毒的笑意。

夏玉華心中一驚，頓時感覺事情絕對不只這般簡單。陸無雙雖然沒理由的恨毒了她，但以這女人自私的本性來看，卻絕對不會拿自己的性命為賭注來害她。若是沒有完全的把握，怎麼可能這般輕易的出手？

可是這會兒，她已經沒有半絲多餘的工夫去想這些，下意識的死命控制住轠繩想要穩住身下的馬兒，唯有如此方才有一絲僥倖脫身的機會。

可就在撞上的同一瞬間，她看到陸無雙在這般危險的情況下，竟然毫不慌亂的騰出一隻手往她這邊拍了過來。

心中再次一驚，下意識的警覺到或許這才是陸無雙真正的本意。雖然她並不知道這個女人到底想做什麼，卻還是奮力的側了下身子想要避開。

只不過，這一次她似乎料錯了，陸無雙那一下並沒有落在她身上，反倒是直接朝著馬匹拍下去，並且毫無疑問的直中馬背後側方的部位。

夏玉華這個時候才完全醒悟過來，卻已經來不及了，她隱約看到陸無雙手上拿了個東西，但時間太緊迫，再加上情況實在是太過突然也太過混亂，因此更是根本沒機會看清楚。

什麼都來不及反應，她腦中嗡的一聲一片空白，唯有死命的拉住手中的韁繩，本能的作著最後的努力。

瞬間，身下坐騎發出一陣如同撕心裂肺般的嘶鳴，而後在所有人萬分震驚中，夏玉華所騎的馬頓時如同瘋了似的奮力直立而起。

完了！夏玉華原本空白的腦子此刻卻突然出奇的鎮定了下來。她知道只要自己稍微一個鬆手，一定會被狠狠的甩下馬去摔個半死，所以求生的本能瞬間亦變得無比的強大起來。

就在身下的馬匹長嘯著雙腿直立到最高點，整個馬身幾乎成為一條直線之際，眾人驚訝地發現，夏玉華不但沒有被甩下來，反倒死死的抱緊馬匹，臉上的神情冷靜得令人害怕。

「玉華！」李其仁不由得大叫一聲，整個人嚇得臉色都白了。而其他人亦好不到哪裡去，完完全全的被眼前所看到的情景怔住了，一時間竟沒有半個人作出其他的反應。

幸好夏玉華在這最關鍵的時候竟奇蹟般的堅持了下來，並沒有被瘋狂直立的馬甩下來。只不過，眾人還來不及鬆一口氣，卻見那匹馬再次載著夏玉華瘋狂往前衝去，每一步都似乎是要將身上的人給甩掉，而夏玉華似乎也都隨時可能從馬身上被甩落，摔個粉身碎骨。

馬跑得太快，又異常的暴怒，夏玉華覺得自己快被震得散架了，可她卻依舊頑強的堅持著，試圖將這匹發了狂的馬控制住。

相對於夏玉華現在這般危險的境況，最先出狀況的陸無雙反倒看上去沒那麼危險了。也許是因為撞上去後反倒緩和了下來，陸無雙的馬雖然也撒蹄往前亂跑，不過卻明顯的沒有夏玉華的馬那般瘋狂。

就在眾人都被眼前的突發狀況嚇得尖叫不已之際，卻見比賽場上不知何時多出了一匹飛馳而過的馬，朝著夏玉華那邊追了過去。定眼一看，卻是李其仁，緊接著，後頭又有一匹馬快速追了過來，而眼尖的人馬上便認出那不是別人，正是世子鄭世安。

看到這狀況，許多人似乎一下子回過神來，甚至這個時候所關注的不再是夏玉華與陸無雙的安危，而是在別人沒有反應過來的同時，已經騎上馬追去救人的李其仁與鄭世安身上。

不少人心中不由自主的在猜測，這李其仁與鄭世安到底是衝著誰而去的，又會先去救哪一個呢？

就在眾人猜測不已時，卻見李其仁以幾乎不可能的速度，直接朝著前方危在旦夕的夏玉華衝了過去，壓根兒沒有顧及離得比較近的陸無雙的意思。而那樣的速度顯然比起之前他同鄭世安等人在最後決賽勝出時還要快得多，完完全全是展現了最大的實力。

「玉華抱緊了，千萬不要鬆手！我這就追上來了！」李其仁邊追，邊扯著嗓子使勁地朝前邊的夏玉華喊道：「這馬瘋了，沒辦法控制，妳別浪費力氣，抓牢抱緊堅持住就行了！」

夏玉華此刻根本沒辦法回頭，也沒辦法顧及其他，不過卻還是聽到了李其仁的聲音。知道李其仁正趕過來救她，心中更是堅定不已，按照他說的話死命的抓住韁繩、抱住馬身，不讓自己掉下去。

後頭跟著的鄭世安見狀，心中不由得愣了一下，原本他是準備去追夏玉華的，可見到李其仁這般不顧一切的追去救夏玉華，一時間覺得自己再去的話似乎太過多餘了。

恰巧這個時候，前邊離他比較近的陸無雙在急切回頭時似乎看到了鄭世安朝她這邊追過來，一時間欣喜萬分，邊努力控制著手中的韁繩，邊急切的向他求助。

「世安，救我！」陸無雙幾乎都快哭了，一副隨時都有可能掉下來的樣子。

說也奇怪，陸無雙的馬撞到夏玉華以後，也不知道怎麼回事，原本她這邊先出狀況的馬竟然慢慢的緩和了下來，而現在其實她的馬速已經不算太快了，只不過許是因為受到了驚嚇，所以整個人反倒是慌亂不已，根本沒辦法自行控制著讓馬停下來。

見狀，鄭世安自然也沒有再多想，順勢朝著陸無雙繼續追了過去。不一會兒，他便追上了陸無雙，一個伸手直接替陸無雙拉住了韁繩，強行將馬給停了下來。

一時間，馬雖然被強行給勒停了下來，卻因為太過突然，陸無雙還沒來得及作出任何反應，瞬間反倒從馬上被甩了下去。隨著陸無雙一聲慘叫，鄭世安這才下意識的伸出手，想拉住陸無雙。

這一拉雖是拉住了，只是因為衝力大了一點，以致沒有抓穩，陸無雙還是被甩到了地上，不過至少因為這一拉，稍微緩衝了一下力道，再加上原本馬的速度並不算太快，因此看上去應該不會摔得太過嚴重。

鄭世安連忙翻身下馬，回頭去將摔到地上的陸無雙扶起來。「無雙，妳沒事吧？」

陸無雙運氣不錯，只是稍微扭到了左腳腳踝，其他並沒有什麼大礙，不過似乎是嚇壞了，直接撲倒在鄭世安懷中哭了起來。

見狀，鄭世安只得先行安撫了幾句，邊說卻邊不由得抬眼關切地朝前邊看去，不知道夏玉華這會兒到底怎麼樣了。

而此刻，夏玉華已然快沒有了力氣，身下的馬兒完全瘋了，越跑越快，根本控制不住。她知道現在只要稍微一鬆手，整個人便會直接摔下去，摔個粉碎；而她也知道身後李其仁正全速朝她這邊追來想要救她，所以即使是幾乎完全沒有力氣了，她也依舊努力不放棄。

「玉華，堅持下去，我就快要追上妳了！」李其仁大聲地喊著，他內心焦急無比，拚了命的追趕卻還是差了一些距離。

真不知道這匹馬怎麼會突然瘋成這樣，即使是不小心被陸無雙的馬撞到而受了驚嚇，也不至於這般發狂才對，可眼下跑了這麼長的一段距離，竟還越跑越快，絲毫沒有減速的樣子。

而每延遲一刻，玉華便多一分生命危險，馬兒這麼快的速度、這麼大的力氣，若是被甩下來的話，後果不堪設想，而且他亦知道此刻玉華已經沒什麼力氣了，手中的韁繩隨時都有可能滑落，所以他沒有任何多餘的時間去考慮其他，唯有拚了命的往前跑，想著要在最快的時間內追上她。

終於，李其仁總算是趕了上來，與那匹幾近瘋狂一直往前亂衝的馬平行了。可是這個時候，他根本沒有辦法讓那匹馬停下來。即使是強行讓馬停了下來，卻極有可能傷到夏玉華。

關鍵時刻，李其仁倒也果斷得很，他邊跑邊朝身旁死死抱住馬身的夏玉華說道：「玉華，一會兒我數到三，妳便鬆手，明白嗎？」

他來不及向夏玉華多解釋他到底要如何去救她，只得用最簡單的語言，在最短的時間內作出最明確的交代。他知道夏玉華向來聰慧，亦是個果決勇敢的女子，因此肯定不會在這種時候還有任何過多的質疑與猶豫。

果然，聽到他的話後，夏玉華什麼都沒問，直接而肯定地回答：「明白！」簡單的兩個字，回答得響亮而乾脆，完完全全顯露出了危急時刻她對李其仁的絕對信任。

見狀，李其仁亦沒有再浪費半點時間，大聲地數道：「一、二、三！」

就在三字響起的同時，夏玉華當真毫不猶豫的鬆開了手中一直緊緊握住的韁繩，而下一瞬間，李其仁一個伸臂，直接將夏玉華整個人從那匹發了狂的馬身上抱了過來。

這個動作極快，不過卻十分的驚險，好在李其仁臂力驚人又判斷得十分精確，因此夏玉華總算在千鈞一髮之際被抱到了李其仁懷中，幸運的躲過了一場劫難。

李其仁的馬術果然超群，即使是在這樣驚險的情況下，卻依然很完美地控制著身下的馬匹，順利救了夏玉華後，他這才漸漸減速，讓馬慢慢停了下來。

第二十三章

「玉華，妳還好吧？」等到夏玉華的氣息稍緩和了，李其仁這才出聲詢問此刻還被他抱在懷中一副驚魂甫定的人兒。

夏玉華重重地深呼吸了幾口氣，體會完那種劫後餘生的落差感之後，這才漸漸恢復正常。她略帶疲倦地搖了搖頭，而後看著李其仁異常認真地說道：「其仁，謝謝你！」

「謝什麼謝？傻丫頭，咱們可是朋友！」李其仁爽朗一笑，見夏玉華整個人狀態還算不錯，這才稍微放心了些。「妳要是沒什麼問題的話，我便騎馬載妳慢慢往回走。」

「等等，我還是下馬步行吧。」夏玉華一聽，頓時虛弱地笑了笑，並表示要下馬。

經過剛才馬背上那麼驚險的生死顛簸之後，她現在最想要的是儘快找到那種腳踏實地的感覺，況且這會兒她也意識到自己還橫坐在李其仁懷中，先前那麼危急狀況下自然是顧不上這些，如今危機解除也已恢復過來，還是稍微注意一些才好，畢竟這裡到處都是人。

李其仁見夏玉華不肯再騎馬，當下以為她是因為先前的事心中還有些陰影，所以很能理解，馬上便點頭應下。

他先下馬，而後小心地扶著夏玉華下來。一旁立即有趕過來的侍從將馬給牽走，而那匹幾近瘋狂的馬這會兒也已經有侍衛去追堵攔截了。

「要不要休息一下再走？」李其仁略帶擔心地看著夏玉華，不確定她還有沒有力氣能夠自己走。

「沒事，剛才在馬上已經休息了一會兒。」夏玉華笑了笑，神情輕鬆了不少。「放心吧，腿沒軟掉，走路沒問題的。」

說著，她抬步便往回走，用實際行動證明給李其仁看自己還不至於被嚇到癱軟；是啊，腿並沒軟，就是手痠得不行，夏玉華知道自己剛才雙手緊抓住韁繩用力太猛，所以才會如此，估計著回家後得讓鳳兒好好替她揉揉才行。

見狀，李其仁這才完全放下心來，卻還是刻意放慢了一些腳步，邊走邊說道：「玉華，剛才我都差點嚇破了膽，沒想到妳竟然還能這般鎮定冷靜。不愧是大將軍王的女兒，果然膽大沈著，頗有大將之風。」

聽到李其仁誇自己，夏玉華甩了甩痠軟的手，無奈地說道：「什麼大將之風，我差點沒被嚇死。與其說是鎮定冷靜，倒不如說是怕死罷了，所以拚了命也得緊抱住馬身，你瞧，這會兒這手都不知痠成什麼樣了。」

李其仁一聽夏玉華說手痠，正準備詢問要不要找大夫看看，不過話還沒出口，卻聽夏玉華再次說道：「其仁，我騎的那匹馬不是性子最為溫順的嗎？僅是被其他馬碰撞了一下，怎麼就發狂成這樣了？」

夏玉華的疑問正好也是李其仁百思不得其解的地方，那匹馬明明是他親自挑選的，絕對不會出什麼差錯的，而且剛剛出狀況時，陸無雙那匹先失控的馬都沒這般瘋狂，反倒是夏玉華騎的這匹完全失控，實在是太過奇怪了一些。

「玉華，妳放心，這事我會查個清楚的！」聽了夏玉華的話，他的神色頓時變得嚴肅無比，下意識裡覺得今日之事並非表面上看到的這般單純，反倒像是有什麼人專門針對玉華，想要加害她一般。

一想到有這種可能性，他便無法平靜。若真是有人動了什麼手腳，那麼其居心實在是太過惡毒，從那麼快速奔跑的馬背上摔下來，莫說是夏玉華這樣的弱女子，哪怕是他這種長年練武之人，就算不丟了性命，最少也得缺胳膊少腿的，所以這分明就是衝著要人命而來的，其心實在可誅！

對於李其仁，夏玉華自然已經完全能夠信得過，因此，想了想後，也沒有隱瞞，徑直將心中想法說了出來。「其仁，先前陸無雙的馬剛碰撞到我的馬時，我的馬本來並沒有太大的反應，不過緊接著，我好像看到陸無雙伸手往我的馬身上拍了一下，手中似乎還拿了個什麼東西，我一下子也沒看清楚，只是拍那一下後，我騎的馬便瞬間抓狂，完全失去了控制。」

「妳是說，陸無雙她……？」李其仁不由得停了下來，神情頓時顯得憤怒不已。「沒想到這個女人竟然這般惡毒，一會兒我倒是要好好問問她，看她的心腸到底有多毒！」

先前他還只當陸無雙是沒有控制好馬，這才不小心撞上了夏玉華的馬，現在想想這中間還真是太過奇怪了一些。先且不說好端端的怎麼就會撞上去，就算是撞上去了，按理說也不至於如此嚴重才對。夏玉華的馬比陸無雙的馬要溫順得多，就算遇到了這種突發狀況，也應該會比陸無雙的馬容易控制一些才對。

可是偏偏陸無雙的馬沒有出多大的狀況，反倒是夏玉華的馬莫名其妙的起了這麼大的反應；按理說一些小的碰撞在所難免，通常也不會造成太大的傷害。如此看來，定是陸無雙之後又動了什麼手腳，否則的話是絕對不可能讓那匹馬這般瘋狂的。

自從上次在雲陽的生日小宴上，李其仁便看得一清二楚，陸無雙並不是什麼善類，特別是有一種很明顯的故意針對夏玉華，想找她的麻煩、讓她出醜的心態。

他並不清楚陸無雙為何會這樣，但是卻絕對有理由相信陸無雙這樣的人的確可能做出這麼惡毒的事來。

「你先別衝動，這種事必須得有證據才行，否則的話反倒是容易讓人反咬一口。」夏玉華見李其仁當下便明白了這其中的端倪，便接著說道：「一會兒等他們將馬攔下帶回後，看看馬左側後背附近有沒有什麼特別的傷痕再說。我估計著她應該是用什麼尖銳的東西扎了馬，馬原本便容易受驚了，而後又受到劇烈的刺激，即使是性子再溫順亦難免野性大發的。」

李其仁聽罷，覺得夏玉華說得很合理，畢竟這種事若沒有十足十的證據，是很難說得清楚的。更何況，既然陸無雙敢當著這麼多人的面做出這樣的事來，甚至於敢冒著自己也有可能受傷的風險而依舊下手，那麼說明她一定是有備而來的，因此他們自然也不能夠這般貿然行動。

「我明白了，一會兒等馬帶回來，我會先查看清楚了再說，如果真是她做的，那就絕對不能夠這般不了了之，我定不會放過她！」李其仁示意夏玉華放心，這事他是管定了，絕對不會由著任何人這般陷害夏玉華。

見李其仁一臉的怒氣，夏玉華心中卻是感動不已，不論如何，這至少說明了李其仁是絕對相信自己的，哪怕剛才她所說的這些不過都只是她的猜測與判斷，並沒有任何確鑿的證據，可他卻依然毫不猶豫的選擇相信她，並且站在她這一邊，替她憤怒、替她不平，甚至還要替她出頭。

想到這裡，她不由得笑了起來，反問道：「你為什麼這般信任我？難道你就不懷疑我可能是因為妒忌陸無雙，而藉機誣陷她？」

「我為什麼不信任妳呢？妳不也信任我嗎？先前那麼危險時，我讓妳鬆手，妳二話不說就鬆手了，連攸關性命之事都如此，我還有什麼好不信任妳的呢？」李其仁擺了擺手，一臉輕鬆地說道：「更何況，妳妒忌陸無雙做什麼？我可實在想不出她有什麼地方值得妳去妒忌的。」

聽到這話，夏玉華更是笑出了聲來，心裡頭頓時暖洋洋的，這種被朋友信任的感覺真的很好，很好！

正說著，兩人很快便看到前方有幾名太子身旁的御用親隨趕了過來，說是太子擔心夏小姐這邊的狀況，所以特意讓他們前來迎接及幫忙。

見狀，李其仁與夏玉華自是加快了速度往回走，等回到先前比賽的起點後，這才發現幾乎所有的人都在那邊等著他們。

見到他們兩人都平安無事的走了回來，許多人都不由得鬆了口氣，鄭世安心中雖然對於李其仁對夏玉華那般緊張的態度還是有些彆扭，不過看到夏玉華平安無事倒也稍微放心了一些。

可有人歡喜，自然也有人不高興，此刻正站在一旁由丫鬟扶著的陸無雙則明顯高興不了。

陸無雙表面上當然不敢表露出什麼，可是心底真的恨得咬牙。她怎麼也沒想到夏玉華竟然這般命大，這樣子都沒能要了這個賤女人的命，而且竟還毫髮未損的回來了。早知道這樣，她先前也不必佯裝扭到了腳踝，對比之下，自己現在這狀況實在是太過落了下乘了。

她不由得狠狠摁了摁手中暗藏著的那枚銀絡子，其中一端早就被她給磨得尖銳不已，只可惜剛才那一下扎得還是不夠狠，否則那匹馬當場應該就會將夏玉華甩下來，把她摔個粉身碎骨了吧！

暗自吸了口氣，陸無雙將心中的惱怒暫時壓了下來，不讓任何人察覺到蛛絲馬跡，心中暗想：也罷，這次算妳運氣好，日後，再等著瞧吧！

李其仁帶著夏玉華一併見過太子，並將剛才的大致情況回稟之後，眾人更是紛紛談論馬匹失控一事實在是太過驚心動魄了些，幸好沒出什麼事，要不然的話，實在是難以預料會有什麼樣的後果。

見夏玉華並沒有受到什麼外傷，太子倒也放心了不少，畢竟他也清楚這夏玉華不是一般之人，若是來這裡參加比賽而有個什麼三長兩短的話，他還真不知道應該如何跟夏冬慶交代。

「平安就好，剛才之事實在是太過突然，也太過驚險，好在其仁與世安反應快，分別將人都給平安的救了下來。」太子笑著說道：「這一次你們兩個可是功不可沒呀！」

「太子過獎了！」一見狀，李其仁與一旁的鄭世安自然連忙上前謝過太子的誇讚，直道這都是應該做的。

幾個人客套了兩句後，卻是待在鄭世安身旁的陸無雙出聲了。

陸無雙一副楚楚可憐的樣子，朝著夏玉華說道：「玉華，妳沒事就好，要是妳有個什麼閃失的話，我這一輩子都沒辦法原諒自己了。」

她邊說邊很是激動的朝著夏玉華走去，腳步看上去還有那麼一點不穩的樣子，當著太子等人的面，拉著夏玉華的手繼續說道：「對不起，我真的不知道怎麼解釋才好，實在是沒想到那匹馬好端端的怎麼突然不受控制地撞上了妳的馬。都是我不好，是我沒有控制好馬，才讓妳受到這麼大的驚嚇，對不起，真的對不起。」

陸無雙說得極其真摯，任誰見了都無法不相信她是多麼的內疚、多麼的擔心害怕，只不過夏玉華心中卻是很清楚陸無雙現在不過是在演戲罷了。

可是當著這麼多人的面，她自然不好在沒有任何證據的情況下傻傻的去揭穿些什麼；亦不好表現得太過不近人情，如此的話，反倒是讓陸無雙有機可乘。

演戲?!誰不會呢，雖然她並不喜歡演，可是卻明白現在是什麼樣的場合。莫說是這麼多人在，單論太子還有其他幾位皇子等人都在場，她自然還是完全可以陪陸無雙演上一齣的。

「無雙姊姊，妳這腳是怎麼啦？」夏玉華不動聲色的將手從陸無雙手中抽了出來，順勢指了指陸無雙的左腳道：「先前看妳走路似乎有點不太靈光，不會是剛才傷到了吧？」

夏玉華心中一陣冷笑，陸無雙這次還真是膽子夠大的，她也不怕假戲成真，自己掉下來摔成殘廢或者摔花了她那張漂亮的臉蛋，如果真那樣的話，莫說是鄭世安，怕是別的人家也不會願意再娶她了吧？

不過，話又說回來，夏玉華也清楚陸無雙可不是傻子，若是沒有十成的把握就絕對不會冒這種險來算計她。這一次陸無雙顯然是早早便打好了主意要害她，因此肯定一早也就做好了安全脫身的準備，並不會讓自己受到什麼真正實質上的傷害。

「先前世子救了我，可下馬時不小心腳踝扭了一下，不過妳大可放心，並不嚴重，休息兩天就沒事了。」陸無雙見狀連忙解釋著，隨即又道：「都怪我自己沒用，若是有妳那樣好的馬術，想來便也不至於這般了。」

聽到這話，一旁的太子妃忍不住朝夏玉華誇讚道：「夏小姐不愧是大將軍王的女兒，這騎馬的本事就是不同一般。當時那馬都瘋成那樣了，妳竟然都沒有傷到分毫，真是讓人佩服呀！」

太子妃這話倒還真是打心裡說出來的，先前看到那馬發瘋直立時，她幾乎都閉上了眼不敢再去看，因為心中覺得以夏玉華那樣的小姑娘，是絕不可能受得了這樣的衝擊，一定會被馬甩下來，而後不知會傷得多嚴重。

可是再次睜開眼後，卻意外的發現夏玉華竟死命地抱住了馬身，並沒有摔下來，而且被瘋狂亂撞的馬載著奔跑了這麼遠的路途亦沒有掉下來，最後還被小侯爺給毫髮無傷的救下並帶了回來。

小侯爺的出手固然重要，可若是夏玉華沒有堅持這麼久的話，怕是誰去救也沒有用的。一個小姑娘竟然有這麼大的堅持與耐力，這一點著實讓她佩服不已。

眾人也都跟著附和起來，看向夏玉華的目光亦變得讚賞不已。就連一旁的太子還有其他幾位皇子亦紛紛點頭稱是，對於夏玉華是讚許有加。

見狀，夏玉華自是連忙行禮謙虛回道：「多謝太子妃誇獎，其實臣女根本就沒這麼大的本事，只不過是運氣比較好，再加上小侯爺及時相助，否則的話，早就不知道摔成什麼樣了。那馬突然跟瘋了似的，完全沒辦法控制，再遲一點，臣女恐怕也是無力堅持下去了。」

「是啊，今日這樣的狀況連本太子都是頭一回見到。」太子接過話道：「畜牲終究是畜牲，哪怕平日再溫順，這一發起狂來實在是太過嚇人。一會兒帶回那匹馬後，得讓馴馬人好好管教一番才行。」

太子倒也沒有多想，只是將今日之事歸為一般的意外，畢竟雖然是瘋狂了一些，可馬會出現這樣的狀況也不是不可能發生的，用他的話說，畜牲就是畜牲，獸性大發起來誰都沒辦法預料。

正說著，先前去攔截馬的侍衛終於回來了，不過他們卻並沒有將馬帶回來，而是稟告太子，說是因為那匹馬太過瘋狂，根本沒有辦法拉得住，又怕牠這般橫衝亂跑下去再傷到人，所以只好放箭射殺了那匹馬。

不過一匹馬而已，又不是什麼特別貴重的品種或罕見的寶馬，因此射殺了也就算了。太子並沒有再追問什麼，揮了揮手示意那些侍衛可以退下了。因為剛才突發的這件事，使得原本安排好的狩獵已經遲了一些，而現在既然人都沒事，那麼自然也就不再多耽誤時間了。

聽到馬兒被射殺的消息時，夏玉華當下便往一旁的陸無雙看去，卻見陸無雙的臉上果然不經意的露出一絲笑意，一時間心中更是清楚明白了。

看來，這應該也是陸無雙計劃中的一步，不論這個惡毒的計劃有沒有達到想要的結果都沒有關係，因為只要那匹馬一死，自然也就不會有誰再去多注意先前牠為何突然發瘋的原因了。

即使夏玉華清清楚楚地明白這一切都是陸無雙在搞鬼，可是卻根本沒辦法再找到任何的證據，她突然發現，自己似乎有些低估了這個女人。至少，今日之事陸無雙便算計得非常高明，除了自己運氣好並沒有受傷這一點以外，其他的真的可以說是無一漏洞。

至少旁人根本無法看出這一切與陸無雙有任何關係，就算是有所懷疑，卻終究是不可能拿出什麼實際的證據來的，所以不論如何，陸無雙都可以將責任推得乾乾淨淨的。

而與此同時，李其仁也不由得看了一眼夏玉華，原本他還想著去查看一下那匹馬的，這會兒看來倒是沒什麼必要了。

一來亂箭射殺的話，馬身上到處有傷本就不容易作鑑定，二來馬都死了，太子也沒說什麼，若是他們再去追查原因的話，怕是反倒讓人誤以為夏玉華想乘機找麻煩。

沒來得及多想，太子已經下令準備開始正式去狩獵，因為考慮到陸無雙受了點小傷，夏玉華又受了不小的驚嚇，因此還是得留下得力的人守在這邊照看一下。

原本李其仁有意留下來照看，不過太子顯然並不想讓這麼個好幫手離開左右，因此最後便讓鄭世安留下來照顧一干人等。

見狀，李其仁也不好抗命，只好用眼神示意夏玉華先行好好休息，有什麼事等他回來後再商量。

送走太子等人之後，其他留下來的人亦各自散去；有些自行邀伴去附近玩耍，有些則去另一邊的臨時營地休息一下。

等太子妃等人都走了之後，鄭世安這才朝陸無雙與夏玉華說道：「已經讓人準備好了休息的房間，我送妳們倆過去吧。」
原本他是想問問夏玉華身上有沒有什麼不舒服的地方，需不需要找個大夫看一下，不過話到嘴邊卻還是沒有說出來，一來陸無雙正可憐巴巴的望著自己，二來夏玉華似乎根本就沒有怎麼正眼看他，他也不想當著這麼多人的面自討沒趣。
聽了這話，夏玉華果然很不給面子，直接拒絕道：「多謝世子，不過我沒什麼事，可以自己過去，你送陸小姐便行了，她看上去走路不太方便。」
鄭世安當下神情頓時不怎麼好看，心中負氣不已，當即便也不去理會夏玉華，轉而扭頭朝陸無雙說道：「妳在這裡等一下，我去叫人抬頂轎子之類的來送妳過去。」
原本這種事並不需要鄭世安親自去做的，只不過這會兒他真的不知道應該如何去面對夏玉華剛才的「不知好歹」，所以乾脆選擇避開了事。
說罷，也不等陸無雙回答，鄭世安便自行離開了。
「玉華現在可真是太有個性了，連這樣的事都如此不給面子的拒絕，想來世子心裡頭可又要鬱悶半天了。」陸無雙看著鄭世安離去的身影，而後笑著朝夏玉華說道：「這一招當真是高，這男人嘛都是這樣，越是不搭理他，他便越是心中癢癢，妳如今當真是長本事了。」

第二十四章

「閉上妳的臭嘴！」這會兒沒有什麼旁人了，夏玉華可懶得跟陸無雙再客氣，直接挑明了道：「別以為我不知道妳先前對我騎的馬做了什麼事，別人不清楚，我可是看得明明白白。」

「看得明明白白那又如何，妳有證據嗎，沒有證據的話妳能拿我怎麼樣？那匹馬都已經死了，妳若是再抓著這件事不放，怕是太過小題大作了吧？何況，誰會相信妳那些所謂的猜測呢？」

陸無雙毫不在意地笑道：「夏玉華，我就是要讓妳心中清楚卻又無可奈何，這樣的滋味很好受吧？哈哈，妳不是很厲害嗎，今日我就是要讓妳吃啞巴虧，看妳能拿我怎麼樣！」

這幾句話完全是赤裸裸的挑釁，她似乎很想看到夏玉華因此而暴怒發狂、情緒失控的樣子，想想看，這樣的情景已經很久沒有在玉華身上看到過了，如今一旁亦有這麼多人，一併欣賞的話想來定是件極其有趣之事。

只不過，陸無雙的心思夏玉華又怎麼可能不明白呢？見狀，倒也沒有再跟這女人多說什麼沒用的話，她不在意地搖了搖頭，沒讓自己的情緒受到任何的影響。「是嗎？那就如妳所說，等著瞧吧！」

陸無雙見夏玉華並沒有上當，一時心裡又是一陣惱怒，正欲反擊，不過就在這時卻看到杜湘靈帶著幾人朝她們這邊過來了，只好暫時不再出聲，轉而也快速的調整好臉上的表情，恢復了往日的溫柔與甜美。

「玉華，妳沒事吧？」杜湘靈還沒完全走到夏玉華面前，便擔心的出聲詢問，目光上下左右往夏玉華身上一連看了好幾遍，先前發生的事確是讓她嚇得半死。

原本早就想過來的，不過因為太子等人都在，她也不好貿然上前。這會兒見夏玉華身旁沒有什麼其他人了，才帶著已經哭得像個淚人兒一般的鳳兒過來。

「我沒事，就是受了點驚嚇，讓杜姊姊擔心了。」夏玉華朝杜湘靈露出一抹安心的笑意，隨後目光轉到一旁的鳳兒身上，見那丫頭眼睛又紅又腫的，便上前摸了摸她的頭說道：「鳳兒，妳怎麼哭成這個樣子？」

「小姐！小姐妳沒事就好，要是妳出了什麼事，鳳兒也不想活了！」鳳兒激動不已，直盯著夏玉華上下打量，確認沒事後，一時間太過高興，倒成了又哭又笑的表情了。

「傻丫頭，趕緊別哭了，這麼多人看著也不害臊。」夏玉華雖然這般說，可心裡頭卻欣慰不已。

見這主僕兩人一副情深義重的樣子，杜湘靈這才又笑著說道：「這丫頭倒真是不錯，剛才看到妳的馬受驚亂跑，差點沒當場哭暈過去。我不放心所以將她帶在身旁，這會兒倒是可以把人交給妳了。」

「謝謝杜姊姊。」夏玉華再次道謝，看向鳳兒的目光亦是越發的柔和。

「行了，就這點小事還謝什麼，看妳一定累壞了，趕緊先去那邊休息一會兒吧，養足了精神，下午還有好玩的呢。」杜湘靈解釋道：「我與幾個姊妹約好了得先去別的地方轉轉，再不去的話，怕她們等急了。那我先走，稍後再過去看妳。」

夏玉華自然說好，讓杜湘靈只管放心去玩，不必擔心她。很快的，杜湘靈便離開了，臨走時也客氣地跟陸無雙問候了一聲，只是並沒有多說其他。

見狀，夏玉華亦自行領著鳳兒往營地那邊而去，不再理會陸無雙，也沒再理會這會兒已經領著人抬了小轎往陸無雙那邊而去的鄭世安。

營地是專門供來這裡玩的人休息的地方，事先都已經安排好了，因此一進去，便有婢女上前帶路，直接將夏玉華帶到了單獨安排給她的屋子裡。

進去一看，屋子雖不算太大，但是一應物品卻樣樣俱全，而且頗為舒適，畢竟這裡是皇家獵場，所有的設施自然都是按照一定的標準配置，因此肯定不會差到哪裡去。

才剛坐下，卻見陸無雙也來了，她的屋子安排在夏玉華屋子的斜對面，這會兒正由兩名婢女扶著慢慢前行。經過夏玉華的屋子時，陸無雙還特意停了下來異常溫柔的打了個招呼。

而送陸無雙過來的鄭世安則顯得有些不太耐煩，看都沒看夏玉華這邊一眼，瞧這樣子顯然還是因為先前夏玉華毫不客氣的拒絕而覺得失了面子。

夏玉華也不多加理會，待陸無雙等人進了斜對面的屋子後，這才朝著帶路前來的婢女問道：「這屋子裡頭點的是什麼熏香？」

婢女一聽，連忙回話道：「回稟小姐，奴婢也不太清楚，不過如果小姐不喜歡這味道的話，奴婢這就去找人換別的熏香。」

其實夏玉華對這些並不會太在意，只不過一進門便覺得屋裡頭的香味有些特別，要是她沒猜錯的話，熏香中應該有幾樣益氣安神的藥物。

「其他屋子裡用的也都是這種熏香嗎？」她心中一動，腦海頓時閃過一個念頭，如果別的屋子也都是用這種熏香的話，或許她還真能夠順勢「幫」陸無雙一把。

「是的，這裡的熏香都是統一使用的，不過若是小姐不喜歡的話，還是可以個別更換。」婢女恭敬的回答，只當夏玉華可能是不太習慣這種香氣。

聽了這話，夏玉華微微笑了道：「倒是不必換了，其實這味道也挺好的，只不過與平日所用的有些不太一樣，這才會問上兩句。」

說罷，她又朝著婢女揮了揮手道：「沒什麼事了，妳先退下吧。」

婢女見狀，連忙行禮而後退了下去。

鳳兒端上茶給夏玉華，見小姐喝了幾口便不想再喝，便趕緊接了過來放好，並且說道：「小姐，要不妳上床睡一會兒吧，反正時辰還早。」

雖然有些累，不過夏玉華卻沒有什麼睡意，她搖了搖頭，看向鳳兒問道：「鳳兒，先前我讓妳好好保管的那束花呢？」

鳳兒一聽，不由得笑了起來，她沒想到這個時候小姐竟然還惦記著那束花，難不成那束花是小侯爺送給小姐的嗎？

猜歸猜，不過鳳兒如今可是長記性多了，也不敢亂說什麼，只是連忙從隨身帶著的大布袋裡將那束花給取了出來遞給夏玉華。

「小姐，花在這裡呢，妳看，一朵也沒少！」鳳兒得意地說著，一副邀功的模樣。

鳳兒一聽，稍微愣了一下，但也沒多說什麼，隨即便依照吩咐走過去將窗戶打開了些。

見狀，夏玉華不由得笑了笑，接過花束後又道：「去把窗戶打開一點吧，透透氣。」

透過窗戶，夏玉華從坐的位置正好可以看到斜對面陸無雙所住的那間屋子。這會兒那屋裡頭的門窗都關著，想來鄭世安應該正在那裡安慰著受了點小傷的陸無雙，或者兩人正情意綿綿地說著什麼悄悄話之類的。

總之肯定沒閒著，否則的話，陸無雙原本跟著一併進來的貼身丫鬟還有其侍候的婢女也不會都被打發出來，暫時避得遠遠的。

夏玉華不由得從那束花裡頭抽出了那株依蘭花，她心中十分清楚，若是萃取幾滴這依蘭花的汁液到茶水裡讓人喝下，再配上屋子裡頭燃著的這種熏香的話，會出現什麼樣的效果。

陸無雙先前在小山坡那裡不是挺享受與鄭世安纏綿的滋味嗎？既然享受，為何要有那麼多顧忌而強行忍耐呢？也許，這個時候她應該幫他們一把，讓他們能夠早一些共享魚水之歡。

正想著要如何行事之際，夏玉華忽然看到先前為她帶路過來的那個婢女正端著一個托盤往這邊走來，托盤上面放著兩杯茶，看樣子應該是要送到陸無雙那裡去的。畢竟這個時候，也就只有斜對面那個屋子裡才需要送兩杯茶了。

唇邊不由得露出一抹舒暢無比的笑意，夏玉華倒是沒料到自己想什麼便來什麼，難不成真是連老天爺都要幫她嗎？

見狀，她朝鳳兒招了招手，示意鳳兒開門將快走到自己門口的那名婢女給叫住。

「夏小姐有何吩咐？」婢女端著托盤走了進來，朝夏玉華恭聲詢問。

「妳去幫我找些消腫的藥膏過來，先前手被韁繩給勒得有些紅腫了。」夏玉華不動聲色的吩咐著那名婢女。

婢女一聽，連忙回話道：「待奴婢將茶水給世子與陸小姐送過去後，馬上便替您去取藥膏。」

「我手疼得緊，妳先去取藥膏吧！茶水先放這裡就行了，一會兒取了藥膏再送去也不遲。」夏玉華似乎有些不太高興，微微皺了皺眉道：「這種事還要我教妳嗎？事情連個輕重緩急都分不清，妳倒是如何當差的？」

婢女見狀，自然不敢再多說，連聲稱是後便按夏玉華的吩咐，將手中托盤放到一旁的桌子上，而後馬上退下先行替夏玉華取藥膏去了。

「小姐，妳的手受傷了嗎？快給奴婢看看！」待那婢女一走，鳳兒著急的上前想替夏玉華查看。

不過還沒來得及靠近，卻見夏玉華擺了擺手道：「無妨，妳不必理會，先將門關上，替我留意一下門外的情況，有什麼人靠近的話馬上提醒一聲。」

「小姐，妳的手……」鳳兒本就不放心，如今一聽到小姐這般吩咐，更是有些摸不著頭緒。

「不許多問，按我吩咐的去做便是！」夏玉華神色一正，臉上瞬間出現不容置疑的威嚴。

見狀，鳳兒自然不再多問，連忙按吩咐去將門給關了起來，並且站在門口，豎著耳朵留意外頭的一舉一動。

夏玉華知道那名婢女肯定不會去太久，因此也沒浪費時間，連忙掀開托盤上那兩杯茶的杯蓋，將手中的依蘭花分別萃取了幾滴汁液到兩杯茶中，而後再重新將茶杯蓋蓋好。

她很清楚，手中的依蘭花太少，所以光靠這花本身的香味與屋裡的熏香是不會有什麼問題的，只不過若是將花的汁液混到茶水中喝入人體內，再加上這屋裡有些特別的熏香融合在一起產生作用的話，便是一道極好的催情劑。有了這個，她可不相信原本便蠢蠢欲動的那兩人會忍得住不做什麼。

以陸無雙的身分原本便沒多大的機會當正室，現在若是成親前便失身了，哪怕失身的對象是鄭世安，也是不為禮俗所容的。讓人知道了的話，這一輩子都別再想著什麼正室之位了，能夠被端親王府納做小妾，已算是萬幸之事了。

況且，這種事有了第一次，便會有第二次、第三次，男人都喜歡圖個新鮮，鄭世安這麼早便得到了想要的，日後對陸無雙還會有那麼大的興趣與耐性嗎？

想到這裡，夏玉華還真是小小的興奮了一下，前一世也好，這一世也罷，那種報復的快感竟是那般的舒暢。而她也不得不承認，自己的內心並不是那麼的良善。

很快的，婢女便拿著藥膏回來了，夏玉華讓鳳兒賞了一點碎銀子，那婢女連忙歡天喜地的道了謝，繼續給陸無雙與鄭世安送茶去了。

而鳳兒剛才自然也看到了夏玉華的舉動，卻並不知道自家小姐為什麼要在那兩杯茶水裡加幾滴花的汁液進去；如今自家小姐做什麼事是越來越讓人費解了，而她亦只能夠如同小姐所說一般，不應該她理的事便不去多問，反正盡心盡意的服侍小姐就行了。

看到鳳兒雖然一臉好奇，卻並沒有多說什麼，而且神色之間也漸漸的恢復常態，如同剛才什麼事也沒發生一般。夏玉華對這丫頭的長進頗為滿意，能夠忍住心中的好奇，這本就是一種成熟的表現。

「小姐，奴婢幫妳搽點藥吧。」鳳兒見小姐朝著自己微笑，一時間倒有些不大好意思，正好看到剛才婢女拿過來的藥膏，馬上便想起了夏玉華的手傷，也不知道到底紅腫成什麼樣子了。

不過，夏玉華卻搖了搖頭道：「手沒什麼事，讓她去拿藥膏不過是支開她罷了。妳也大可放心，我並沒有給他們下毒，不過是讓他們能夠更快活些罷了。」

她並沒打算刻意瞞著鳳兒，一來這丫頭反正剛才也看到了，二來雖然有些事不能明說，但可以坦白的地方不妨坦白告知，如此鳳兒也不會覺得自己太過被防著什麼，因而產生不被信任的感覺。

果然，聽到這些，鳳兒的神情反倒顯得高興不已，她才懶得管那世子與陸無雙會如何，只要自家小姐高興，怎麼樣都行。

小歇片刻後，杜湘靈過來了，還有兩個先前見過面並打過招呼的貴女，說是要跟著一併過來探望她。夏玉華連忙將人給迎進屋裡坐，又讓鳳兒去找先前那名婢女給杜湘靈她們幾個貴女上茶。

她原本沒想到杜湘靈還會帶其他的人過來，不過這樣也好，多幾個人在，一會兒的熱鬧也更好看一些。

「杜姊姊怎麼這麼快便來了，不是說約了姊妹們要四處去轉轉的嗎？」幾人坐下來後，夏玉華一一打過招呼，便朝杜湘靈詢問了起來。

「還不是擔心妳嘛，所以早早的就散了，她們兩個聽說我要來看妳，也嚷嚷著要一起過來。」杜湘靈看向夏玉華道：「其實我還擔心妳累壞了，怕打擾到妳休息，不過不來看看，仔細的問明白，卻怎麼也放心不下。」

剛才在賽場那裡，雖然也說了兩句話，可是一來還有人在等著她，二來陸無雙在一旁，所以有些話她倒是不怎麼方便說。這會兒身旁雖然還跟了兩人，不過都是些貼心的姊妹，怎麼著也是可以放心的。

「杜姊姊說哪兒的話，妳們好意來看我，我感激還來不及，怎麼能說打擾呢。況且，這會兒我也休息得差不多了，鳳兒那丫頭先前還想讓我小睡一下，可我壓根兒就沒有睡意，妳們來了正好一起說說話，打發打發時間真是再好不過的了。」

夏玉華說著，又頗為真誠的單獨謝過另外兩名貴女，幾人見狀，對夏玉華的印象更是好上幾分。

一時間，杜湘靈跟兩位貴女也都少了些拘謹，漸漸閒聊起來，說起剛才夏玉華奮力與那瘋馬搏鬥的事，幾名貴女紛紛欽佩不已，只說若是換成她們，一早便被馬給甩下來了，哪裡還能堅持得了那麼久的工夫。

當然，她們也不可避免的提到了李其仁，這次的事件後，顯然李其仁那英勇無畏的男兒氣概，明顯要比鄭世安更能夠贏得這些貴女們的認可與吹捧。畢竟在女人眼中，越是有挑戰、有難度的事便越是容易吸引她們的注目，為她們所津津樂道。

「小侯爺這回做的可真是典型的英雄救美，玉華，妳當時可是沒看到他那著急的樣子，我還是頭一次見到小侯爺有這般緊張的時候。」其中一位貴女笑嘻嘻地說道：「依我看，這小侯爺十有八九對妳是有意思了，那速度比起先前比賽勝出時還要快不知多少，一看就知道是拚了命的趕去救妳！」

「姊姊說笑了，我與他只是朋友而已。他為人向來講義氣，看到朋友有難，怎麼可能不全力相助呢？」夏玉華一臉坦誠的解釋著，並沒有任何的羞澀與不好意思的樣子。

她心中清楚，這種事妳越是表現得含含糊糊的，便越是容易讓人浮想聯翩，倒不如坦蕩蕩的，不論人家信不信，最少也會不好意思總揪著這話題不放的。

第二十五章

見夏玉華如此坦然，那位貴女倒是愣了一下，不知道如何接話，一旁的杜湘靈反應極快，打著圓場道：「都說大難不死，必有後福，依我看玉華今日也算是平安躲過了一劫，這福氣還在後頭呢。日後不論誰家公子有幸能娶到咱們玉華，那自然也是他天大的福氣。」

「就是、就是！」另外兩人見狀自然附和著，不再提小侯爺與夏玉華的關係到底是朋友還是什麼其他的。她們也都知道，夏玉華要過了二十才能談婚論嫁之事，因此想想這會兒多說這些也的確顯得有些沒意思。

正說著，鳳兒領著先前那名婢女進來給客人上茶，眾人見狀亦都開始喝茶，藉以化解一下先前略微有些唐突的氣氛。

夏玉華接過重新換上的茶喝了一口，心中估計著時間差不多了，便叫住了準備退下的婢女，很是自然地說道：「妳先等等。」

婢女見夏玉華還有吩咐，連忙停步恭候，輕聲問道：「夏小姐還有什麼吩咐嗎？」

夏玉華放下手中的茶杯，而後拿起剛才收著的那瓶藥膏朝那名婢女說道：「剛剛妳給我拿來的藥膏效果很不錯，這會兒手上的紅腫竟然都消得差不多了。這藥膏我只用了一點點，妳再辛苦跑一趟，將這個給陸小姐送過去；她的腳踝先前也扭到了，想來應該也會有些腫脹的，拿去讓她搽一些，多少有些幫助的。」

婢女一聽，連忙稱是，上前兩步雙手接過藥膏，而後這才再次退了出去。

等那名婢女出去後，杜湘靈遲疑了片刻，這才朝夏玉華問道：「玉華，妳跟無雙現在已經冰釋前嫌了嗎？」

聽到杜湘靈說的話，兩位貴女亦滿是好奇的盯著夏玉華，等著她的回答。她們這個圈子就這麼一點大，誰家發生什麼事，又怎會不知道呢？

見狀，夏玉華自然明白杜湘靈還有兩位貴女的想法，她微微一笑，平靜地說道：「哪有那麼容易，我也不知道到底哪裡做錯了，如今她每次見到我便要向我發難，實在是無趣得緊。今日之事亦是如此，好端端的出了這種事，真不知道到底是招誰惹誰了。」

「那妳還讓人給她送藥膏去做什麼？她這種人，十有八九是不會領情的。」其中一位貴女忍不住說道：「妳這人也太好說話了，要是我，不找她麻煩就謝天謝地了，還給她送什麼藥膏，想都別想。」

「就是！依我看，今日這事就是她故意弄出來的，要不然好端端的馬怎麼偏偏就撞到玉華的馬去了；還不只如此，撞了就撞了，偏生她的馬沒什麼事，反倒讓玉華的馬瘋成那個樣子，我是怎麼看怎麼都覺得奇怪。」另一位貴女一臉的不屑，其實平日裡她早就看不慣陸無雙了，仗著長得漂亮，成天在那堆男人身旁打轉，也不知道丟人。

「不會吧，無雙應該不至於這般沒腦子吧？」杜湘靈一聽，皺著眉頭說道：「她如果真是故意的，難道就不怕自己因此而出事嗎？況且，她的腳還扭傷了，總不至於拿自己的安危開這種玩笑吧？」

聽到杜湘靈的質疑，其中一位貴女不由得笑了起來，而後說道：「湘靈，妳呀跟玉華一樣，就是太過實心眼了。陸無雙可沒妳們想的那般單純，妳沒見她從馬上摔下來時那馬的速度嗎，就那樣的速度，直接掉下來都沒什麼多大的問題，更何況世子可還拉了她一把的。」

「還有呢！」另一人補充道：「我可是一直都在注意陸無雙那隻腳，壓根兒沒扭到，根本是裝的！要真傷到了，以她那種嬌氣，早就哭爹喊娘的叫來一大堆大夫診治了，還能夠那般忍得住？」

這兩位貴女也不知道是真的看得比較明白，還是對陸無雙有成見，因此今日這些話可都是說得極其不怎麼好聽的，句句都是直接針對陸無雙。她們可不像夏玉華，講求什麼真實證據之類的，反正背地裡說別人也是常有的事，平日裡幾個人聊起這些不都是想到什麼說什麼呢，有誰會那般死板的一一求證了才說？

真要那樣的話，這閨中哪裡還有多少可以相互說八卦取樂的事呢？更何況，今日這幾個人沒有誰會將這些話傳到陸無雙那裡去的；而就算被陸無雙知道了又如何，難道她還敢挑明來找麻煩不成？那不是自討沒趣嗎？

聽了這些，杜湘靈頓時有些語塞了，其實，她心裡對陸無雙也有些懷疑，只不過不想去胡亂猜測罷了，所以便沒有如同這兩位貴女一般口沒遮攔的說出來。

特意再次過來探望，也是有心提醒一下夏玉華多留心陸無雙，如今聽到這些，更是覺得陸無雙怎麼看都不是什麼善類，日後還是能少接觸便少接觸的為妙。

「唉，這陸無雙怎麼就這麼多的心思呢。」杜湘靈喃喃自語著，而後朝夏玉華說道：「玉華，日後妳儘量離她遠一些，省得生出些不必要的禍端。這樣也好，早些看清了日後也不會再為這種人而生氣、傷心。」

夏玉華哪裡會分不出眼前這三人誰才是真心真意的替自己擔憂，那兩位貴女雖然言辭十分犀利的針對陸無雙，態度很明確的是站在自己這一邊，不過卻都只是逞一時的口舌之快，藉機發洩一下心中的不滿罷了。

但是杜湘靈與她們不同，並不會為了一己之快而毫無顧忌的在她面前說些什麼，卻是打心裡頭真正關心她的想法與做法；不僅如此，一旦確定想法之後，也不會怕惹上麻煩而會直接的提醒她。這樣的杜湘靈，謹慎卻又負責任，確是完完全全的有別於其他人。

「杜姊姊放心，我心裡有數的。不論她這傷是真還是假，對我來說也無所謂了，日後總歸多注意一些便是。至於剛才讓婢女送藥膏去，那也不過是舉手之勞罷了，說來以前也是姊妹一場，就算她不念舊，我總也是問心無愧了。」夏玉華自然不會說出自己讓婢女送藥膏去的真正目的，臉上也沒有任何的異樣。

正說著，卻見先前送藥膏去的那名婢女慌慌張張的從陸無雙的屋子裡跑出來。

「咦，那個婢女怎麼那般慌張呀？」真沒想到，一切竟再順利不過，不單單是夏玉華看到了，一位貴女的目光不經意的往外瞄時，竟然也剛好看到對面的情景。

聽到這話，杜湘靈與另外一位貴女自然也馬上抬眼看了過去，果然見到先前去給陸無雙送藥膏的那名婢女神色慌慌張張的走出了幾步，似乎又想到了什麼，連忙重新轉回去，將陸無雙屋子的門給攏好，而後才再次匆忙離開。

「哎喲，這還真是有意思，送個藥膏怎麼送成這樣了？」那率先看到的貴女不由得一臉的好奇，邊說邊朝身旁服侍的貼身丫鬟說道：「妳去外頭看看，把那丫頭叫進來問問。」

這些貴女們平時最是喜歡閒聊各種各樣的小道消息了，因此在這方面的經驗已是相當豐富，一見到那名婢女這般奇怪的神色，馬上便聯想到肯定有什麼不尋常的事情，這會兒自然也就不會放過機會打探一二，以此來滿足她們那顆異常強烈的好奇心。

這位貴女的貼身丫鬟本就機伶，再加上服侍自家小姐頗長一段時間了，自然一眼便明白了主子的心思。她趕緊走到了門口，等那名送藥膏去的婢女走近，便出聲將婢女叫進了屋子裡頭。

而此刻，那名婢女臉上的慌亂依然很明顯，進到屋裡還不時的往斜對面的方向看了兩眼，又刻意的往裡頭走了幾步，似乎是想藏匿得妥當些，免得被外頭什麼人看到她進來了這屋裡。

見狀，兩名貴女更是來了興趣，開口便朝那婢女問道：「妳慌慌張張的做什麼？後頭有什麼東西在追妳嗎？」

「回、回小姐們話，奴婢失儀了，請小姐們恕罪。」婢女連忙行禮請罪，臉上更是一副驚惶失措的樣子。

見狀，其中一位貴女不滿地訓斥道：「妳這丫頭沒長耳朵嗎？問妳為什麼慌慌張張的，怎麼不回答呀？」

「奴婢……奴婢……」那名婢女本就慌張不已，如今再被這屋子裡頭的小姐板起臉來訓斥，一時間更是結結巴巴的，連話都說不清楚了。

看到這樣子，眾人頓時更加疑惑了，想來剛才這名婢女送藥膏過去，一定是屋裡發生了什麼特別的事，否則的話也不可能在短短的時間內就變成這副模樣。先前她們也見過這名婢女的，不但口齒伶俐，亦很機伶，全然不似現在這般模樣。

「問妳話就回答，結結巴巴地做什麼？難道本小姐問話，妳還敢不答嗎？」貴女顯然有些不太耐煩了，連逼帶嚇的盯著那名婢女，一副再不說就要責罰她的模樣，看上去還真是凶得很。

而那名婢女更是嚇得不行，眼淚都快掉了下來，可卻實在是不知道如何開口，也不確定剛才看到的能不能跟眼前這些小姐們說。

見狀，杜湘靈倒是替那名婢女說話道：「行了，妳別慌，我們也沒別的意思，就是看到妳慌慌張張的從那邊屋裡出來，平坦路走得都差點摔跤了，一時也不知道發生了什麼事，所以才會詢問一下。有什麼話慢慢說，別緊張，沒什麼可怕的，這不是這麼多人都在嗎？」

杜湘靈的聲音輕而柔，聽上去倒是讓人不由自主的放鬆了一些，但即便如此，那名婢女卻依然只是搖著頭，怎麼也不肯出聲說話。

這樣一來，可是將那兩位貴女給惹急了，天知道到底發生了什麼事，看這婢女的樣子一準不是小事，而且極有可能與陸無雙有關，因為這不是剛剛從陸無雙屋裡出來才變成這樣的嗎？

「妳倒是說話呀，再不說話，我可不客氣了！」一位貴女可沒杜湘靈那般的好性子，徑直一拍桌子，只差沒吩咐一旁的丫鬟直接上前動手了。

這一拍桌，可將那婢女給拍得整個人都差點跳了起來，一時間，眼淚全逼出來了，連聲拚命搖頭道：「奴婢什麼也沒看見，奴婢什麼也沒看見……」

屋子裡頓時安靜了下來，幾個人連連對視，馬上便從這婢女脫口而出的話中聽出了玄機，什麼也沒看見？那就說明她剛才一定是看到了些什麼不應該看到的東西嘍！

「還敢張嘴胡說？妳什麼也沒看到會嚇成這個樣子？趕緊說實話，到底看到了些什麼，不會是陸小姐出了什麼事吧？」那位貴女見狀繼續拉下臉責問，她就不信今日這名婢女敢不說實話。「妳再不說的話，一會兒我們自己去看個究竟，若是發現陸小姐有什麼三長兩短的，妳這條小命就別想要了！」

「不、不關奴婢的事，奴婢真的什麼也沒做。」婢女頓時更是慌了，脫口而出道：「奴婢也不知道世子與陸小姐到底怎麼了，奴婢敲了門的，進去的時候看到世子正壓在陸小姐身上，兩人衣裳都扯沒了。奴婢也不知道世子是不是打了陸小姐，床單上好像還有血！世子看到奴婢後，破口便大罵讓奴婢滾出去，奴婢、奴婢……」

說到這裡，婢女似乎覺得自己委屈無比，索性也沒再說了，直接站在那兒掉眼淚、抹鼻子。其實一看就知道她年紀不大，頂多十三、四的樣子，因此看到這場景時懵懵懂懂還搞不清狀況，又突然被世子這般怒罵，不嚇壞才怪。

只不過，聽到這些敘述之後，屋子裡所有的人頓時都驚呆了，空氣中瀰漫著無比曖昧難明的氣息，就連一旁年紀不大的鳳兒似乎也猜到了什麼，臉上閃過難以相信的羞澀與害臊。

「咳咳……」夏玉華終於清了清嗓子，一副略帶尷尬的模樣，朝那婢女問道：「妳沒有亂說吧，要知道這種事可是萬萬不能胡說的。」

她也沒點得太明，心中暗自偷笑，沒想到撞破這事的竟然是個什麼都不懂的小丫頭，連那種事經這婢女一描述，倒好像成了鄭世安在毆打陸無雙似的了。不過，這樣更好，這種年紀的婢女所說出來的話，想必旁人更是會毫不質疑。

「沒、沒，奴婢怎麼敢胡說？」婢女連忙解釋道：「小姐，奴婢真的不是故意的，請小姐們相信奴婢，奴婢這手中的藥膏都還沒來得及送出去呀！」

夏玉華再次輕咳了一聲，露出一副不好意思再多問的樣子朝杜湘靈看了看，表示自己還是不要多理會這種事比較好。

杜湘靈自然知道夏玉華在顧忌什麼，說到底她以前也總是跟鄭世安與陸無雙有些說不清、道不明的牽扯，這種事自然是沾都別沾為妙，省得日後反倒讓人說三道四的。

而兩位貴女似乎一下子還沒來得及消化掉這個突然而來的驚天大消息，一時間竟都沒有再說一句，只是臉上的神情隱隱都蒙上了一層難以言喻的興奮與激動，目光裡閃爍的神色如同是在想像著剛才那婢女所說的，到底是多麼激烈而活色生香的一番場景。

見狀，杜湘靈到底還是年歲大一點，辦事也最為識大體，此時見這幾人一個個都被聽到的事給震懾住了，自然不得不出面來收一下尾。

「行了，我們知道這不關妳的事，妳別害怕，也別再多想。就當作什麼也沒看到、什麼也不知道一般，不許出去亂說，知道嗎？」杜湘靈很是鄭重的吩咐著，不論如何，這種事的確不是什麼好事，傳開來的話，還指不定會鬧出什麼樣的風波來。

婢女一聽，這才算是找回了點心魂，連連點頭表示自己明白。「是，奴婢不會亂說的。」

「妳退下吧，去忙妳的，鎮定些，別弄得跟妳做了什麼見不得人的事似的！」那兩位貴女這回總算是回過神來了，不耐煩地朝那婢女揮了揮手，示意趕緊退下，眼下她們可是一肚子的話要說，有個外人在，自然還是有些不太適當的。

婢女見狀，如釋重負一般，連忙再次行了禮準備出去，不過剛剛走到門口還沒來得及出去，卻突然又轉身跑了進來，跟見了鬼似的，快速閃到門裡側躲了起來。

眾人看到後，下意識的往門外看去，卻見斜對面陸無雙的屋門被打了開來，世子鄭世安正從裡面走出。許是感覺到有目光注視他，鄭世安馬上便抬眼看了過來，見到好些人正盯著他瞧，一時間也不知道是作賊心虛還是怎麼的，神情極不自在。

別開眼左右看了看，卻發現要離開這裡竟然只有一條走道，不得不從夏玉華休息的那間屋子前面經過。鄭世安稍微愣了一下，而後還是強裝鎮定，硬著頭皮抬步往外邊而去。

杜湘靈見狀，連忙輕咳了一聲，示意屋裡的人都別這般死盯著人瞧。

很快的，鄭世安便走到了夏玉華屋子的門前，他抬眼裝作不經意的看了一下，只見杜湘靈等人都在屋裡，看上去似乎是專門來探望夏玉華的。而夏玉華則坐在那裡安安靜靜的，頗為恬美，神色跟先前冰冰冷冷的對著他時完全不一樣。

不過，這會兒似乎根本不是考慮這些事的時候，鄭世安的腦子亂得很，因此也沒多作停留，只是象徵性的朝著杜湘靈等人點了點頭，算是打過招呼，而後便直接快速離開，神色雖不算慌亂，不過終究還是透露出了一絲閃爍，沒有往日的從容與瀟脫。

待鄭世安完全離開看不見身影之後，那婢女這才心有餘悸的走了出來些，一臉可憐巴巴地朝眾小姐們看了看，似乎是在詢問可不可以離開了。

見狀，杜湘靈倒真有些可憐這小婢女了，碰到這種事，自然是緊張的，剛才又差一點被鄭世安看到她在這裡，萬一讓鄭世安知道她說了些不應該說的話，那麼不論如何都會受罰的。

她讓身旁的丫鬟拿了點賞錢給那婢女，而後又安撫了兩句，這才讓其先行退下去了。

那婢女一走，忍了好久的兩位貴女終於按捺不住地議論了起來，她們一開始還真不知道鄭世安在陸無雙休息的屋子裡頭，更沒想到這兩人大白天的竟然敢做出這等苟且之事來。

原本便對陸無雙不怎麼待見了，如今更是十二分的不屑與鄙夷，所說的話也尖銳異常，絲毫不再有半點的顧忌。

「真沒想到陸無雙竟然這麼不要臉，還沒嫁人就能跟男人做出這種事來，妾生的就是妾生的，天生就是下賤的胚子，一門心思就想著勾引男人，上男人的床！」

發生這樣的事，似乎不論到底是誰的責任，首先受到指責與鄙視的永遠都是女人，而對於絕大部分人來說，下意識裡都覺得男人這般做不過是一夜風流罷了。

「就是！」另一貴女嘲諷地接著說道：「看她平日那樣就知道了，天生的狐媚胚子！還以為自己有多了不起，一個庶出的竟還敢惦記著世子妃的位置，真是沒有半點的自知之明！如今又做出這般死不要臉的事來，這陸家祖宗的臉都被她給丟光了！」

第二十六章

聽到這些，杜湘靈與夏玉華倒是都沒有說什麼。杜湘靈是有些無語，既為陸無雙的所作所為，也為自己這兩個小姊妹太過直接的表述方式；而夏玉華則聰明地置身事外，靜靜的看著這順勢而自然發展的一切。

「哼，就她一個相爺家的庶女還敢妄想嫁入端親王府當正室？真是作白日夢，妳當端親王府是什麼地方，會這般沒有身分？真是好笑，以為不要臉上了人家的床就行了？現在都已經婚前失貞了，我看她日後哪裡還有臉出來見人！還當正室？嘻嘻，讓端親王知道了，能同意世子納她為妾，她都得去寺裡燒香拜佛了，我看她日後還怎麼神氣！」

「一看就知道不是什麼好貨色，平日裡見到哪個世家子弟都是一臉狐媚樣，人家稍微抬舉一下她，她就不知道自己的身分了，庶出就是庶出，一輩子那也只能是庶出的命！想當正室，甚至還想當端親王府家世子的正室？下輩子先投個好些的胎再說吧！」

「哎呦，投什麼胎也沒用了，就她這種輕浮的性子，再如何費盡心思也是沒有什麼好指望的了！」

聽這兩人說得這般毫無顧忌，杜湘靈只好打斷，滿臉認真的勸說道：「好了，妳們兩個就少說兩句吧。畢竟事關人家的名節，妳們也沒親眼看到，還是別到處亂說。多一事不如少一事，就當今日什麼都不知道得了。」

杜湘靈終究還是良善一些，那兩人聽後，一時也不好當面再多說什麼，只不過嘴上雖不再說，可這心中卻早就已經完全認定陸無雙失貞一事。不由暗自盤算著，這麼大的驚天消息怎麼可能藏得住呢？

兩位貴女一時自然也坐不住了，互相看了看，便起身朝杜湘靈與夏玉華告辭，說是還得去旁的地方轉轉，不再打擾了。

杜湘靈也知道這兩人心裡怎麼想，不過她該說的都說了，其他的確實也是她無法控制得了的，終究是陸無雙自己太不檢點，做出這樣的事來，想要不被人知道是不可能的。

夏玉華起身相送，走到門口便看見有兩名眼生的婢女匆匆忙忙的拿著一些東西往陸無雙屋裡而去，一副遮遮掩掩的樣子。

見狀，兩位貴女互相對視後笑了笑，更是彼此心照不宣，卻也沒多說什麼，很快便先行離開了。這會兒工夫，她們自然都是迫不及待的要將這樣的驚天大消息帶給其他小姊妹們一併分享。

待她們一走，杜湘靈這才拉著夏玉華的手重新回到了房間，朝外頭看了一眼，也不知道是看著那邊覺得有些刺眼還是覺得心煩，擺了擺手讓婢女將房門給關了起來。

「杜姊姊，妳看上去有些累，要不要在這裡小睡片刻？」夏玉華見杜湘靈神色似乎有些疲倦，便出聲詢問著。

杜湘靈搖了搖頭，用手帕稍微拭了拭眼角道：「不用了，我在另一處也有休息的地方，再跟妳說幾句話就走了。」

見狀，夏玉華知道杜湘靈必是有什麼重要的心底話要講，因此亦頗為認真的點了點頭，看著她道：「杜姊姊請講，玉華定會好好聽著的。」

見夏玉華一副很是用心聽她說的樣子，杜湘靈不由得笑了笑道：「看到妳這個樣子，其實我倒是覺得自己的擔心應該是多餘的，不過既然都開了頭，那便還是說出來算了。其實估摸著妳是不必我提醒的，不過就當是我囉嗦，妳就將就著再聽一次吧。」

夏玉華亦回了一個坦然的笑，並沒有再插話，而是繼續聽著。

「玉華，剛才的事妳心裡頭就真的一點也不在意嗎？鄭世安畢竟是妳以前喜歡過的人，而陸無雙又是妳以前最好的姊妹，如今他們兩人卻……」

杜湘靈猶豫了一下，接著說道：「剛才我見妳神情一直平平靜靜的，不過心裡頭著實還是有些擔心妳，怕妳會不太舒坦。或許是我多心了，反正我就是不想妳因此而受到什麼不好的影響。他們的事我自然沒那麼多心思去理，可妳不同，我真心將妳當成妹妹看待，所以總是會不由自主的為妳擔心這、擔心那的。」

杜湘靈的一番真心話讓夏玉華很是動容，她朝著杜湘靈露出一個安慰的笑容，而後異常肯定地說道：「姊姊放心，玉華真的已經將過去那些事都放下了。如今不論是鄭世安也好、還是陸無雙也罷，真的都不重要。對我來說，重要的只是如何好好過自己的日子，如何好好珍惜自己的家人、還有像姊姊這種真正關心我的朋友！」

杜湘靈走後，她微微一笑，示意鳳兒關上了屋門，不再理會外邊的一切。

突然覺得有些睏了，便上床準備小睡片刻，迷迷糊糊的不知道睡了多久，終究不是自然醒而是被鳳兒叫了起來。

鳳兒已經備好了洗臉水什麼的，聽她說太子等人已經狩獵回來了，半個時辰後將在賽馬場那邊已經佈置好了的空地上舉辦宴會，召集眾人齊聚分享美味的獵物以及打獵的一些趣事。

夏玉華在鳳兒的服侍下稍微收拾了一番，又吃了一小碗鳳兒提前讓人準備好的粥，精神一下子好了不少。

「鳳兒現在越來越能幹了。」放下手中的碗後，夏玉華誇了鳳兒一句，沒有她的吩咐，這丫頭如今越來越清楚她的各種需求了。

鳳兒一聽，頓時高興不已，不過卻並沒有半絲得意之色，而是解釋道：「奴婢擔心小姐睡醒後會有些餓，所以才讓他們先準備了一碗粥，而且我聽說一會兒的宴會上，吃的東西都很油膩，怕小姐不太喜歡，吃不了多少，所以現在先吃點粥墊著也是好的。」

「挺不錯的，回去後，我讓管家加妳的月錢。」夏玉華接過鳳兒遞過來的帕子擦了擦手，笑笑地說著。

「多謝小姐。」鳳兒連忙謝恩，而後似乎想到了什麼，猶豫了一下還是說道：「小姐，加不加月錢的我並不是很在意，反正奴婢天天跟著小姐，在府裡頭什麼也不缺。不過，奴婢斗膽，想跟小姐求個恩典。」

「什麼事？妳說吧。」夏玉華這還是頭一回聽鳳兒跟她討求恩典，因此倒是有些好奇起來，不知道這小丫頭到底有什麼事。

「嗯……其實、其實就是……」鳳兒顯得有些不太好意思，一時支支吾吾的有些不知如何開口才好。

正說著，忽然門外響起敲門聲，見狀，鳳兒只好暫時將到了嘴邊的話給吞了回去，轉而先去開門。

開門一看，卻是先前那個送藥膏的婢女，說是替人來給夏小姐傳話的。鳳兒一聽，朝裡頭看了看，見自家小姐點了點頭，便讓那婢女進來再說。

婢女進來後，朝夏玉華微微行了一禮，而後徑直說道：「夏小姐，小侯爺讓奴婢來問您是否已經休息好了。他這會兒正在營地外面等著，說是有事找您，如果您休息好了的話，請您出去一趟。」

聽到婢女的傳話，夏玉華頓時有些奇怪起來，也不知道李其仁搞什麼鬼，有事找她直接過來不就行了，偏生還這般費事的找人傳話，倒是有些不太像他的風格了。不過反正離宴會也沒多久了，所以這會兒她也差不多正準備要出去了。

點了點頭，夏玉華示意自己知道了，讓那婢女也不必再去回稟小侯爺，退下去做自己的事便行了。

「鳳兒，妳先前說有什麼事要求我來著？」等婢女退下後，夏玉華邊起身邊朝站在一旁的鳳兒問著，倒是沒有因為李其仁而忘記這事。

見自家小姐倒還記著自己的事，鳳兒心裡頭很是開心，只不過這件事不是一、兩句話說得清楚的，而這會兒小侯爺還在外頭等著，所以乾脆還是等回府後再找機會說也不遲。

「小姐，小侯爺還在外頭等著呢，奴婢的事也不急，等遲些回府後再說吧。」鳳兒邊說邊上前扶著夏玉華，滿臉都是乖巧的笑意。

見狀，夏玉華也沒再多說什麼，略微嗯了一聲，隨後便抬步往外走。

出了營地，果然看到李其仁在外頭不遠處等著，見到夏玉華出來了，連忙笑著朝她揮了揮手。

剛一走近，李其仁便馬上問道：「玉華，妳休息好了嗎？沒什麼不舒服的地方吧？」

「休息好了，也沒什麼不舒服的地方。」夏玉華笑著說道：「不過是稍微受了點驚嚇，這會兒早就沒事了，我又不是瓷娃娃，哪有你想的那般柔弱。」

李其仁一聽，不由得呵呵一笑，說來也奇怪，雖然他明知道眼前的女子並不是那種膽小柔弱的嬌貴小姐，可就是忍不住擔心。先前狩獵時也是，不時的總想起她，不但擔心她身子有什麼不舒服的，又擔心她因為賽馬突發之事，影響了心情。

「沒事就好，我就是有點不放心，看到妳沒什麼事就好了。一會兒宴會就要開始，我先過去了，妳等下跟杜家小姐她們一起過來吧，那邊都已經準備好了。」李其仁見夏玉華精神狀態與情緒都還挺不錯的，心裡頭倒是踏實了不少，說了兩句後便打算先行離開。

聽到這話，夏玉華可是越發的有些摸不著頭緒了，見李其仁一副準備轉身離開的樣子，便叫住他道：「其仁，等等！」

「還有事嗎？」李其仁馬上便停住了都已經邁出的步子，轉頭看向夏玉華詢問著。

「倒是沒什麼事，就是覺得你這會兒怎麼怪怪的，不過就是去狩個獵回來，感覺一下子這麼客氣了？」夏玉華也沒隱瞞，直接挑明了自己的想法，邊說還上下打量著李其仁，似乎是想從他身上找到想要的答案。

見夏玉華這般問，李其仁一下子倒是有些不太明白了，他不由得也跟著夏玉華的目光上下將自己打量了一遍，喃喃問道：「怪怪的嗎？哪裡怪了？」

問罷，他特意朝一旁的鳳兒看了一眼，似乎是想從鳳兒那裡得到些提示，可惜的是，鳳兒卻也不明白自家小姐的意思，只得抱歉似的搖了搖頭，一副她也不清楚的樣子。

看到李其仁自己並沒有察覺，夏玉華笑了笑道：「其仁，你剛才怎麼不直接進屋去找我，才兩步路還費事讓個婢女去傳話。如果是別人的話，那倒也正常，不過以前怎麼沒發覺你做事還喜歡如此迂迴繞圈兒？」

聽到這話，李其仁頓時有些明白了，正想出聲，卻聽夏玉華繼續說道：「還有，這會兒你也明知我是要去宴會地點那邊了，偏生你又要特意先走一步，讓我去找杜姊姊她們再一起過去。這般涇渭分明的，是不是有人說了我們些什麼不好聽的，讓你心裡有負擔？」

夏玉華說話也直率，並未覺得有什麼不好意思直接道明的。她當即便想起了先前那兩個貴女說起她與李其仁之事，因此估摸著是不是李其仁那邊也聽到了些什麼不好的傳言，所以他才會有所顧忌。

如果真是這樣的話，那她倒也明白應該怎麼做。雖然她並沒有什麼其他的想法，只是真心喜歡能結交李其仁這樣的朋友，不過若是因此而讓對方受到一些沒必要的外在壓力的話，那麼她自然也會刻意去注意一下這些流言蜚語，儘量減少一些不必要的接觸，免得連累到了李其仁。

「不、不，不是這樣的，玉華，妳千萬別誤會！」李其仁連忙又是搖頭又是擺手的，似乎被夏玉華說的話給逼急了，趕忙解釋道：「沒有誰在說我們什麼，再說我這人向來都不在意別人說三道四，更不會放在心上，妳可千萬別想多了！」

李其仁這下可急了，生怕夏玉華誤會，以後都不怎麼理他了，那他可就真是委屈了；又怕夏玉華不相信，因此只得連聲否認。

見狀，夏玉華倒是不由得笑了起來，停了一下後說道：「不是就不是，你急成這樣做什麼，我也就是看你有些怪怪的，隨口問問而已。」

看到夏玉華笑了，李其仁總算是鬆了口氣，朝四周看了看，見附近沒什麼旁人，這才再次解釋道：「玉華，其實是這樣的，先前狩獵回來，我便被幾個朋友拉了過去。我聽他們說、他們說……」

李其仁似乎有些不太好意思開口，頓了頓後這才輕咳一聲再次說道：「他們說世安與陸家小姐剛才在營地休息的屋子裡頭……那個……」

「這事你不必細說，那個我也聽說了。」夏玉華見李其仁說到這種事竟如此靦覥，心中不由得笑了笑，倒是好心地替他打岔，直接跳了過去。「我休息的屋子就在她的斜對面，當時杜姊姊與其他兩位貴女姊姊去看我，正好她們都在，屋子地方小人又多，所以就沒關門。」

聽到這話，李其仁愣了一下，而後脫口問道：「那他們說的都是真的了？」

先前他還是半信半疑的，只當那些人聽風是雨，看到些苗頭便亂猜亂傳來著，如今見玉華這般說，倒是不由得相信了。

對於鄭世安，李其仁還算得上瞭解的。若說做出這種事來，也不是什麼完全不可能的事；至於那陸無雙，因為夏玉華，其實他對那個女子確實也並沒有多好的印象，更何況當時杜湘靈等人都在場，想來是不會有錯的。

「是不是真的我也不好說，畢竟沒有親眼看到，不好下什麼定論。只不過是有個婢女不小心撞見了，慌慌張張的跑出來說漏了嘴。」夏玉華也沒刻意多說。「先前走時，杜姊姊還囑咐那兩位貴女姊姊莫跟其他人提起這事，畢竟不是什麼好事，況且也沒親眼看到。卻是沒想到，我睡一覺醒來，這事竟然已經傳得滿天飛，連你都知道了。」

「這種事，哪裡可能瞞得住的。」李其仁臉上略帶同情，而後看向夏玉華道：「其實，真也好、假也好，別人的事我自然懶得去操那閒心。只不過，妳沒聽到現在四處傳著說他們的那些話說得多難聽，而且主要都是說陸家小姐的。咱們這個圈子妳也清楚，一有點事便傳得路人皆知，旁人沒幾人會去真在意這事本身是真是假，只會跟著越傳越厲害。」

他停頓了片刻，再次說道：「其實我也是剛才聽到這些後，突然覺得有時這人言還真是太過可怕了些。我一個男人倒沒什麼，總覺得人正不怕影子斜，所以與妳相處時也沒特意避諱些什麼。我就是怕我成天沒心沒肺的，反倒是會給妳造成一些不必要的麻煩，因此這才會想著要多注意一些才行。」

正如李其仁所言一般，他真的是從剛才聽到的這些流言裡頭突然得到了一些啟發，先不論鄭世安到底有沒有與陸無雙做那種事，最起碼鄭世安若是多為陸無雙著想，顧及一下陸無雙的名聲的話，就不應該關著門單獨待在陸無雙休息的屋裡頭那麼久。

越是在意一個人，便越是應該多替她著想才對，以前他可能是沒意識到這些細節，如今既然意識到了自然得多替夏玉華考慮，所以他才會表現出如同玉華所說的那些差異出來。

而聽了這一番話，夏玉華倒是不由得被李其仁的用心良苦感動不已，這世上太多的人都是習慣於從自身利益出發，首先替自己考慮，沒想到李其仁這個人一向不喜歡那些彎彎繞繞的直腸子竟然會這般替她著想。

「謝謝！」她欣然一笑，本以為自己會有許多話要說，可結果說出口的卻還只是這兩個最為簡單的字。

見狀，李其仁倒是有些不大好意思了，他呵呵一笑，知道夏玉華明白自己的用意了，也不再有任何的擔憂，揮了揮手道：「行了，咱們可是好朋友，說什麼謝不謝的呢！我先走了，一會兒妳也別太遲就行了。」

——未完，待續，請看文創風130《難為侯門妻》2

種田重生／豪門恩怨／婚姻經營

痛快逆襲、深情不悔／不要掃雪

難為侯門妻

全套五冊

她，人們戲稱為京城裡的一朵奇葩，
仗著父親是大將軍王，任性妄為、胡攪蠻纏，
不顧一切嫁給癡戀的男人，
卻因此付出最慘痛的代價……
沒想到死後重生，回到一切悲劇上演之前，
這一世，她真能改變自己去糾正前世的錯誤，
阻止不幸的命運再次發生嗎？

文創風 129 1

她已下定決心不再去招惹那些虛有其表的世家公子，
一心想拜師學醫，成為真才實學的女大夫，
才有能力改變自己與父親的不幸，挽救夏家的崩毀，
但是天下第一的神醫早已放話不收徒弟，連要見上一面都很難了，
這重生後跨出的第一步還真有點傷腦筋～～

文創風 130 2

沒想到世事難料，一切似乎完全反了過來，
尤其小侯爺李其仁的出現，意外打亂了玉華的全盤計畫，
他外向、開朗，真心誠意對待她，對夏家更有莫大的恩情，
她不知道怎樣才能表達心中的感激，同時也越發的不安起來，
人情債、感情債似乎越欠越多，多得根本沒有辦法還清……

文創風 131 3

無論哪一世、無論什麼事，為了女兒，父親都可以付出一切，
這一世，就換她來付出，並討回原本屬於父親的東西吧！
哪知父親才歷劫歸來，唯一的弟弟又遭人下毒，命在旦夕，
這夏家真是屋漏偏逢連夜雨，倒楣事一齣又一齣，
但只要父女同心，其利斷金，便沒有過不了的難關……

文創風 132 4

莫家是天下首富，身為接班人的莫陽個性內斂而清冷，
給人一種不怎麼好親近的感覺，卻總在下令玉華急難時伸出援手；
一個曾經親手為母親煮麵，如今也願意為她煮麵的男子，
這樣的他便足以讓玉華動容，永遠記在心中……

文創風 133 5 完

眼看婚姻中出現了大麻煩，即便錯不在自己，畢竟事情因她而起，
解鈴還需繫鈴人，玉華決定親上火線，化解婚姻危機，
她從不信什麼改命之說，自己的命只有自己能夠改變。
兩世為人，她真真正正懂得要珍惜這愛她及她所愛的人，
斷不會再讓自己留下更多的遺憾……

不按牌理出牌、妙語如珠盟主／涼風有信

宅鬥（誤）／宮鬥（大誤）／原創好文開心就好

福晉很忙

全套三冊

吾本逍遙一宅女，愛山愛水愛畫畫，
奈何一日入皇家，
吃得苦中苦，方為小福晉……

在最風起雲湧壓力大的年代，
被數字阿哥所圍繞，是幸耶？不幸耶？
歷史擺兩邊，黑皮放中間！
四爺黏上來，福晉蹺府求自由，哎呀，輕鬆一下嘛～～

文創風 126 **1**

說實在話，她天性散漫憊懶，並不適合入宮為妃，
所以……嘿嘿嘿！耿綠琴有計劃地在選秀女的行列中落選，
豈料人算不如天算，皇帝沒看上她就罷，竟多事指婚給四貝勒！
四爺聞名於世的就是冷酷難纏加小心眼，當此人之福晉還能活嗎？!
好吧好吧，命定如此，她也沒法度，只能逆來順受，
反正她專長就是閒晃、閒散度日、閒在宅裡什麼都不鬥，
為防府裡妻妾的明槍暗箭，早已抱定大婚後低調行事是唯一準則。
可偏偏四爺硬和她過不去，平日話不多說，夜裡老愛在她房裡歇！
害她這個沒名號的小小小福晉日子難過，
夫君刻意「夜夜發春」，她無辜遭嫉、有苦難言～～

文創風 127 **2**

即使明含笑暗腹誹的接待那城府深、難捉摸的夫君挺習慣的，
但她並沒被富貴生活迷昏頭，天真到就此享受起這幸運。
畢竟是在九龍奪嫡風起雲湧的時期，老天爺也特愛整她，
她即使位分不高、深居內宅也不能耍孤僻，好多人情義理要顧，
服侍腹黑夫君不夠，連「老康」都不時召喚她入宮做這做那，
幾位數字阿哥更土匪般不客氣，屢次搶走她的寶貝畫！
她這堂堂福晉有如皇室專用畫匠、愛新覺羅家的高級奴婢，
福晉當得壓力大，她蹺家出府看蝴蝶散個心行不行？
不料一人逃家卻有雙重包袱，她、害、喜、了！
晴天霹靂也就如此了，這下可慘，四爺會放過她嗎？!

文創風 128 **3** 完

耿綠琴怨氣頗深，蹺府出走的念頭越來越強，
總之福晉可不當、自由不能棄，這詭異平和的日子不適合她！
可謎啊謎～～幾年過去她竟兒女成群，儼然府裡第一主母?!
這事事不如意、不順心外，還倒著發展的情況真令她暈！
並且有賴她的平庸平凡平常心，竟在皇阿瑪那兒也得緣，
讓她不時得離開四爺忙活，夫妻倆鴛鴦兩分飛……
說真的，唯一只有這事兒令她好——開心哪！
大老爺對外人刻薄寡恩氣場驚人，偏就對她這小福晉無可奈何，
她出外放風得償所願，他政事繁忙理應不在乎也管不著，
卻不料，寡言四爺對她實有驚天動地的陰謀安排……

華麗的宅門／攻心的教養／名門淑女的必殺絕技／粉筆琴

錦繡芳華

全套五冊

羨慕名媛淑女總能嫁入豪門當貴婦嗎？

名門閨秀教養守則，教妳一步步養成淑女，絕代芳華!!

文創風 121 **1**

她含冤而死，卻重生於小妹之身。
從此她不再是那個任性驕傲的林家嫡長女林可，
成了林府最小的嫡女林熙。
林家為她請來了堪稱傳奇的葉嬤嬤作為她的教養嬤嬤。
她暗自立誓——既然上天讓她再活一次，
她要活得光耀門楣，她要一步步踏出她的錦繡芳華……

文創風 122 **2**

嫁入侯門世家裡，哪個夫君是不納妾的？
看著母親與父親的妾室鬥著，她不只怕，光想心裡就不舒服。
可嬤嬤卻教她另一種心法——
只予情不予心，無傷無擾，才能淡泊平心，
才能在將來不為了妻妾之爭而累，不為了夫君移情而傷。
她該怎麼拿捏對夫君要情深義重，
但卻又要做到無心無傷、更讓夫君時刻都念她在心上呢？

文創風 123 **3**

沒想到在林府裡的嫡庶之爭，對她而言倒只是些小把戲了，
真正難的是，為了沖喜，她提早嫁入明陽侯府謝家，
之後，她除了得守著自己的心，
才成親就得操持為夫君找通房丫頭的事……
而她只是個月事都還沒來的小小媳婦，
該怎麼拿捏好分寸、瞻前顧後的誰都不得罪呢？

文創風 124 **4**

讓男人自己不要妾侍？這，可能嗎？
這道理她都還沒參透呢！
於是她小心翼翼地伺候公婆與夫君，小心翼翼地守著她的心，
然而夫君竟對她說：「我待妳以真，妳也得待我以真。」
他是在責怪自己對他無心，她究竟該怎麼做才好……
她真能將她藏在心裡的秘密都說與他聽嗎？

文創風 125 **5** 完

夫君竟不打算弄些姨娘、通房什麼的養著，
只願守著她一個，只生養她生的嫡子、嫡女。
她何其有幸，能得夫君如此真心相待！
面對謝家捲入皇位之爭及後宮的爭鬥，
她該如何成為夫君最得力的助手，成為當家主母，
為他撐起家務，同時開枝散葉，
她得更有擔當才行，並牢記夫妻永遠同心……

女人最不容錯過的一部作品，讓妳成為人生必勝組！

文創風 129

難為侯門妻 1

國家圖書館出版品預行編目資料

難為侯門妻 / 不要掃雪著. --
初版. -- 臺北市 : 狗屋, 2013.10
冊 ; 公分. --（文創風）
ISBN 978-986-328-164-1（第1冊：平裝）. --

857.7　　102018487

著作者	不要掃雪
編輯	呂秋惠
校對	林嫵媚　黃薇霓
發行所	狗屋出版社有限公司
地址	台北市104中山區龍江路71巷15號1樓
電話	02-2776-5889～0
發行字號	局版台業字845號
法律顧問	蕭雄淋律師
總經銷	知遠文化事業有限公司
電話	02-2664-8800
初版	102年10月
國際書碼	ISBN-13　978-986-328-164-1
原著書名	《璞玉惊华》，由起點女生網〈www.qdmm.com〉授權出版

定價240元

狗屋劃撥帳號：19001626

網址：love.doghouse.com.tw　E-mail：love@doghouse.com.tw